突撃ビューティフル

エンターテインメント

ヒキタクニオ

廣済堂文庫

目次

Repetition

第一章
ラブ・ドール
…………ココの場合
（リピテーション）

「類型が反覆されるとリズムが感じられる。即ち強弱、
緩急、間隔など一定した繰り返しによるものがこれである。」
『デザインの美 構成の基本要素』遠藤教三著（造形社）—以下同

私はベッドの上に両膝を付け這《は》いつくばった。

ベッドに横向きで顔を付け背を大きく反《そ》らした。お尻が持ち上がる。肛門が開き、涼しい風がお腹の中に入ってくるみたいだ。

真っ白で糊《のり》の効いたシーツに頬を付けた私の目の前に注射器が置かれている。薄暗い光の中、長い注射針が直線的に光を反射している。注射針の長さは70ミリ、口径は23G（ゲージ）。仙骨《せんこつ》麻酔、所謂《いわゆる》、脊髄《せきずい》麻酔の一種で、背骨の腰より仙骨部の硬膜外腔《こうまくがいこう》に薬液を注射するときの特殊な注射針だ。

初めて70ミリ23Gの注射針を見たのは、看護専門学校時代の授業だった。実際に、仙骨麻酔の実習をすることはなかったが、硬い骨の隙間を貫いて行くためにしっかりと太く作られた注射針は、とても恐ろしく見えたのを覚えている。

肉が削《そ》がれたような細い男の手が注射器に伸びた。無色透明の薬液の中にある気泡《きほう》が揺れた。もうそれだけで、私の心臓は、その男の手によってぎゅっと握られたように痛んだ。

注射器を指で弾《はじ》く音が背後から聞こえた。薬液が僅《わず》かに私の背中に掛かり、私はビクッと身体を動かした。男のかさついた掌《てのひら》が、お尻のほっぺたに置かれた。

掌は横に移動し、肛門を指で触る。指で押し広げるようにして肛門が開かれる。私は下半身の力を抜いた。注射針がそろりと肛門の中に入って来た。注射針の先端は刃が切ってあり、簡単に皮膚や筋肉に突き刺さる。男の慎重な動きが伝わってくる。注射針は進み、直腸に刺さった。直腸は自律神経によって支配されているため痛みを感じる神経はない。注射針が深く刺さるが痛みはなく、あるのは渇《かつ》望《ぼう》だけだった。男の親指がゆっくりとプランジャを押すのが分かる。注射器の中身が私の身体に入ってきた。冷たい快楽を私は受け入れる。喉の奥から甘くて苦い味が沸《わ》き上がり、鼻をすっと金属の焦《こ》げた臭いが通り過ぎた。

私は、交尾をするときの牝猫のようにお尻を高く持ち上げた。身体が強張《こわば》り、その頂点、冷たい快楽は、私の脳味噌を凍らせた。男の屹立《きつりつ》したものが入って来る。それは火で炙《あぶ》られオレンジ色になった鉄棒のように熱く感じるのも冷たい快楽故《ゆえ》のことだろう。もう、何も考えられない……身体の力が抜け、冷たさの虜《とりこ》になっていく……。

私は鏡の前で何度も頭を振った。甘い香りのする汗が噴き出していた。出勤準備だったけど、いつの間にか、鏡の前でぼんやりとしている。冷たい快楽が身体全体を満たしていたのは三日前だった。甘い汗の香りとともに記憶が頭の中で再生されるようになったのは、少し前からだった。記憶が生々しく蘇《よみがえ》ることで、また、冷たい快楽に対する渇望が湧いてくる。私は、化粧水を掌に取って顔を叩いた。

鏡の中に居る自分を確認する。私は小さく溜息《ためいき》を吐《つ》いていた。鼻が気に入らないな……。一か月前に鼻をいじった。腫《は》れも引いたところだけど、気に入らない。それどころか、鼻が高くなった分、目とのバランスが気になり出した。元々二重《ふたえ》だったが、それを大きな二重にして目頭と目尻を切った。鼻が高くなると、もっと、目を大きくしたくなった。

私が目指してんのは人形。お人形さんみたいに美しい、というより人形そのものになりたい。それが私の望んでいる美しさだった。鏡の中を覗《のぞ》き込む。やっぱり、顎《あご》のプロテーゼをもっと尖《とが》ったものにしたくなる。高くなった鼻に合わせれば、もっとEラインは強調されるはずだ。新しく手を入れると、次々と修復しなければならないところが現れてくる。鏡の中の顔にはやりたいことが満載だった。心の中がチリチリしてくる。チリチリは顔をいじりたくてたまらなくなることだ。整形は、お金と時間が掛かる。いまの自分の顔が嫌《いや》で、苛《いら》つき悲しくなってしまう。ハンドバッグからクロコダイル革の小さなポーチを取り出す。パケとライター、畳んだアルミホイル、それと短く切ったストローが入っている。冷たい快楽の結晶をアルミホイルに載せ下から火で炙る。結晶が微《かす》かに動き、溶け始めると直ぐに沸騰《ふっとう》し泡立った。煙が上がる、口にくわえたストローを近付けて、一気に煙を吸い込んだ。注射と違って炙る方法は、ゆっくりとだが、冷たい快楽は、チリチリしたものを心の中から一掃してくれる。鏡の中の自分と向き合う。チリチリは消え去っている。冷たい快楽が去ってしまったときのチリチリ感は耐えられないほど非道《ひど》いものだが、いまは、そんなことは心の片隅に追いやってしまっている。

夕方からの仕事は一本だけだ。まだ、冷たい快楽の中に浸《ひた》っていられる。次のショットをとパケに手が伸びた。「注射器を使えば、がつんとくるのにね」と冷たい快楽を炙りながら、プッシャーの鈴木がパケを渡すときにそう言ったのを思い出した。鈴木なんて偽名そのものの名前だが、プッシャーにしとくには惜しいくらいの綺麗な顔をしていた。「注射器って嫌じゃない？」私はそう答えた。「みんなそう言うけれど、そんなに恐くないよ」鈴木は軽くウェーブの掛かった前髪を掻き上げて言った。たぶん、鈴木にとっては自信のある仕草なんだろう。「うっそー、恐いっていうんじゃないんだよねえ、肌が傷付くのが嫌なのよ」「整形とかしてんじゃん、それはどうなの？」鈴木が私の顔を覗き込んだ。「整形でメス入れたりするのは綺麗になるためだからよくない？　ちゃんと意味があるもん。でも針ってえ、綺麗にしてはくれないし、私の肌って薄いから、痣《あざ》になっちゃうじゃん」

私の腕には、傷もホクロもシミもない。脇の毛から腕の産毛《うぶげ》まで一本残らず永久脱毛している。筋肉さえも薄く、それこそ人形の腕のように凹凸《おうとつ》のない棒のような腕だった。作り上げた腕に斑点《はんてん》のような傷など作りたくはない、それが踝《くるぶし》の下の血管でさえも。

身体の表面でなければ、と肛門から直腸への注射を提案してきたのは鈴木だった。

「血管に表から注射針刺したくないなら、いい方法があるよ。注射器《カイキ》使うときには、肛門から直腸に刺すんだよ。何処《どこ》にも傷は残らないんだよ。しかもねえ、直腸は痛みを感じないらしいよ。俺は自分に試したくはないけど、やってやった女の子は、すっごくいいって言ってたな」私はその話に直《す》ぐに乗った。肌に意味のない傷を残したくない、しかし、しっかりと冷たい快楽は味わいたい、という気持ちの人間が居るものだ、と嬉しくなった。

冷たい快楽を鈴木から買うときは、いつも、肛門からの注射をすることになった。「ねえ、鈴木さん。誰にでも注射してあげるの？」と私は訊《き》いたことがある。「男には金貰ってもやらないね。可愛い女の子だけ」鈴木は、虫のような顔になって笑った。たぶん、それは金をくれるのなら、汚い中年親爺にでも注射するんだろう。私からは注射を射ったあとに代償を必ず求めて来た。鈴木は顔が綺麗なだけに、狡猾《ずるが》しこい部分が見えると、とても貧相に見えてしまう。「そうだよね。おじさんが、肌に傷残したくないなんて言わないか」私は可愛い声で笑ってみせた。

ちょっと足りない、馬鹿な子の声音《こわね》、それが私の武器だった。鈴木みたいな薄ら馬鹿を安心させるにはもっとも効果がある。女の子はちょっとばかり馬鹿に見えた方が断然得だ。

会員制高級デートクラブでの私の身体の実質的な値段は四万円である。クラブに二万円行くので、会員は六万円なりを払って、私の時間と身体を買う。鈴木はただ乗りするだけで、注射をする代償にしてはぼろ儲《もう》けのようなものだろう。たぶん、こ汚い中年親爺が、万が一でも肛門から直腸にと言ったとしたら、金になるなら万札一枚で、やっているような気がする。私は、また、ストローをくわえて、一気に煙を吸い込んだ。煙を肺ですべて吸収するために息を止める。この瞬間、限界を超えて息を止め、このまま死んでもいい、と思ってしまう。

今夜の仕事は一本だけ、このまま冷たい快楽を身体に満たしたまま行けば仕事は終わる。食事をし、どうでもいいような会話に素直に頷《うなず》き、シティホテルのベッドの上で、それこそ人形になっていればいいだけだ。ベッドではマグロとか世間で言うことがあるけれど、それを好む男は多い。ちょっと馬鹿な人形のような女の子、それが私だった。反応なんて求めない。こんなときこそ――決して安くない金銭を払うときこそ――自分勝手な性格を出してしまおう、ということなのだろう。たぶん、私を指名する会員は、仕事で反応を求められ続けている人間が多いのかも知れない。クリエイティブ関係の会員が私を指名する。

聞いたら誰もが知っているようなCMを作っているCMディレクターも顧客会員の一人で、私を命のない人形として扱った。何も喋らないで、されるがままで、たまに目を開けてくれればいい、と言って私の身体を弄《まさぐ》った。

妙に記憶に残っているのは、ミサイルの弾道角度の研究をしている会員だった。守秘義務を破り、ミサイルの弾道が成層圏ぎりぎりに飛ばせれば、どんな国の首都圏の中心部でも狙《ねら》える、という話を一方的に話し続け、ベッドの上ではアイマスクを付けられ、ゆっくりと洋服を脱がされ――男はずっと独り言を言い続け――男は服を脱がないまま終わり、私の脱がされた服は几帳面《きちょうめん》に畳まれていた。たぶん、何の反応も欲しくないのだろう。ミサイルなんて実験で射つことも出来なければ、それはいつか起こるかも知れないことに関しての準備でしかないのに、反応を求められ続けている仕事なんだろう。

この手の会員は意外と多くて、私はデートクラブでは安定した指名を受けた。男たちは疲弊《ひへい》しているのか、それとも貪欲《どんよく》なのか分からない。私は人形になって、男たちに弄られ、整形と冷たい快楽に耽溺《たんでき》していった。

シティホテルのベッドの上で人形となって暮らす日々が続く。見た目も中身も人形に近付いていく。頭の中は、すっからかんになっていき、稼いだお金は、人形に近付く整形費用へと消えていく。こんな生活がいつまでも続くとは思わないが、整形、冷たい快楽、デートクラブ、この三つを基本にして、漂うように生きている。

そんなとき、私は自分とよく似たものを見つけた。大人のための等身大人間というコピーで売られているラブ・ドールと呼ばれるもので、空気で膨《ふく》らますようなダッチワイフではなく、性器も精巧《せいこう》に作られた性交するための人形だった。写真やネットの画像で見る限りは肌は薄いピンクで粉っぽく、日本人のもっとも綺麗な肌に見えた。

私はラブ・ドールを直《じか》で見るために、わざわざショールームまで出かけた。面白いことに、ラブ・ドールの見学は完全予約制で他の客はいなかった。人間に近くはあるが、やはり人間ではなく人形だった。しかし、私にとって、その人間ではない部分、人形っぽさがとても気に入った。動かず感情がなく、命のない人形、いくら人間に近付けようとしても超えられない一線があるのがわかった。私は、人間の側から人形へと近付く。また、新しい整形の案が浮かんだ。それは豊胸手術だった。細い身体に不自然な大きさの張りのある乳房は、人形っぽさ、人間味のなさを感じさせる。アンバランスなラブ・ドールの身体は人形にしかない。私は豊胸することを決めた。

病院によって得意分野がある。顔の様々な箇所をいじっていたが、その度に、最も安い値段のクリニックをネットで選んでいた。豊胸手術も値段は様々に設定されていた。値段が安くアフターケアをちゃんとやる、と明記してあるクリニックを探した。

私はインターネットで、最も価格の安い豊胸手術をやる病院を探し、見つかったのは、渋谷区《しぶや》にあるクリニックだった。渋谷区ではあるが、繁華街の渋谷ではなく、渋谷から駅二つ行ったところの商店街の外れにクリニックはあった。雑居ビルだったが、クリニックの看板は薄いピンクと白でイマドキの可愛い作りになっていた。

クリニックの中に入ると、待合室には真っ白なソファーにピンクのテーブル、マガジンラックにはギャル系のセレブや若奥様系の雑誌が並んでいた。看護師の服も看板やテーブルと同じピンクで、待合室はバニラとストロベリーのミックスアイスのような可愛い色合いで統一されていた。場所はいまいちだけれど、クリニック内に入ると行き届いたデザインで私は楽しくなった。

「すっごく綺麗！　お人形さんみたい」

受付の看護師が目を丸くして言った。どこまで本当か分からないけれど、整形のクリニックの上得意がやって来たと思ったのだろう。看護師は妙に馴れ馴れしく親愛の情を示すように、問診票《もんしんひょう》を手渡すときに顔を近付けた。いじった箇所を確認しているのだろうが、看護師は相当に美人で、まったく顔を加工した形跡が見られなかった。

診察に通され森山という名前の医師に問診票を渡した。パーマを掛け茶色に染めた髪、皺《しわ》とりのヒアルロン酸注射を施《ほどこ》した目尻、上がり気味に整えた眉毛、歯列矯正《しれつきょうせい》とホワイトニングされた歯、それらを止めてしまうと、どこにでもいそうな小太りの中年男の森山は、満面の笑《え》みで私を迎え入れた。

森山は問診票を見ながら何度も頷き、豊胸手術の説明をして日程を決めた。そして、直ぐさま、金の糸を顔面に埋め込むリフトアップの手術や、いまから日本でも流行ると思われるヒップアップ効果抜群のインプラント挿入式の豊尻《ほうこう》手術を勧めてきた。二三歳の私にとって、リフトアップなどのアンチエイジングは、まだ必要ではないし、ダンサーのようなヒップアップしたお尻になる気などまったくない。森山は、金になる施術《せじゅつ》を取り敢《あ》えず勧めているに過ぎないようだった。手術は豊胸インプラントバッグを三〇〇ccを入れることに決まった。本当は五〇〇ccにしたかった。しかし、カウンセリングで、身長一六二センチで体重三九キロの私の薄い身体では、五〇〇ccを入れるのなら、まず三〇〇ccを入れて皮膚や乳腺《にゅうせん》などの組織を慣らしてからでないと無理だろうということになった。

施術日は二日後、入院はなく施術後三時間ほどクリニック内で休んで帰宅出来る。

　夜中に目が覚めた。施術後三日目だった。整形手術後の患部の腫れや痛みには慣れている。しかし、今回は痛みの質がまるでちがった。インプラントバッグを固定するために圧迫包帯を胴体に巻いていて、胸や背中から施術後の痛みはある程度あったが、まるで患部とは違うこめかみから額、眉間《みけん》に鋭い痛みが走っていた。

　ベッドから降り、ハリウッドミラーのスイッチを入れた。鏡の中に照明を真正面から幾つも浴びた私の顔が現れた。息を呑んだ。額から左目の目尻を通り頬まで、皮膚が引き攣《つ》れたように歪んでいる。私は鏡に顔を近付けた。背中から後頭部に向けて鳥肌が立った。引き攣れは、まるで血管が浮き出たようになっていた。指の腹で触れてみる。それは血管のような柔らかさはなく、しこりのような弾力があった。アイスバッグに氷を入れ、額の引き攣れを冷やし、強い痛み止め薬を飲む。それしか対処の仕方がなかった。夜中なのでクリニックに電話をしても無理だろう。朝まで待つしかない。顔が壊れていく、そんな恐怖が湧いてきた。私は、化粧ポーチに手を伸ばした。恐怖心に満たされた頭をすっきりさせるのは冷たい快楽しかない……。

冷たい快楽の興奮と恐怖心から一睡も出来ない。診察券を手にしクリニックの電話受付時間を確認しては、時計を何度も見ている。アイスバッグを変えるときも恐怖心から目を開けることは出来なかった。

TVの左上の時間表示が10：00になった瞬間、クリニックのフリーダイアル相談受付に電話に掛ける。大変込み合っています、という音声が流れてくる。リダイアルを押し続け、二〇分後、やっと電話が繋《つな》がったが、音声ガイダンスが流れてきた。指示に従って携帯のボタンを押し、やっとのことで看護師らしい生身《なまみ》の女の声が聞こえた。私は突如とし現れた引き攣れの状況を説明する。看護師は何度も落ち着いて、と優しい声を掛けた。開院の一〇時三〇分の一番に無理を言って診察予約を取った。

少しだけほっとして、クリニックに行く準備を始めた。叫び声を上げてしまった。アイスバッグを外《はず》して出てきた引き攣りには、昨夜と違って色が付いていた。青紫色になった引き攣りは、血管が肌の表に飛び出して来てしまったように見えた。幅の広いヘッドバンドと大きなサングラスで引き攣れを隠して、私は家を出た。

恐くて仕方がない。私は、駅へと走った。甲高《かんだか》いヒールの音が道路に響く、通勤のサラリーマンが振り返る。早く何とかしないと、次にヘッドバンドを外した時には、また、引き攣れが変化しているように感じる。私は、助けて、助けてと心の中で叫び続けていた。

森山は困った顔をしていた。診察はしてくれたが、治療らしいことは出来ないでいるようだった。

「患部の部分を切り取って極細の針で縫合《ほうごう》するということも出来ますが……。この場合は、入れ墨や傷痕《きずあと》の切開除去と同じ費用で、一センチで五万円という料金設定です」

森山は印刷された料金表と、顔の略図に引き攣れが赤ペンで描かれたカルテを見せた。引き攣れには傷痕一六センチと書かれてあった。

「そんなあ！　アフターケアの料金を別に払ってるのに！」

私は、豊胸手術施術料一年間安心保証、薬湿布《しっぷ》代、とは別に三か月のアフターケア費を支払っている。

「あなたの場合、アフターケアは、豊胸手術に関してのみとなっています。手術に関しての後遺症、傷口の炎症などに対してのケアです。それと、豊胸手術の一年間の安心保証もインプラントバッグに対する保証で、破れたり、劣化して固まったりした場合です。同意書に書いてありますし、あなたは署名捺印《なついん》しているんですが」

森山は同意書を差し出した。

「でも、この引き攣りは、豊胸手術した後に出てきたんだし、手術の後遺症になるんでしょう？」

私は食い下がった。アフターケアの料金は、手術費の五％で三万五千円也を払っている。

「問題をクリアするのは因果《いんが》関係ですね……。豊胸手術と顔の傷に関して、明確な因果関係がなければいけません。施術は万全な態勢で成功していますし、顔が損傷するような手術はしていません。それと、そのような前例は見当たらないんです」

森山は困った顔を崩さない。

「そんなあ……、こんなになっちゃって、どうすればいいの？」

「どうでしょう？　目の上部、目頭の部分を施術された病院に相談されたらどうでしょう？　私どもはクライアント様のことをちゃんと考えています。当クリニックでの施術のカルテのコピーを差し上げますから、これを持って行って結構です。必ず良い結果をあなたにもたらすと思います」

森山は、困った顔を引っ込め、すっと看護師に視線を移した。看護師が用意してあったカルテのコピーを私に渡した。

瞼《まぶた》の脂肪除去と大きな二重のための切開をし、目頭《めがしら》と目尻《めじり》の切開をした病院の医師は、コピーされたカルテを手に「インプラントバッグ挿入式豊胸手術をしたということしか書いていないカルテを渡されても。それと、うちでやった手術のアフタケアの期間はとっくに過ぎてるんです」と言い、取り合ってくれなかった。

鼻の新しいプロテーゼを入れた病院は、まだ、アフターケア期間内だったが、医師は「医学的な因果関係があるとは一概に言えないけれど、やはり原因は豊胸にあると考えるのが妥当でしょう。それとももう一つ、鼻のプロテーゼ挿入に関して、他組織に悪影響を与えた医療事故の事例は報告されていないんです。どうでしょう？　やはり、豊胸手術をされたクリニックにもう一度相談されては？」と逃げ腰で答えた。他の病院でも答えは同じで、やはり、豊胸手術した病院にもう一度相談するのが最良である、と言った。

冷たい快楽の量が日を追うごとに増えた。プッシャーの鈴木が70ミリ口径23Gの針が付いた注射器を持って現れるのが日常のようになってきた。チリチリどころか、身体中が痒《かゆ》いようなじっとしていられない気持ちになった。中毒という言葉が頭の中にどっしりと座っている。冷たい快楽の虜になっている。最も大事な顔に、青紫に変色した引き攣りを刻印され、それを冷たい快楽で無かったことにしている。それは、中毒そのものだった。

私は仕方なく、また、森山のクリニックに行った。森山は、まるで視線を合わすことはなく、まるでクレーマーを見るような顔だった。森山は、また、同意書の写しを取り出した。ご丁寧《ていねい》に、私の署名捺印した部分に赤ペンで丸がされ、後遺症等の部分には赤い棒線が引かれていた。

頭の中でぶちんと切れる音がした。身体の中に満たされている冷たい快楽が一気に脳に競《せ》り上がってきたようだった。身体が動いた。自然とだった。診察椅子から立ち上がると、同意書やカルテが挟まったクリップボードを森山めがけて投げ付けた。クリップボードは森山の頭を掠《かす》めて飛び、壁に当たる。器具が弾ける大音響、看護師や受付のスタッフなどが診察室に飛び込んできた。男性スタッフから羽交い締めされた。身動きが出来なくなった私の前に立った森山は「大人しく帰らないと警察を呼びますよ。威力業務妨害で訴えることも出来るんですからね」と言った。クリニックから出された。男性スタッフ二人がエントランスに腕組みをして立ち私を睨《にら》み付けた。決して暴力を振るう訳ではなく、威圧のある門番のように見えた。

私は諦めるしかなく、門番たちに背を向けて歩き始めた。ビルを出て商店街をとぼとぼと歩いた。どうすればいいのか分からない……引き攣りの切開除去は高額すぎるし、納得がいかない。しかし、ローンを組んでもやるしかないのだろうか、顔の引き攣りが治らない限り仕事は出来ない。私はヘッドバンドを目深《まぶか》にして駅に向かっていた。

後ろから肩を叩かれた。振り返ると初日に問診票を渡した看護師だった。

「非道いよね。うちの病院ってよく揉《も》めるから、すっごくクレーマーの扱いに慣れてるんだよ。反対に訴えられたりするから、二度と来ない方がいいよ」

看護師はすまなさそうな顔で頭を下げた。

「ええ、非道っい！　ねえ、どうしたらいいの？」

「……あのね、私は顔をいじるときは、ここに行くのよ。変わった先生だけど腕は一級品だから、どうにかしてくれる」

看護師はメモを私の手に握らせた。

「……本当に？」

「手術したことで、そんな傷が入ったらどんな気持ちかって……顔をいじった人間にしか分からないでしょう？　うちのクリニックって社員割引あるけど、下手だから私はやらないの。その顔の傷ってうちの先生はお手上げだと思うのよ」

声を潜《ひそ》めて言うと戻って行った。私は看護師の後ろ姿と貰ったメモを交互に見ていた。また、厄介《やっかい》なことになるかも知れない、という気持ちが湧いてきたが、メスを入れたとは思えない看護師の顔を見て、紹介された医者がいい腕を持っているんだろうと感じた。でも、もう、どうでもいい、という気持ちが大きかった。楽しいことなんて何一つない、嫌なことばっかり……また、冷たい快楽へ。そうやって少しだけ気持ちを昂《たかぶ》らせて、日々を過ごすようなものだった。こうやって地獄に堕《お》ちて行くんだろう。

鏡に向かって引き攣れを見ていた。冷たい快楽が欲しくなった。私は冷たい快楽を炙って身体の中に取り込んで家を出た。看護師に紹介されたクリニックに向かう。勇気がないと次の病院には行けなかった。おかしな話だけど、地獄に引き摺《ず》り込もうとしている冷たい快楽のお陰で、病院へいくための気持ちを作ることが出来た。

クリニックの場所は銀座《ぎんざ》で、銀座中学校斜め前だった。予約を入れたが、ごく普通の対応だった。しかし、クリックの受付に立つと、奇異な感覚に囚《とら》われた。受付の男が角刈りで、ホットパンツ姿だった。ラン丸と書かれた名札が胸にあった。看護師の顔が浮かんだ。また、厄介なことになりそうだ、と思いながら診察室に入った。医師の加々見《かがみ》は年寄りだったが、背筋の伸びた男だった。問診票を見ながら小さく頷き、私の引き攣りを金属のへらを当てて診察していた。

「ネエちゃん。薬は止めないと治療は出来ないよ」

加々見は開口一番に言った。あっさりとした言い方が恐ろしいと思った。

「どういうことですか……」

「フェニルアミノプロパン、フェニルメチルアミノプロパン……、前者はポン中、後者はシャブ中っていうな。時代から言ってフェニルメチルアミノプロパン、つまり覚醒剤に君はアディクトしているみたいだね」

加々見は私の腕を取って静脈を調べた。

「アディクトって何？」

私はとぼけた。走って逃げ出したくなった。通報され捕まるのは絶対に嫌だった。

「依存、中毒ってことだな。でも、腕の血管が傷付いていないな……、足首にもないみたいだな……。炙りってのもあるけど、あんたは、それだけじゃなさそうだし、ネエちゃん、あんた相当に変わってんな」

足首に視線を落とし、顔を上げると加々見は笑った。釣られるようにラン丸も笑っている。

「何で笑うんですか？」

私は立ち上がった。ラン丸が後ろから肩に手を乗せ私を座らせた。恐い恐い……何でも見透《みす》かしてしまっているような加々見の目が恐かった。

「肛門から直腸注射してんだろう？」

加々見が真正面から私を見て言った。何もかもお見通しだった。私は小さく頷いてしまっていた。

「まあ、いやらしい！」

ラン丸が嬉しそうな声を上げた。

「昔から居るんだよ、全身を写真に残すモデルとか、フィルムに身体全体の動きを残す女優とかが、皮膚に傷を残さないように直腸注射やんだよ。すごいよね、女ってのは。あんたは、女優？　モデル？」

加々見は私の爪先から頭の天辺《てっぺん》までをゆっくりと眺めた。私は首を横に振って
「違います」と答えた。

「原型が分からなくなるほど顔をいじっちゃったら、女優は無理よね。背丈は変えられないからモデルも出来ないし。でも身体の表面には注射の傷は入れたくないのねえ」

ラン丸が顔を近付けて言った。この角刈り男はおねえ言葉で喋っていて、私を怯《おび》えさせた
「こんなになるまで整形やって、あんたは一体何になりたいんだよ？」

加々見は椅子に深く座り直して訊いた。まるで答えを知っているような口振りに聞こえた。

「すっごく、綺麗になりたいだけ……」

私はそう言った。本当のことだが、全部を話すことは出来なかった。

「まあ、そうだろうな。それでこんな引き攣りをこしらえちまったか……」

加々見は引き攣りと言った。私は加々見の顔をまじまじと見た。何人もの美容整形外科医に会って相談したが、引き攣りと言ったのは加々見が初めてだった。

「引き攣りですよね、これ。スマホの辞書で調べてて、引き攣るの攣の漢字がこれみたいで……、豊胸手術したから、ここが引き攣ったんじゃないかって訊いても、先生たちは誰も違うっていうし……」

加々見に対して、もしかしたら、という気持ちが湧いた。すがりたくて仕方がなかった。

「豊胸も原因だろうけど、それだけじゃないから、施術した医者たちは逃げるだろうな。結局、皮膚が整形のし過ぎで謀反《むほん》を起こしているようなもんだからな」

「お願い……先生、助けて」

私は両手を合わせて見せた。

「二つ方法があるな。時間は掛かるが、引き攣った原因を追って行って、ゆっくりと皮膚を伸ばしながら、引き攣りの箇所を暖めて緩《ゆる》める。人間の皮膚ってのは、すべて繋がっているんだ。皮膚の下には皮下《ひか》脂肪と血管、筋肉が引っ付いているから、緩めるといってもそう簡単にはいかない。何と説明すればいいかな……。そうだ、あんた、絵を描くかい？」

加々見が訊いた。

「そんなの出来ないよ」

「そうか……。油絵ってのがあって、油絵はカンバスってのに描かれてて、カンバスは木枠に帆布《はんぷ》を張ったもんってぐらいは知ってんだろう？」

私は頷いて見せた。

「カンバスを張るのは結構面倒でな、木枠に帆布を載せて、木枠の四方《しほう》を釘《くぎ》で打ち付けて、張るんだが、テンションを均等に掛けないとピンと張れない。どっかが縒《よ》れたり、引き攣ったりだな。釘を抜いてテンションを掛け直したり、もっと強くテンション掛けたり……」

加々見が金属のへらを引き攣りに当てた。

「面倒臭そう」

「でもこれは白人種、所謂、コーカソイドの話でな。日本人、東アジアの黄色人種、モンゴロイドは、また皮膚が違う。カンバスではなく、水張りだな。障子とか襖《ふすま》を張るときみたいに水に浸した紙が乾くのを利用して、ピンと張る。コーカソイドとモンゴロイド、ニグロイドって人種で皮膚は大きく違うんだ。実際なあ、ネエちゃん。美容整形ってのはコーカソイドに対応している技術で……」

加々見が喋り続けるのをラン丸が遮《さえぎ》った。

「先生、西洋人のために作られた化粧品は、日本人の肌には強過ぎるんでしょ！」

「まあ、そうだな……」

「日焼け止めは、コーカソイドの肌を基準にしているから、日焼けに強いモンゴロイドは、紫外線防御指数は少なめでいい、でしょう！　もう、先生が肌蘊蓄《うんちく》を話し出したら、この子の頭の中がこんがらがっちゃうよ」

ラン丸がすまなさそうに私の方を向いて笑った。角刈りにホットパンツの厳《いか》つい変質者のようなラン丸だったが、案外いい人に思えてきた。

「……あの、先生。もう一つの方法って何？」

「それはだね。引き攣りの部分を切り取って、超極細の針と吸収性の溶ける細い糸で縫う、ってとこかな」

加々見は金属へらをメスのように引き攣りに沿ってすっと動かした。

「それって、豊胸手術した病院で、入れ墨や傷痕の切開除去と同じ費用の一センチで五万円で勧められたの、いま、この引き攣りのせいで働けないから……お金がないんです」

私はがっかりしていた。やはり、結果は同じだった。少しは期待していたのに、結局は金の話になってしまった
「こういう引き攣りは、怪我《けが》として扱うから、保険適用の施術になるよ」

「嘘でしょう？」

「国民健康保険証を持ってんだろう。怪我したり病気になったりしたら、それ持って病院に行くのが当たり前だろう。毎月、結構な額の国民健康保険の請求に応じてんだから。ネエちゃんの場合、誰に怪我させられたのかなんて、私としては関係ない。国民健康保険の加入者が怪我してんだから、保険適用で治すのが筋だろう？」

「本当に……、でもそんなことしてたら先生は儲からないじゃん？」

「勘違いしてんね。患者は三割から一割負担になるけど、その残りは健康保険、つまり国が出してんだから、病院は何にも損なんてしてねえよ」

「でも、保険が効かない病院の方が儲かってるみたい」

「保険適用にしなければ、病院が勝手に値段つけられるからだな。ただ、高い値

段つけたって、患者がこなかったら、儲かんねえから、病院ってより商店みたいなもんだ。待合室を大して悪くもねえ爺さん婆さんの寄り合い所にして保険の点数稼ぐってのは、病院が安定して儲ける方法だな」

「そうなんだ……。でも、本当に保険で出来るの？」

いろんな病院の医師の顔が浮かんだ。森山なんて、安い値段設定し、広告打って期間セールで、また料金を安くしている。まさに四苦八苦《しくはっく》している商店主のような顔つきになっていた。看護学校を出て病院に勤めたことがあった。学校時代から顔をいじっていたけれど、一般の病院関係者には、美容整形に対する嫌悪が激しく、病院内では虐《いじ》められ続け、三か月でいびり出された。一般病院の人たちは、保険外診療をする病院のことを守銭奴《しゅせんど》のように思っているふしがあった

「相当にやられて不信感だらけになってんな。引き攣り全体を怪我として扱うから、一センチいくらなんて計算にはならない」

「でも……美容整形のクリニックで保険って……」

そう簡単には信用出来ない。だって看護師がおねえで角刈りだし……。

「……そうだな、ネエちゃんが、転んで窓に突っ込んでガラスで額をざっくり切った。たまたま運び込まれた病院には、超極細の針と吸収性の溶ける細い糸が

あって、それを扱える医者も在院してたって考えてみな。単純な外科の診察治療ってことだ。まあ、保険外で診察治療したいんなら、それでも構わないけどな」

「大丈夫よ。先生って下町訛《なま》りで荒っぽそうだけど、紳士だから小猾《こずる》いことなんてしないの。私を見てごらんなさいよ、こんな身なりを面白がって許してくれてるのよ。守銭奴みたいな医者だったら、患者を減らしちゃうような私を看護師にはしないでしょう？」

ラン丸は目の前でくるっと回って全身を見せた。ホットパンツから伸びたつるつるの肌の生足には相当時間と金を掛けているのが分かる。私はラン丸の特異な身なりと加々見を交互に見た。面白がって許している……という言葉に加々見の普通でない部分を感じた。

美容整形の病院の医師や看護師たちからの視線と、加々見が向けてくる視線は違う。前者は、カモが来たというようなものであり、加々見には、それがなかった。整形していることで様々な視線を浴びる。そのほとんどは蔑《さげす》みであり、可哀想な人間を見つけてさっと視線を逸《そ》らすようなものだった。

「足とかの脱毛は先生がしたの？」

ランも丸もそんな視線に晒《さら》され続けたのだろう。

「私ってえ、毛深かったから全身永久脱毛するのに長く掛かったの。しかも、剛毛だったから毛穴の縮小レーザーとかもやって、全部で二年ぐらい掛かったのよ。しょうがないわよね、誰がなんと言おうと、私は女の子なんだから、ビキニライン、Iラインと0ラインなんって皮膚が薄いところだから、毎日泣いてたわ」

ラン丸が身をくねらせた。私は笑えなかった。0ラインが肛門の周り、Iラインが女性器の周りの体毛であるけれど、ラン丸にIラインがあるのだろうか、という笑い出しそうになるようなおかしな疑問が湧いたけど、このときの私は笑えなかった。人形になりたいと整形を繰り返して、結局、顔の皮膚が崩壊して右往《うおう》左往《さおう》している自分は、他人から見れば、奇異な人間で私はラン丸と同じようなものだと思えた。

「先生、この引き攣りの治療をしてください」

変なところで人間の決意なんて固まるものだ。加々見クリニックを紹介してくれた看護師の顔、ラン丸のすべすべの生足、加々見の妙に鋭い観察眼などが、私の背中を押してくれた。

「おっ、どうした？　豚が絞め殺されてるような声が、急にちゃんとした声音の喋りになったな？　こっちが本物のネエちゃんなんだろうな」

　加々見が少し笑っていた。何でもお見通しということなんだろう。

「こっちの声が本物です……。ここだと、馬鹿な子を演じてても得はないと思ったから、もう、止《や》めますね。先生、この引き攣り治してください、お願いします」

　私は頭を下げた。

「わかった。ただな、その前に一つだけ約束して欲しいことがある。覚醒剤は、もう止めると約束してくれ。その引き攣れも薬物が関係していないわけじゃないからな。ハードドラッグはまず肌に影響を与えんだよ」

　加々見が真っ直ぐに向き直って私を見た。

「私だって止めたいんです……何度も止めようと思ったんです。でも、簡単には止められない」

　止めたい、それはいつも心の中にあることだった。心の中の本当のことは、作った声では外に出せない。

「本当に止めたいんだな？　だったら、いまここに、鞄の中のもんを出しな」

　加々見が強い声で言った。私はバッグの中から化粧ポーチを出した。加々見は受け取ると、パケを取り出した。そして「便所に流してこい」と言ってラン丸に渡した。私はラン丸の背中を目で追っていた。いま、追いすがって止めれば、という気持ちが湧くと、鼻の奥底でふっと冷たい快楽の匂いが香った。私はぐっと堪《こら》えた。ラン丸は診察室から出て行った。そのとき、加々見が私を見ていることに気付いた。じっと、観察するようにだった。

「止めさせてください」

私は加々見を真っ直ぐに見て言った。加々見を見ていないと、ドアの外に消えたラン丸を追い掛けてしまいそうな気持ちになった。

「止めれなくもないみたいだな。覚醒剤ってのは、ヘロインとかの中枢《ちゅうすう》神経抑制作用があるダウナーの薬物と違って身体依存がねえんだ。そこが救いだな」

「身体依存？　どういうことですか？」

私が訊いた瞬間、診療室のドアが開きラン丸が手を叩《はた》きながら入ってきた。その仕草は綺麗さっぱり捨てたわよ、ということなのだろう。

「知らないか……まあ、だから簡単に手を出しちまうんだな。身体依存ってのは、薬物が切れると禁断症状が出るってことだ。それで、面白いことに、覚醒剤やコカイン、ＭＤＭＡのような中枢神経興奮作用を持つアッパー系の薬物は精神依存はあるが、身体依存はないんだな。つまり、薬を切ったことによる禁断症状はないとされている」

加々見は化粧ポーチの中にあったアルミホイルを手で潰《つぶ》して丸めると、ステンレス性のゴミ箱に投げ入れた。

「ヘロインよりは、止めやすいということですか？」

「頭と身体で欲しがるのと、頭だけで欲しがっているのとの違いだな。大事なこと言うぜ。覚醒剤を断ったからといって、身体が痙攣《けいれん》したり、覚醒剤がないと身体が動かないなんていう禁断症状はない。覚醒剤を抜くためにベッドに縛り付けてなんて、映画とかテレビのドラマで禁断症状としてやってるが、あれは、ヘロインと覚醒剤の依存症に対して間違った情報を伝えているな。覚醒剤を断って身体が変調を起こしたとしたら、それは精神的な部分が起こしてるってことだ。覚醒剤依存の治療は、目の前からすっぱり薬物とそれらに関するものを消し去って、精神的な問題を解決するってことだ。覚醒剤を目の前で捨てられてどうだい？」

「寂しい気持ちになりました」

「そうか、ネエちゃんが覚醒剤をやってたのはセックスのためなのか？　おかしくなるくらいにいいらしいからな」

加々見はいきなり話を変えてきた。

「……分かります。でも、それだけじゃないと思います……」

私はそう言うと、自分の仕事の話を包み隠さずに加々見に話した。薬物に手を出し始めた頃の話、注射をするようになったときのこと、様々なことを話した。心が解《ほど》けてくる気分だった。そして、自分の心の中のことを話せる人間がいないことをつくづく感じてしまった。私の口から初めて話す言葉が幾つも流れ出していた。加々見とラン丸は、優秀なカウンセラーのようにタイミング良く頷いて話を聞いてくれた。

「それじゃあ、依存症の治療も加えとくかな……。うちは美容整形外科だけど、電話でのカウンセリングを受けるし往診もやる。断薬しているときは、いろんなことがあるから、困ったら電話しなさい」

加々見は医者らしい喋り方になってカルテに何事か記入していた。私の中に、加々見に対する不信感はなくなっていった。私は、少しだけいい風が吹いたように感じた。

引き攣りを治す手術は、加々見クリニックが混んでいるのと、麻酔の効きを良くするために薬をなるべく身体から抜いた一〇日後ということになった。加々見との約束で、その間一回でも冷たい快楽を身体に取り込んだら、手術はしないということになっている。勿論、私は約束を守る決心をした。

断薬して一日目、早くも鈴木が御用聞きのように私の携帯を鳴らした。私は携帯に出て、もう薬物を止めたことを告げ、会話を終わらせたあとに、鈴木の携帯番号を着信拒否に設定した。ランが丸がパケをトイレに捨てに行くときの背中が頭の中に蘇った。引き止めたい気持ちが心の中に大きく広がる。しかし、せっかく風が変わってきた、こんなところで失敗したくはなかった。加々見に言われたことが頭に過《よぎ》った。依存症で最も治すことが難しい双璧は、ヘロインとアルコールであるらしい。アルコール依存症にも強い精神依存と身体依存があり、断酒した場合には、禁断症状が出る。そして、アルコールのきついところは、二四時間三六五日アルコールがそこら中で売っているということだった。そういう意味では、最も、止めにくいものはアルコールなのかも知れない。ヘロインや覚醒剤は、店に売ってはいない。加々見が「目の前に覚醒剤を置かれ勧められても、顔色ひとつ変えずに断ることが出来ないといけない」と言っていた。鈴木の着信を見ただけで心臓は高鳴っていた。私は加々見から処方された精神安定剤を二錠飲み、加々見に電話して状況を話して、夜を持ちこたえた。

断薬二日目。仕事にはいけないので、することがない。私はなるべく鏡を見ないようにして過ごした。そんなことは物心ついて初めてのことだった。頭の中には、パケに入った覚醒剤の結晶の姿がぴったりと貼り付いたまま消えない。チリチリとして身体が痒くなってくるが、身体依存はない、頭が欲しがっているだけ、と何度も声に出して繰り返した。

断薬三日目。フラッシュバックが起こる。昔の記憶や嫌な事柄が現実に起こっているかのような錯覚に陥ることだ。加々見に断薬するときの注意としてフラッシュバックのことを聞いていたことで、パニックにならずに済んだ。フラッシュバックは覚醒剤特有の心理現象で身体的依存による禁断症状ではない。身体の変調は心理現象でしかないんだ、と私は自分に言い聞かせていた。ランに電話する。たわいもない話をして心を落ち着かせた。どうしようもなくなったら往診してあげる、とラン丸は言った。

断薬四日目。何もすることなく、ただ、ぼんやりと過ごす。頭の中に貼り付いたパケの姿は消えてはくれない。水分を大量に取って眠り続ける。

断薬五日目。朝から登録されていない電話番号からの着信が幾つかある。たぶん、鈴木からのものだろう。安定剤の薬を飲んで心を落ち着ける。夜、携帯の番号で送信出来るメールで鈴木から入信があった。「極上の冷たいスウィーツ入荷しました♡（ハート）また一緒に食べようね。連絡待ってま～す♡」とあった。私は直ぐにメールを消して着信拒否にしたが、その後、何回か同じ文面のメールが違う番号から送られてきた。

断薬六日目。私は、ヘアバンドとマスク、眼鏡で散歩を続けた。ショーウィンドウに映る自分の姿から目を背《そむ》ける。何もすることなく、ただ彷徨《さまよ》うように歩き続けた。

断薬七日目。日中は街を歩いた。夜、フラッシュバックとは思えないほどリアルな幻覚を見た。私は部屋で天井の角に漂いながら、人形を抱いて姿見の前に立っている小さな女の子を背後から見下ろしていた。鏡に映っているのは、低い鼻に小さな目、可もなく不可もない何処にでも居る平べったい顔した小さな女の子、それは小学校の低学年ぐらいの私だった。

背後から鏡を覗き込んだ私は息を呑んだ。鏡に映った人形の顔は、整形を尽くして出来上がったいまの私の顔だった。人間と人形の間のような私の顔は青白く、幼い頃の私が見ている自分の未来なんだろう。奇妙なフラッシュバックが終わって現実に戻った私は震えていた。当時、従姉妹のお姉さんに、月夜の晩、合わせ鏡に自分を映して覗き込むと、未来が見える、と聞いたことがあった。幼い私は、それを実行したことを思い出した。

断薬八日目。

夕方にインターホンが鳴った。インターホンの画面に住所は知らないはずの鈴木の姿が映った。私は慌《あわ》ててインターホンを消した。何度もチャイムが鳴るが、暫くして静かになった。郵便受けにメモが入っていた。「極上の冷たいスウィーツ入荷しました。夜にお持ちしますよ」とあった。私は恐くなった。住所まで調べられてしまっている。鈴木が目の前に覚醒剤のパケを差し出したとして、拒むことは出来るのだろうか……。私は恐くなって加々見に電話した。

夜になってエントランスのインタホンを通さずに玄関のチャイムが鳴った。ドアスコープを覗くと、鈴木と坊主の男が居た。ドアをゆっくりとノックし始めた。私は鍵を開けてしまった。はっきり断るしかない、しかし、こうやって止められずに堕ちていくのかも知れない。

「おお、やっと会えたねえ」

鈴木が満面の笑みで、容赦なく部屋に入り込んできた。私は黙って拳《こぶし》を握っていた。連れの坊主の男は、まだ若くてニキビが幾つもあって、野性の動物のようだった。鈴木は、70ミリ23Ｇの注射針の着いた注射器と覚醒剤の入ったパケをテーブルの上に置いた。心臓が鷲掴《わしづか》みにされるような痛みを感じた。

「私、もう止めたから、それを仕舞《しま》って帰ってください」

私は言った。しかし、目はパケに釘付けになっていた。鈴木は、甲高い声で笑った。

「無理無理、俺の知っている限り、止められた奴はいないね。久しぶりの一発は気持ちいいよ」

鈴木がセカンドバックからスプーンとライターを取り出し、坊主に向かってコップに水を汲《く》んで来い、と命令した。

「帰らないと警察呼びますよ」

「呼んでみな、あんたの身体の中に、まだシャブは残ってんだから、一緒に捕まっちまうよ」

鈴木は、目の前で覚醒剤をパケから取り出してスプーンに載せた。私は、それを手で払った。スプーンが大きく飛び部屋の隅に転がった。坊主が後ろから私を羽交《はが》い締めにした。

「お願い、止めて！」

鈴木は、また、パケから覚醒剤の結晶を取り出して水に溶かした。

「いつもは肛門から射つんだけど、面倒臭えから腕でいいか。しっかり押さえてろ。射っちまえば大人しくなるから、そしたら、おまえから先にやらせてやるよ。」

鈴木は笑いながら私の腕を掴んだ。坊主は「本当っすか！」と、楽しげな声を出し、その後に下卑《げび》た笑い声が続いた。腕をむき出しにされ二の腕を鈴木の穿《は》いていた靴下で縛られた。鈴木が静脈を出すために私の腕を叩く。私の静脈は、まるで待っていたかのように真っ青になって浮き上がった。鈴木の握った注射器が近付く。私は足をばたつかせてもがいた。鈴木が私の頬を平手で打った。後ろの坊主の息が荒くなって、生暖かい風が首筋に吹いた。

玄関のチャイムが鳴り、鍵が開いていたのだろう、ドアが開く音が続いた。

「往診に来てやったぞ。勝手に入るからな」

加々見の声が聞こえた。鈴木と坊主が顔を見合わせた。坊主は私の身体を離した。加々見とラン丸が部屋に入ってきた。加々見とラン丸が部屋に入ってきた。オートロックを開ける暗証番号は教えてあった。二人が来てくれることは嬉しいが、いったい何が出来るんだろう。鈴木は、何をするか分からない。加々見はお爺さんで、ラン丸はおネエだ。二人を私の揉め事に巻き込んでしまったことを私は後悔した。

「何だおまえら？」

鈴木が、パケや注射器を隠すと一歩前に出た。

「君の目はイボかね？　白衣着て看護師を連れてれば医者に決まってるだろう。それに耳も飾りもんか？　さっき往診に来たと告げたはずだ」

加々見は黒革の鞄を床に置き、ラン丸はコートを脱いで裸足の生足を出すと、看護帽を被った。

「医者？　看護師？　そんな変な格好の奴がいるかよ。ふざけてんな、おまえら」

鈴木はポケットに手を突っ込んだ。坊主が加々見の前に立って睨み付けた。

「アメリカと違って日本には医者の身分証というものがないんでな。見せるものがない。君は患者じゃないから信用したくなければそれでいい」

「爺《じじい》、回れ右して、その変な角刈りを連れて帰りな。人のシノギにアヤつけてると、指とか折っちまうぞ」

鈴木の声が低くなった。坊主が長身の加々見を下から睨み上げた。

「馬鹿いっちゃいけねえよ。私の医療行為ってシノギの邪魔をしてんのはおまえだぜ。医者ってのは、どんなことがあっても患者の安全を最優先して治療すんだ。

ニイちゃんたちこそ、帰《けえ》んねえととんでもねえ目に遭うぞ」

「ふざけんな！」

鈴木が怒鳴ると、坊主が加々見の胸を両手で強く突いた。加々見は後ろに飛ばされ壁に背中から当たった。

ラン丸が割り込むように坊主の前に出た。ラン丸が少し屈んだように見えた瞬間だった。ラン丸の身体が鋭く回転し、ピンと伸びた生足が鋭く振り回されて坊主の顎を捉えた。鈍い音と共に坊主の顔が半回転し、口から血の糸が吹き出した。坊主は、その場に膝を着きながら崩れ落ちた。

鈴木が動かない坊主を見遣《みや》り、怯えた表情を浮かべて後ずさった。

「あんた、ポケットからナイフなんか出したら、取り上げてあんたの額に犬って文字を刻んでやるからね」

ラン丸は言うと、前蹴りを鈴木の腹に叩き込んだ。鈴木は身体を屈めたまま真後ろに吹き飛んだ。床に転がると苦しそうに呻《うめ》いた。

「言わんこっちゃない。こいつは、陸上自衛隊衛生科の看護官から特殊作戦群っていう精鋭部隊に進んだ猛者《もさ》なんだ。おめえなんて数秒もあれば、殺せる。気をつけなよ」

加々見が床にへたり込んで動けなくなっている鈴木を覗き込んで言った。

「腕の一本ぐらい折っちゃう、先生？」

ラン丸が鈴木の腕を両手で握った。鈴木が甲高い悲鳴を上げて手を引っ込めた。

坊主は、まだ、ぴくりともしない。

「おい、ニイちゃん。薬物の小売り屋なら、顧客のリストが入った携帯持ってんだろう。出しなよ」

加々見が手を出したが、鈴木はジャケットの胸を押さえて拒んだ。

「先生、抵抗してるから、やっぱ、折っちゃおうよ」

ラン丸が手を伸ばすと、鈴木は慌てて携帯を胸ポケットから出した。加々見は携帯を受け取った。

「先生、勘弁してくれよ……一番大事な商売道具なんすよ、それしかねえから」

鈴木は弱々しい声を出した。

「そうかい。商売道具ってんなら、記録は別に保管してんのがプロだろう」

加々見が携帯をラン丸に渡した。ラン丸は携帯から記録媒体を抜き取るとテーブルにあった水の入ったコップの中に沈めた。

「今度、うちの患者さんの治療を邪魔するようなことがあったら、リハビリしたってまともに動かなくなるように関節のところを粉々にして折るからね」

ラン丸はそう言うと、鈴木の目の前で携帯を真っ二つに折った。プラスチックが弾ける音が部屋の中で響き、鈴木は首をすくめた。


ラン丸が鞄から往診用の点滴セットを取り出し、部屋の中をぐるっと見回すと、輪液ボトルを慣れた手付きでスタンドランプにフックを使って吊り下げた。

「これは治療で針を射すんだから文句は言うんじゃないぞ」

加々見は私の腕の血管に翼《よく》付《つ》き静脈《じょうみゃく》針《しん》を差し込んだ。

「いろいろ、ありがとうございます」

私は二人に頭を下げた。

「自分で買いにくる奴は知らんが、無理に売りに来ちゃいかんな。まあ、あれだけやっとけば、二度と連絡はしてこねえだろう」

加々見は言った。鈴木は加々見に住所氏名電話番号など紙に書かされて素性《すじょう》を明かされた。そして、よろける坊主を抱き上げ、二度とこのようなことは致しませんと何度も頭を下げて帰って行った。

「やっぱり、顔ばっかりいじって罰が当たったんですね、私」

「神様が罰を当てるってか？ そんなもんねえよ。罰ってのはな、悪いことしたって思った自分が自分に当てるんだよ。ネエちゃん、薬物やった代償は自分自身で払わないといけねえから、罰ってことにもなるが、整形するってことで、自己嫌悪に陥《おちい》る必要なんてない」

加々見は強い口調で言った。床で体育座りしているラン丸が大きく頷いていた。

「でも人工的に自分だけ綺麗になるって、みんなは悪いことだと思っているでしょう？」

陰口を言われ続け、面と向かって「整形馬鹿女」と罵倒《ばとう》されたこともあった。

「マジョリティとマイノリティの違いってことだ。マジョリティは、マイノリティに対して何を言ってもいいのが多数決重視のいまの世の中だ。女の性を持つ人間のほとんどは綺麗になりたいと考えるだろう？」

「本当、そうよねえ！」

「ラン丸、まだ、おまえは話に入ってくるな」

加々見がラン丸の看護帽を掴んで台所に投げ「コーヒーを淹《い》れてくれ」と言った。

「でも、整形する人って少数だから、いろいろと言われるんですね」

「それにネエちゃんは、もっとマイノリティの部分に属しているからなあ。人形になりたいからって、整形を繰り返す人間なんてマイノリティだろう。たまに、そんな人間がTVに出てるが、人形願望ってのは潜在意識の中にあるんだな」

加々見は、テーブルの灰皿を引き寄せると煙草に火を点《つ》け、ゆっくりと煙を吐いた。

「馬鹿みたいですよね、人形になりたいだなんて……」

「いいや、私はそうは思わないな。あいつなんて見てみろ、角刈りにホットパンツの自衛隊か看護婦になるかを悩むようなゲイだ。筋金入りのマイノリティってことだが、私は奴のことを蔑みはしない。みんなと同じ嗜好《しこう》を持っていないってだけで、いたって良い奴だからな。まあ、角刈りってのは笑えるけどな」

加々見は笑うと、ラン丸がコーヒーを持ってきながら「角刈りじゃなくて、クルーカット、アメリカ海兵隊《マリンコ》の方よ！」と怒鳴った。どっちでもいいだろう、と笑えるが、私には心底からは笑えない。他人には同じようなことでも、人形に近付くためなら究極までこだわってしまう。

「私もラン丸さんと同じなんですね」

「そうだ。同じ匂いがしてんな。それとな、私ともマイノリティってことでは同じだな」

「だから、親身になって助けてくれたんですか？」

「まあ、患者の安全を最優先するのが医者と思っているが、マイノリティの愉しみ、アブノーマルな嗜好を持つ、同病相哀《どうびょうあいあわ》れむって気持ちではあったから、ほっとけなかったな」

加々見の座ったソファーの横の床に、また、ラン丸が体育座りし、何度も頷いていた。

「……先生の愉しみって？」

私が訊くとラン丸が甲高い声で笑った。

「ディシプリンというものだけれど聞いたことないだろうな。強制、躾《しつけ》、切開、切断、縫合《ほうごう》、焼灼《しょうしゃく》などによって身体を改造する嗜好ってことだな。身体中にピアスやタトゥーを入れ、舌を蛇のようにしたり、シリコンで埋め込んで角を作ったり、身体を改造して自分以外の何者かに変身したいという願望なんてのも、ディシプリンの一例だな。ネエちゃんの人形になりたいというのはディシプリンと言える」

「変身願望を満たすために身体を改造してますね……でも先生は、そんな風には見えない」

私は加々見を爪先から頭の天辺まで眺めた。

「見た目は、隙のないきっちりとしたスリーピーススーツ、磨き上げた革靴に、シンメトリーな結び目のネクタイ、と紳士の出で立ちだろう？　でもな、これは中身を見せないための道具なんだな……」

加々見は煙草を消すとコーヒーを一口飲み、ゆっくりと立ち上がった。ネクタイに手を掛け結び目を緩めると音を立てて外し、スーツの上着を脱ぎ、二つに畳むとテーブルに置く。ベストのボタンを片手で外し……加々見が洋服を脱いで行く様《さま》は、決まった所作のようで、背筋の伸びたお婆さんが着物を着るときに出るような乾いた衣擦《きぬず》れの音がしていた。白いシャツのカフス釦《ボタン》をテーブルに並べ、前ボタンを外すと胸を開いた。

加々見の胸から腕にかけて刺青《いれずみ》があった。濃い青で隙間なく彫られた刺青は和風のもので、薄いベールを着ているように見えた。加々見がゆっくりと回転して背中を向けた。背中一面に青一色で緻密《ちみつ》に彫られた刺青に異物があった。直径が一〇センチほどの銀色の金属の輪が、背骨に沿って等間隔に八個並んでいた。輪は皮膚を貫通し身体の一部のようになっていて、加々見に生えた背鰭《せびれ》のようだった。

「まったく理解出来ないだろう」

加々見は顔だけを少し向けて言った。私は加々見の嗜好に圧倒されていた。

「はい。でも綺麗だなって思います」

グロテスクではない、むしろ綺麗に見えるが、何のためにそれらがあるのか、何故、加々見がそんなものを造り上げたかったのか、まるで分からなかった。

「綺麗か……珍しく褒《ほ》められたな」

加々見はそう言うと、洋服を着始めた。まるでさっきの逆回転映像を見るように一定の早さだった。

「マイノリティの愉しみということなんですね」

「説明するのには本を一冊ぐらい書かないと駄目だろう。昔は、誰かに理解して貰いたいと思っていたけれど、もう、止めにしたよ。私なりの美学なんだけどな」

加々見はソファーに座った。完璧な紳士に見えるスーツの内側に、あんなものが隠されているとみじんも感じさせなかった。

「理解か……」

「マジョリティが理解しないことだからといって、それが駄目な嗜好であるわけではない、と私は思っている」

「そうですね……なんでこんなもん好きになったんだろうなって哀しくなったり、誰かに理解してもらおうともがいていました」

「理解されることに期待なんて持つ必要はない。孤高の嗜好でいいじゃねえか、人形になりたいってネエちゃんの願望は根本のところまでは分からないだろうけど、私もこいつも、あんたの痛みは理解出来るんだよ」

加々見が言うと体育座りのラン丸のクルーカットが縦に何度も振られた。痛みという言葉が嬉しくて仕方がなかった。そんなことを言われたのは生まれて初めてだった。

「涙が出そう……」

身体が縮こまった。

「泣けばいいんだよ、思いっ切り」

加々見が笑いながら言った。何で笑うのか分からないけれど、ラン丸も笑い始めた。二人の笑い声に私の子どものような号泣が重なった。

加々見の慎重な手さばきで引き攣りは除去され縫い合わされた。最初はフランケンシュタインみたいだったけれど、傷跡は半年も経つとファンデーションなしでも目を凝《こ》らさない限り見えないほど薄くなった。しかし、もう半年は人形願望を満たすための整形は加々見によって禁止された。半年は皮膚を休め、その後いままでの無謀な手術跡のメンテナンスと平行して、人形に近付く加工をしていくということになった。

覚醒剤を断ち、デートクラブを辞め、マンションを出て小さなアパートに越した。そして、私は加々見クリニックで、私の持っていた人形の名前のココとネームプレートに書いて働くようになった。実務経験が少ないので最初は見習いの扱いだけど、従業員割引でメンテナンスと加工は安くやってもらえる。しかも、私の人形願望を汲《く》んでくれている加々見なだけに、鼻のプロテーゼの形をもっと人形のように鼻頭《はながしら》を上に向けるとか、耳を尖らせて妖精の耳にするとか、いろいろとアイデアを出してくれた。

私はどんどん人形に近くなって行く……。

第二章
突撃ビューティフル
（バランス）

「均衡は性格として厳粛であるが、一面固苦しくて、　ゆとりがないともいえよう。また変化に乏しく、余りに静的であり、消極性が強い。然し完全な左右対称を少しでも破ると、そこに動的な面白さが現われ、積極性を感じるものである。」

佳織《かおり》は、ベッドサイドに置かれたハリウッドミラーの照明のスイッチを入れた。

現在二七歳、あと三ヶ月で二八歳になるが、五歳は若返って見える。そう、鏡の中の自分が若返って見える錯覚を起こさせるのがハリウッドミラーだ。

ハリウッド女優たちが愛用したメイク用ミラーは、メイク中の女優に自分の美に対する自信を取り戻させる。ステージに立たせ観客と相対し、撮影用のカメラを見返しスクリーンを見つめる観客たちを睥睨《へいげい》する力を持たせる……、なんてことを佳織は聞いたことがあった。

鏡の両サイドに四個ずつ取り付けられたライトの明かりは、顔の細かい皺《しわ》を飛ばして隠し、肌には張りが戻ったように見せる。メイク中から気持ちを昂《たかぶ》らせるための道具である。

佳織はシュウ・ウエムラのメイクボックスを開けた。プロ使用のメイク道具と海外セレブご用達のランコムの化粧品が並んでいる。ライトの明かりを浴び化粧品たちが輝いている。いまから、真剣勝負が始まる。短大を卒業して、丸の内の東証一部上場企業に一般職として入社以来、毎朝の欠かすことのない儀式でもあった。

今朝は休日の土曜だけど、外出予定があるので、自然と洗顔後にハリウッドミラーの照明を点《つ》けてしまっていた。

基礎化粧を終わらせた肌はしっとりしている。

これからメイクアップに入る。控え目だけど、くっきりと表情が浮かび上がるように心掛ける。会社では付け睫毛《まつげ》は厳禁で、マスカラも盛り過ぎてはいけない。ナチュラル至上主義が会社でのメイクだ――結局、休日でもＴＰＯを考えると出勤時と変わらないメイクになることが多い――たまに、目の周りを盛りまくって出勤する女子社員もいるけれど、陰で何を言われるか分からない。

しかし、口紅の色は、美人色や姫色と言われる流行色にしたい。近頃、口紅が売れない、なんて囁《ささや》かれているけれど、やっぱり化粧と言えば口紅だ、と佳織は思っている。

口紅を手にし佳織は蓋を開けた。紅を出し唇にそっと当てる。口紅は明かりを反射させ、顔も輝いて見えるようだ、口紅はディオールやシャネルのような装身具が強いブランドのものがいい。口紅の容器が可愛い造りではなく、美しい造りになっているからだ。自分の美しさの引き立て役にするには、いいデザインの口紅が必須だ。

鏡の中に自分の顔と口紅が映っている。引き摺《ず》られるように幼い頃の口紅の光景が脳裏に蘇《よみがえ》った。

叔母が口紅を手にして、母親の実家の古い鏡台に向かっている。叔母は離婚して実家に戻ってきていた。叔母は、いつも、祖父や祖母に文句を言われ悲しげで沈んで見えていた。しかし、鏡台に向かって、口紅を唇に当てている横顔は、綺麗だった。

叔母の手にした口紅は、母親の持っている野暮《やぼ》ったい金の筒状の容器とは違い、大人のものを何でも欲しがってしまう頃の女の子にとっても、おいそれとは手を出せない大人の道具のように映った。いま、思い出してみても、外国製の口紅のデザインは淫靡《いんび》で、祖母などは眉をひそめるような物だった。たぶん、叔母は、その口紅を使うことで、口喧《くちやかま》しい祖父母に反抗していたんじゃないかと、佳織は思った。

女の美しさには悲しい理由があるほうがいい……などというのは昭和の話なんだろうな、と考えながら佳織はメイクを終え、今日着る洋服を選び始めた。休日は通勤のときのような固いものでなく緩《ゆる》い服がいい。しかも、メイクを済ませた後に、洋服を選ぶのは楽しい。佳織は、極暑の夏用から衣替《ころもが》えを済ませた洋服の前に立った。やはり、休日はワンピースがいい、それも夜用でない軽いものだ。佳織は、秋っぽいサップグリーンのワンピと、レモンイエローの細かいドット柄のワンピを選んでベッドの上に広げて並べた。

……決めきれない。そんなときは、顔、メイクとワンピのマッチングは既に何十回もやっているので、姿見《すがたみ》の前でワンピを身体に当ててみるより、合わせる装身具をベッドに置いたワンピの横に並べてみるのがいい。周りから寄せるということだ。小さいものはピアスや指輪から、ハンドバッグや靴まで並べて比べれば、洋服と装身具を身に付けた自分の姿をふかん図のように眺めることが出来る。

結局、サップグリーンのワンピにすることになった。今日、出かける場所が銀座であるというTPOがシックにと決めさせたのだろう。でも、靴は会社にはあまり履いていけないクリスチャン・ルブタンのオープントゥのパンプスにする。

このブランドの靴は、靴底が真っ赤に塗られて魅惑的だけど、いやらしい男の視線も集めてしまうようで、会社のセクハラ上司に『発情した猫みたいな靴だね』と言われた。中身が見えてる――赤い部分が――ということのようだった。ブランドのデザイナーは多分、そんな淫靡に見える効果をも狙《ねら》っているんだろうが、佳織にしてみれば、美しいシルエットの靴であればよくて、男の視線など欲しくなかった。

二階の佳織の部屋から外付けの階段を降りる。ヒールの音が甲高《かんだか》く鳴った。秋晴れの空が眩《まぶ》しく、ワンピの深い色合いのサップグリーンが映えている。季節の空気感と洋服がベストマッチしたときは、本当に気持ちがいい、と佳織は大きく息を吸った。

三軒茶屋《さんげんぢゃや》から田園都市線、銀座線を使って銀座まで来た。銀座は佳織の一番好きな街だ。地上に出ると風景が変わる。

銀座が他の街と違って見えるのは、歩道が綺麗だからだろう。銀座・京橋辺《きょうばしあた》りは煉瓦《れんが》作りの歩道や御影石《みかげいし》を敷き詰めたものもある。薄汚れたアスファルトに汚らしい落書きだらけの渋谷や六本木《ろっぽんぎ》とは、街を作る美意識が違う。御影石が鳴らすヒールの音は金属的だった。

先週もこの道を通った。行き先は、銀座中学校横、加々見クリニック。銀座中学校横という嘘みたいな——正式ではないのだろうが——住所表記がどこか非現実的で心を惹かれた。

先週は、加々見クリニックの入ったオフィスビルのエントランスまで来て引き返してしまった。どうしてもエレベータに乗れなかった。決心して診療の予約を入れたのだが、エレベータに乗れば、最後の一線を踏み越えることになる。

加々見クリニックは美容整形のクリニックである。佳織の決心は、顔にメスを入れることだった。やはり、それは恐いことだったが、どうしても我慢の出来ない部分がある。それさえ、どうにかすれば、自分は完璧に近付く……。

ずっと悩んでいたけど、この一週間は、加々見クリニックのことばかり考えていた。今日こそは、エレベータに乗り受付の前に立とう、と心に決めていた。


凄い……凄すぎる。必死の思いでエレベータに乗り、加々見クリニックのドアを開けたとたん佳織の頭の中には、凄い、という言葉が何度も繰り返された。

受付に座っている女の子は、人形にしか見えなかった。大きな二重《ふたえ》の目は目尻《めじり》と目頭《めがしら》間の距離が異常に長く、眉間《みけん》まで通った鼻筋、口角《こうかく》の上がったぷっくりした唇……顔のどの部位も人工的で過剰に作られている。栗色の巻き毛の頭に小さなサイズの看護帽を載せているけれど、それは細かい刺繍《ししゅう》も入っていて、まるでお姫さまの頭に載ったティアラのように見えた。

「カウンセリング予約の佐々木佳織さんね。問診票に記入して、お掛けになってお待ちください」

問診票を手渡す受付の子の手は真っ白で細く、赤十字のシンボルマークを装飾したネイルにバングル型の大きなブレスレットを両腕に嵌《は》めていた。胸には名札のプレートがあり「看護師・ココ」と書かれてあった。

「先週は予約をキャンセルして、すみませんでした」

佳織は、ココに向かって頭を下げた。

「いいんですよ。最初の予約って来ない患者さんが多いんですよ。やっぱし、こういうところって敷居《しきい》が高いんですよねえ。でも大丈夫、いい先生だから」

ココは首を計算された角度に傾《かし》げて微笑んだ。歯磨き粉のパッケージに印刷されても良さそうな歯並びのクリーニングされた真っ白な歯が見えた。いい先生？

ということは、ココの整形はこのクリニックの医師が施《ほどこ》したのだろうか……、もし、そうなら、技術力は高いと思えた。しかし、ココの容姿には現実味がなく、佳織を不安にさせた。

ココは、この世のものではないほど可愛らしい。心の片隅にはちょっとだけではあるが、ココみたいな容姿になってみたい、という気持ちはあるけれど、やはり、この世のものではなくなる、というのは嫌《いや》だな、と。佳織は、オレンジ色の革張りソファーに座り、問診票を書きながらココの顔をこっそりと観察した。

問診票の中の質問に「負けず嫌いである。イエス・ノー」というものがった。変な質問だ。待合室に一人、佳織は室内を見回した。清潔な病院の待合室、オレンジのソファーというのは、とてもオシャレで女子好みだけれど……、白い壁にモノクロのポートレートがある。気付かなかったが、よく見ると、ちょっと、奇妙なポートレートだ。写っているのは、丸眼鏡を掛けた西洋のおじさん、ワイシャツにネクタイを締めているが、ウェストの部分が恐ろしいほどくびれている。そのくびれは、肩幅の半分ほどしかなく、胴回りは五〇センチもないくらいだ。

昔のフランスで、女の人がコルセットでウェストを締め上げて極限まで細くしている写真を見たことがあるけれど、それはウェストを細くして膨《ふく》らんだスカートと対比させてるファッションだ。でもポートレートのおじさんはネクタイにシャツ、スラックスで、ウェストが細い必要はない。太いよりは細い方がいいんだろうけれど、歪《いびつ》に見えるほど細い。まさか、この人物が加々見なんだろうか？

もしそうなら、直《す》ぐに帰ろうと、佳織は思った。

他にも奇妙な部分が目に入る。置かれている雑誌で日本語のものは『VOGUE』ぐらいで、ほとんどがヨーロッパの言語の見たこともないような雑誌だった。誰が読むんだろうって感じだ。どんな人間がこのクリニックを訪れるのだろうか。

「佐々木さん、問診票を書き終わりましたら、診察室にご案内します」

ココが目の前に立った。ウェストは女の子なら羨《うらや》ましがる細さだが、写真のおじさんのような歪な細さではなかった。佳織は問診票を渡して立ち上がった。ココが前を歩いて、診察室へと進んだ。

診察室のドアが開けられた。部屋の奥に椅子に座った老人が立ち上がった。

「加々見です。どうぞ、こっちに」

加々見は診察用の丸い回転椅子を示した。背筋がピンと伸び、銀髪を綺麗に撫《な》で付けている。身体のサイズにきっちりと合った皺一つない白衣にシックなネクタイで、洋服は似ているがポートレートの人物とは違っていて佳織は安堵《あんど》した。丸椅子に座ると、加々見も座って問診票に目を落とした。

加々見のウェストを確認する。極端にくびれていることもなく、スマートなウェストだった。少し、ほっとしていると、また、佳織の目に変なのものが入ってきた。今日、加々見クリニックに入って最も奇妙なものだ。

「先生……あの方は？」

佳織は診察室の隅に立っている男をちらっと見た。

「うちの看護師ですよ。森ってんだけど、カタカナのランに漢字の丸でラン丸って呼ばないといけない。変な奴だろう」

加々見はくだけた喋り方になった。男は近付いてきて「よろしく」と言いながら佳織の肩に手を掛けた。胸のプレートには「看護師・ラン丸」とあった。

「格好が……」

「ああ、これ。こいつ、この格好じゃないと嫌だって頑として譲らねえんだ。私は見慣れたけど」

加々見は、困った顔をラン丸に向けた。

ラン丸は大きく頷《うなず》いて佳織を見ながら微笑んだ。ラン丸は短髪の頭にココのものとは違う古臭い看護帽を載せている。端正な和風の顔立ちだが日サロにどんだけ金払ってんだというくらいに灼《や》けて、かりんとうのような色をしている。そして、最もこの場所にそぐわないのは、股下五センチもないホットパンツ姿で、毛の全くない真っ直ぐな茶色い足の先は裸足だった。佳織の視線はラン丸の足下で止まっている。

「何で裸足かなって……」

「やっぱり、気になるかねえ」

裸足のオカマ——オカマしか考えられないが、まだ定かではない——が気にならないわけはない。佳織は答えように困って曖昧《あいまい》に返事をするしかなかった。

「裸足が一番素敵じゃない？　ブスなＯＬが穿《は》くタイツみたいなデニール数の高いストッキングで、素足を隠しちゃいけないのよ。だから、私は裸足が大好きなの！」

ラン丸は最後にはキンキン声になって小さく飛び跳《は》ねていた。やはりオカマのようだ。

「はあ……そうなんですか……」

そういう問題じゃない、と佳織は思った。すごく考え決心してやってきた。それなのに、クリニックの看護師がアンドロイド女に、かりんとうのような白短パンオカマでは、悲し過ぎる。佳織は帰りたくなった。

「まあ、気にしねえことかな」

加々見は笑っている。問診票を広げ目を落とすと小さく頷いていた。

「やっぱり、私、止《や》めます！」

佳織から叫び声が出た。

「どうしたんだい？　綺麗になりたいんじゃないのか？」

加々見とラン丸が怪訝な顔を見せた。

「綺麗になりたいに決まってるじゃないですか！　それなのに、先生たちは変ですよ。何ですか、その男のホットパンツと裸足は異常です！」

「おいおい、人を見た目で判断しちゃいけないよ。嫌《いや》、違うな……、ここは見た目で判断されたいって人間の巣窟《そうくつ》ってことだからな……。ただね、このラン丸は、こいつなりの美意識が、この格好をさせてんだぜ。あんただって、自分なりの美意識を貫きたいってことで、ここに来てんだろう？」

「それはそうですけど」

美意識と言う言葉が頭の中で響いていた。佳織は、綺麗になりたい、ということに囚《とら》われている。それは美意識を追求することなんだろう。

「美意識を持っていない人間は、ここには来ない。ラン丸とあんたの美意識は違う、私の美意識とも種類が違うんだ。他人の美意識を否定するってのは、大変なことだぜ」

加々見が「私」と言うと、どこかワタシかアチキという風に言っているように聞こえた。

「でも……」

「でも、否定してえのか」

加々見は問診票に一瞬目を落としてから佳織の顔に視線を送った。加々見の頬が僅《わず》かに上がり笑っているように見える。すっと診察室の空気が固まったように思えた。

「別に、そのオカマの格好を否定したいとは思いませんし、そんなことと診療とは関係あるんですか？」

売り言葉に買い言葉のようなものだった。

「あれえ、結構、嫌な子なんですけど！」

ランス丸がアニメの声優のような作った声を出した。それは底意地の悪い女が出す、人をからかうときの声だった。こんな声を出す女が会社にいる。実に嫌な女で、女子社員と一緒のときと、男性社員がいるときとは、自在に声のトーンを変えられる女だ。しかも作った声のくせに、地声だと言い張ることの出来る女だ。

「あんたこそ、嫌な奴じゃない。足の形が良くて、脱毛した肌が綺麗なのを自慢したくて、ホットパンツ穿いてるだけじゃないの。何が美意識よ！　ただの見せびらかしじゃない」

佳織はランス丸を見据えて言った。

「いやぁ！　あんた、いま、美意識って言ったところで、鼻の穴がすっごく膨らんだわよ！　嫌ねえ」

ラン丸は、意地の悪い猫が威嚇《いかく》するときのように、鼻に皺を沢山入れて笑って見せた。佳織の怒りは沸点《ふってん》に達しそうだった。

「いま、そういうこと問題じゃないでしょう。それって話のすり替えじゃない？」

冷静に冷静にと佳織は自分に言い聞かせた。

「あ〜、すり替えってところで、また鼻の穴が膨らんだけど、その前に、あんたの張った頬骨がきゅううううって上がったわよ。どうやんのそれ？　面白〜い。私もやりたい、頬骨きゅうぅぅぅう！」

ラン丸は人指し指で押して頬骨を上げた。ラン丸は、問診票を見て、佳織の気にしている部分を突いてきた。佳織の怒りは沸点を大きく超えた。

「うるさい！　あんたねえ！」

大きな声が出てしまった。

「ラン丸も止めとけ、オカマの嫉妬はみっともねえよ。それと、あんた、止めた方がいいよ。こいつの口喧嘩は汚い手をいくつも使うから百戦錬磨《ひゃくせんれんま》みたいなもんだ。非道《ひで》え思いさせられるから止めときな。オカマってのは女に性嗜好《しこう》がないだけに冷酷になれるからねえ」

加々見が言うと、ラン丸は素直に「はーい」と返事をして、佳織に向かって頭を下げた。

「あんなこと言われて……」

佳織の怒りは収まらない。握った拳《こぶし》は開かない。

「問診票には、負けず嫌いである、がノーになってるけど、ここに来る人間は総じて負けず嫌いなんだ。当たり前だよな、他人より綺麗になりたい、負けたくないって来るんだから。だから、あの項目は、正直者を見つけるために作ってんだよね」

加々見は、真っ直ぐに佳織を見た。

「負けず嫌いか……」

綺麗になることに関して誰にも負けたくない、と思い続けている自分が居た。

「もう一回、言うよ。あんた、綺麗になりに来たんだろう？　そのことを考えようよ」

加々見が椅子から少しだけ身を乗り出し、佳織の拳を握った手に触れた。

「綺麗になりたい……本当にそのことだけを考えていますね……」

佳織の身体から少し力が抜けた。

「みんなそうよ、当たり前なの。女の子だったら、四六時中、綺麗になりたいって考えてんのよ。ただね、それが度を過ぎることってあるのよねえ」

ラン丸は急に優しくなって、また、佳織の肩に手を乗せた。

「度を過ぎてるのかな……私」

「女の子は仕方ないよ。フラレたら綺麗になって見返したい！　フッタらフッタでフラレた男がストーカーになるくらいに綺麗になって次のステップに進みたいって！　恋愛だけじゃなくて女の子同士で集まっただけで、ああ、あの子より綺麗になりたい、ここは負けてるけど、ここは勝ってるから、ここをもっと綺麗にしたいって……、女の子は産まれたときからそうなの。映画観て、TV観て、街を歩いて、綺麗な子を見たら、がんばろうって背中押されんのよ。大丈夫だから」

ラン丸の手が押さえるようにぎゅっと佳織の肩を掴んだ。

「落ち着いたかな？　ずっと震えていたの知ってるかい？」

加々見が首筋をそっと触って脈を計った。

「震えてたんですか、私？」

身体の芯に力が入っていたのはわかっていた。でも、震えていたなんて、嫌に身体に触ってくる人たちだと思っていたが、それは、震えを止めようとして気づかっていたのでは、と佳織は感じた。

「入ってきたときからね。いいのよ、女の子はいつも怖がってるものなのよ。私にはよく分かる」

ラン丸は小さく笑いながら言った。それはさっきの嫌みな笑い方ではなかった。

「ラン丸、おまえなあ、さっきから女の子ってのを乱発してるけど、戸籍も見た目も完璧な男だぜ。しかもクルーカットってマリンコみたいな髪型も、おまえみたいな歌舞伎顔じゃ、ただの、寿司職人の角刈りだ」

加々見の方はラン丸に意地悪く笑って見せた。ラン丸は、死にかけた蛾が羽をぱたぱたと動かすように掌《てのひら》を執拗《しつよう》に振った。そして、

「非道《ひど》〜い」

とラン丸は怒鳴った。佳織は思わず笑ってしまった。

「何が非道いだ、ラン丸。だいたい、おまえは、ここの石の床を革靴を履いて歩くと、直ぐに転んじまうってんで裸足になったんだろう。折角、この床は、イギリスの革底の靴と、すごく相性のいい石を選んだんだけどな。裸足なら転ばねえってのは、美意識ってより、こいつの問題だ」

加々見は、タップを踏むように片足で床を鳴らした。拍子木《ひょうしぎ》を打つような乾いた音が聞こえた。

「すいません……」

佳織は素直に謝った。

「どうにか震えも止まったことだし、早いとこ、綺麗になるための話をしようじゃねえか？　どんな美人になりてんだったけかな……」

加々見は、また、目を問診票に落とした。加々見の顔が強張《こわば》ったように見えた。

ラン丸も加々見の横に立って問診票を覗《のぞ》き込んでいる。

「先生……佳織ちゃんは、あれだよね？」

ラン丸の声のトーンが少し落ちた。いつの間にか、ラン丸は、ちゃん付けになっていた。しかし、ラン丸は、その勝手な親しさとは違った神妙な顔つきになっている。

「頬骨削りとエラ削りか……、いきなりすごいところに入ってきたな。佐々木さん、ちょっと、こっちに顔を向けてくれるかい」

加々見は、椅子を動かして佳織の正面に座り直し、両手を佳織のえらに当てた。小さく頷きながら、両手を頬骨に移動させた。

ラン丸も加々見の斜め後ろから視線を注いでいる。加々見は、舌を押さえて喉の中を見るときに使うような金属のヘラを取り出し右手に持った。そして、金属ヘラを佳織の顔の前にかざした。何度も、金属ヘラの位置と方向を変えている。加々見は顔のバランスを計っているようだった。

「佳織ちゃんは、丸の内のＯＬさんよね。頬骨削りとエラ削りってすっごく高いのよ。うちは期間セールで何パーセント・オフとかやってないしぃ。カードもローンもやってるけど、二〇〇万以上掛かるのよ。それに、一週間は、会社に出られないと思うよ。腫《は》れがうまく引けばってとこだけど」

ラン丸が話しているとき、直ぐ目の前を金属ヘラが何度も行き来していた。

「ラン丸、いま、する話じゃないな……。佐々木さん、頬骨削りとエラ削りの施《せ》術《じゅつ》は出来ないね」

「先生、何か問題でもあるんですか？　お金なら大丈夫です」

「いや、そんな問題じゃないんだ。頬骨削りとエラ削りをやらなくていいだろう、否、私としては、やりたくねえなってことだ」

加々見は、真っ直ぐに佳織を見た。

「やりたくないって、それはどう意味ですか？」

「頬骨削りとエラ削りは、あんたには、やる必要がないもんってことだ。だから、私はやりたくないんだよね」

「そんなぁ、先生。整形って、必要のある人ってほとんどいないじゃないですか、一重《ひとえ》を二重《ふたえ》にする必要はないんだし。私はフェイスラインを整えたいんです。お願いします」

佳織は頭を下げていた。

「あんたは毎日、何度も鏡を見てるよね」

「それはそうですけど」

「それで、頬骨とエラを削れば、自分は完璧になるって思ったんだろうけど、そうでもないな、と私は思うんだ」

「それは先生の考えであって、私はやりたいんです！」

「さっきまでは、帰って他の病院を探そうとでも思っていたみてえだけど、話があべこべになって、やる気満々になっちまったな。うちはねえ、見合った効果のない施術はやらないんだよ」

「頬骨とエラを削っても綺麗になれないって言うんですか！」

思わず大きな声が出てしまった。

「違う、違うって、佳織ちゃん。頬骨とエラを削ったら少しだけ顔が小さくなって綺麗になるかも知れないけど、骨削るって大変な手術だし、お金も沢山掛かるのよ、佳織ちゃんは、そんなことしなくてもいいんじゃないってこと。先生、やっぱり、あれなのよ、佳織ちゃんは」

ラン丸が笑って大袈裟《おおげさ》に手を振った。

「あれって、何なんですか？」

「あんたみたいな子のことを、突撃ビューティフルって呼んでんだよ」

「突撃？　ビューティフル……」

「そう、うちにはいっぱいくるんだ。綺麗ってこと、美しくなるために闇雲《やみくも》に突撃していく女の子ってことさ。まあ、おばさんも多いけどね。あんたが二〇〇万も掛けて骨削ったってその価値はねえよ。金に見合ってないからな。でもな、分かんなくなっちまうんだよな、突撃ビューティフルの人間ってのは。誰だって綺麗になりたい、でもな、それればっかりじゃな」

加々見の言葉は、突き刺さってくるようだった。

「私が、そんな人間だと言うんですか？」

「違うかい？　やれ特別奉仕価格のエステだとか、美容クリームがセールだからなんてのに、直ぐに乗せられちまうだろう？　綺麗になりたい女性限定、ビタミン摂取《せっしゅ》のサラダランチなんて、へんちくりんなもんまで、あんたらは昼休みに大挙して駆け付けちまうだろう？　綺麗とか可愛いなんて言葉を付けとけば、あんたらの財布は、パカッて開いちまうのが、広告代理店の兄ちゃんや商売人にモロバレしてんだぜ」

加々見は、両肘を曲げ長財布とハンカチ持って昼ご飯に向かうOLの姿を真似してみせた。

「佳織ちゃん、現代は女の子の財布の口をぱっくりと開けさせたい商売人たちの魂胆《こんたん》で、女尊男卑《じょそんだんぴ》のような状態になっているでしょう。それは、世の中でもっとも財布が開きやすい人種を選んでちやほやしてるだけ。突撃ビューティフルの子はそんな時代の歪みから生まれたんだわ。女の子と違って、新橋《しんばし》の安酒場で呑んでるリーマンなんて誰もちやほやしないでしょう？。それはねえ、綺麗とか限定とかのキーワード嵌め込んでみたいなチャチなことでは、沼のような非情な世間で煮染《にし》めたおじさんの財布は、錆《さ》び付いた金庫のようで、簡単にパカって開《あ》いたりしないからなの、商売の鉄則は簡単なところから盗《と》れってことでしょう。そのおじさんたちは、突撃ビューティフルの反対側にいる人種ってこと。だからといって、そのおじさんが賢いかどうかは分からないけど、お金は簡単には出さないわよねえ。出すとしたら、啓蒙《けいもう》本かビジネス本かな。成功して金持ちになるって果てしない夢を見るだけだからねえ」

ラン丸は、また鼻に皺を寄せていじわるそうに笑った。

「突撃ビューティフルか、当たってるかも知れないな……、そう言われちゃうのも悲しいけど、ビジネス本で金持ちの夢見てるのも切ないいな」

「二〇〇万は大金だよ。あんた実家暮しなのか？」

加々見が訊《き》いてきた。

「いいえ。三軒茶屋のマンションで一人暮らしです」

「だったら尚更だ。大金使って骨削る他にもいろいろ方法がある。だから、考え直しな。それと、私は綺麗になりたいって気持ちを咎《とが》めてんじゃないからな」

加々見は大きく息を吐《つ》いた。

「……そんなこと言われると、何か……違う裏があるんじゃないかって勘ぐってしまいそうです。美容整形のお医者さんなのに……」

「変わりもんなのよ、加々見先生は。美容整形クリニックなのに往診もするからね」

「往診をするんですか？　往診なんて言葉近頃、まったく聞きかなくなりました」

「まあな。食べもん屋の出前か町医者の往診かってくらい聞かねえな。でもね、私は往診ってのをやりたいんだよね。これも何でかって話さないと、裏があるって思われそうだな」

「ええ、まあ……性格が悪いのかな」

佳織は言った。もしかしたら、往診で下見をして空《あ》き巣《す》にでも入られるのかも、などという考えが頭を過《よぎ》った。

「以前に医学部の同窓会ってのに顔を出したんだけどね。そんとき、田舎の町医者をやっている同級生から話を聞いたんだ。そいつは、日曜祭日、休診日は旅行に行くか、診療所と並びに建っている自宅にはいないようにしている、って言うんだな。私はね、怪訝に思って何故だと訊《き》いた。

『うちの患者は、田舎の人たちだからねえ、休みの日に、体調が悪くなると休診なのに病院に電話したり、訪ねて来たりしてしまうんだ。居留守《いるす》をするのも面倒だから、居ないようにしてるんだよ』

とそいつは答えたんだ。何とも情けない医者じゃないか？　家に居て診療を断ったら応召《おうしょう》義務違反になる、だから外出するんだってよ。医者ってのは地域住民の健康管理をするという前提で税制上優遇されてんだよ。何とも情けない考え方だなって思ったな。そいつはまるで、アメリカかぶれした安もんの営業マンみてえだな、と思ったな。診てやりゃいいじゃねえか、重病だったら救急車呼んでやりゃいいんだし、休日診療の病院を紹介してやってもいい。掛かり付けの医者と電話で話すだけで患者は安心するもんだ」

　加々見は吐き捨てるように言った。

「つまんない心の狭い医者よね、話を聞いてげんなりしちゃった。私だって医療に従事する看護婦なんだから……そういうこと思っていても人に言うことじゃないわよね」

　ラン丸も吐き捨て、看護婦の「婦」の部分を強調して言った。

「救命救急医になるわけでも無医村の医者になるわけでもない。でもな、医者になったんだから、どっかで人助けって気持ちは持ってなきゃいけない。それで私は、往診することを決めたんだ。実際、美容外科の患者は、心が弱っていることも多い、電話で応対するだけでも病状は落ち着くからな」

「心が弱っている……か、患者のためを考えてるんですね」

「当たり前のことだけどな。美容整形の医者ってのは守銭奴《しゅせんど》も多いけど、変わりもんもいるんだよ。少しは、信用したかい？」

　言葉は職人のようにべらんめえで、隙のない出で立ちは、ちょっとばかりチグハグだが、裏で悪巧みをしているようではない、と佳織は思った。

「ええ……でも、やっぱり、頬骨とエラを削りたい気持ちは残っています。先生、何で私はやらなくていいんですか？」

「それは、あんたの顔のバランスを計ってみての考えだ。大金かけて削るってのは、効果と金額のバランが悪過ぎるから、止めなってことさ」

　加々見は、また、金属ヘラを取り出して佳織の顔にあてがった。

「顔のバランス？」

「例えばな、左右の瞳にそれぞれ点を置く、それと、鼻の先にもう一つ点を置いて三点を作る。そして、それらを結べば、顔の真ん中に逆三角形が出来上がる。この逆三角形の縦の長さが短いほど、今風な可愛いとされるアイドルのような顔ってことだ。その反対に逆三角形の縦が長いほど、美人系の顔になる。あんたは、後者なんだな。美醜っての流行《はや》り廃《すた》りが激しいからね。削って細くすると、より逆三角形が長く見えちまうだろうな。小顔ってよりも馬面《うまづら》に向かっちまうってことさ、まあ、馬面は極端だけど、バランスは崩れるな。あんた、別に顔は大きくないしエラも悪くない。小顔に見せたいならそのバランスで、リンパマッサージっていう水分を排出するマッサージを毎日やって、頬の形を少しばかり変えることだな。水分を流すだけで、ほっぺたってのは形が大きく変化すんだ。頬骨の端から顎《あご》の側面までのほっぺたを一直線にすれば、相当良くなる」

加々見が頬に金属ヘラを当てた。ラン丸がスタンド型の三面鏡を引っ張ってきて開くと佳織を映した。

「エラが目立ちませんか？」

「そう思うってことは、顔を前からばかり見てるって証拠さ。エラから顎までのラインの水分をこれまたリンパマッサージで丹念に水抜きすれば、綺麗なラインを作るエラと首だよ、あんたのは。エラを削っちまうと横顔がぺっとりとして美しくないな」

加々見はエラから顎までのラインを金属ヘラで強調して見せた。

「リンパマッサージのやり方は、後で教えるけど、毎日、丹念にやるの。エステでお金を払ってやらなくても自分で出来るから。水分が顔に溜《た》まるとそこに脂肪を呼ぶのよ」

ラン丸は中指と人差し指を顔に当てて動かした。

「なあ、あんた。頬骨からエラを通って、顎までのラインが最も美しいのは誰か分かるか？　まあ、鏡に映った真正面の自分の顔ばかりとにらめっこしてちゃ、他人の斜め横顔なんて見てないか……」

「さあ、分からないです」

「それはな、オードリー・ヘプバーンだよ。最高に綺麗なラインだ。あんたは、頬骨にエラを削ると、そこに近付いていけるチャンスを失うんだ」

加々見が言うと、佳織の脳裏にモノクロのオードリー・ヘプバーンの横顔が浮かんだ。佳織は三面鏡の横鏡で自分の横顔のラインを見た。薄《うっす》らとだがエラから顎のラインに陰影があった。

「近頃の女の子って、真正面からのフラッシュライトのプリクラとか、斜め上から小顔になるように写メで撮ってとか、自分の奇跡の一枚だけを記憶して安心しちゃってるんだよね。佳織ちゃんだって、考えてごらんよ。人って、顔を真正面から見ることは、ほとんどなくて、いっつも斜め横から見てんだよ。しかも動いて、表情作って」

ラン丸の言う通りだった。真正面から光を当てたハリウッドミラーの中の自分ばかりが記憶に残っている。

「なあ……。結局、何があって、そこまで自分を追い詰めちまったんだ？」

加々見が急に話を変えて訊いてきた。

「大したことないんですけど、振った男が、すごくいい家の子と結婚しちゃって……」

佳織は咄嗟《とっさ》に嘘を吐《つ》いていた。

「人にあげたもんが惜しくなっちゃったのね。分かるぅ、綺麗になって、その男を唖然《あぜん》とさせてやろうね」

「そうね」

佳織は笑顔で答えた。嘘を吐くときは、どうして笑顔になるんだろう、と考えていた。

加々見は、診察室にアイロン台を出して、ドライクリーニングが終わった白衣にアイロンを掛けていた。これは加々見がやる診療前のルーティンワークだった。クリーニング店は勿論アイロンを掛けて仕上げるが、自分でもう一度、アイロンで白衣の形を整えるようにしている。いつのまにか、ラン丸もそれに習い、横に並んで短い白衣にアイロンを掛けるようになっていた。

「大丈夫かな、佳織ちゃん」

ラン丸が眉間に皺を寄せて言った。

「毎日、化粧してんだから、リンパマッサージなんて苦にはなんねえよ。二週間もやれば、ラインの陰影がはっきりするだろうな。そしたら、ボツリヌス菌注射でエラ辺りの筋肉を弱めて縮めるかな。まあ、陰影が出てエラが目立ち過ぎたときにだがな、たぶん、あの子なら射たなくても綺麗なラインになりそうだけどな」

加々見は答えた。

「そっちは心配してないんだけど、佳織ちゃんの震えは気になるでしょう？」

「そっちか……、相当に追い詰めちまってるようだな」

「一週間以上経ったけれど、連絡ないし、予約もキャンセルしてんのよね。今日にでも、電話してみようかな」

ラン丸が言った。

「電話すんのか？　余計なお節介のように思うけどなあ」

加々見は呆れた声を出した。

「まずは、メールよ。お節介は女子の特権なのよ。それに女の勘も働いてんの」

「おまえなあ、真っ黒で角刈りのオカマじゃねえか」

「失礼ね、先生。女の子の格好すれば、私がそれなりに綺麗なのは知ってるでしょう？」

ランは、そう言いながら携帯を取り出していた。


脳裏には幸子《さちこ》の顔が刻まれている。その顔を追い払った。

佳織はハリウッドミラーの前で、加々見に教えてもらった顔面リンパマッサージを始めた。顔のリンパの流れに沿って、保湿クリームを塗った指でゆっくりと顔に溜まった水分を押し、首筋に向かって流し出す。むくみが取れ、顔が締まる効果はある。しかし、人間の身体の中の水分は心臓が脈打つ度に移動する。効果は寝て起きると消え失《う》せてしまう。ラン丸が言っていた毎日、丹念にという言葉が耳に残っていた。

幸子の顔がちらつく。幸子さえ入社してこなければ、社内の一番は自分だった。四大を卒業して今年入社の二三歳の幸子は、隣の部署に配属されてきた。

幸子の入社で社内の男性社員たちがざわついた。

幸子は、私服も装飾品もメイクも髪型も完璧だった。加々見に言わせれば、美しさに向けて走っている幸子も突撃ビューティフルな女なんだろう。だからなんだろう。同類の臭いを嗅《か》ぎ付けたのだろう、幸子は直ぐに佳織に近付いてきた。

「幸子って、幸せになれるようにって親がつけてくれたんだけど、お婆ちゃんみたいでしょう」と幸子は言ったが、練りに練られた最高の台詞《せりふ》に聞こえた。その台詞は、幸子の性格までも美人に見せていた。

加々見とラン丸に向かって咄嗟に嘘を吐いた。それはとても恥ずかしく、薄汚い、嫉妬が原因だったからだ。

幸子が佳織に向けて何かをしたわけではない。あくまで、佳織一人が薄暗く嫉妬したのだった。否、幸子は、余裕を持って接してくるのが小面憎《こづらにく》い。それは勝っていると自信を持っているからなのか、と思ってしまい、また、一段と悔しくなってしまう。

幸子の出現が、佳織を美容整形へと気持ちを向かわせたのだった。

頬骨を削りエラを削れば……と考えていたが、そんなことではなかった。加々見が言ったように、見えなくなって突撃してしまっていた。

佳織の住所を入力したタクシーのカーナビは、目的地に近付きました、と音声で知らせた。タクシーは、路地に入れずに住所の前には止まらなかった。

「先生、佳織ちゃん家《ち》って三軒茶屋って言ってたけど、三茶《さんちゃ》の駅から随分遠いんだね」

ラン丸は地図を手にしてタクシーを降りると言った。革の編み上げのサンダルで革のホットパンツ姿は、住宅街では異質な虫が迷いこんだようにみえた。加々見は地図を受け取り路地に入っていった。

狭い路地の両脇には小さな家が密集し、発泡《はっぽう》スチロールの箱に植えられた草花が路地をより狭く見せていた。

「住所の番地ではここになってるな……」

軽量鉄骨の古びた二階建てのアパートの前に加々見は立った。

「何これ？　滅茶苦茶《めちゃくちゃ》昭和じゃん……、本当に合っているの？」

ラン丸が街灯の明かりの元で地図を覗き込んだ。地図の場所は合っていて、アパート名はなく部屋番号が２０１号とだけ記されていた。

「あけぼの荘ってネーミングも、昭和そのものだな……。とにかく、行ってみるしかねえな」

加々見は、ほとんど機能していなさそうな錆《さび》だらけの郵便受けを横目に外付けの階段に向かった。蛍光灯に照らされた通路には三輪車や壊れた傘が捨てられたように置かれている。ペンキの剥《は》げた鉄製の階段を登るとひび割れた金属音が響いた。

「すごいね、大丈夫かな、この階段」

ラン丸はそろりと階段を登っている。

「懐かしい音だな。私の若い頃のアパートはみんなこんな感じだったな。下宿屋は木の階段だったから鉄の階段ってだけでハイカラに思えたたな」

階段を上った通路には、古い二槽式《にそうしき》の洗濯機があり、その前の木のドアに紙に書かれた「201佐々木」という名前を見つけた。加々見はドアを握った拳でノックをした。湿った木の音がした。何度かノックするうちにドアの奥で、佳織の返事が聞こえた。

「佳織ちゃーん、遊びに来たよぉぉ」

気を遣っているのかラン丸は陽気な声を出した。ドアの直ぐ向こう側で鍵を開ける金属音がした。ドアがゆっくりと開いて佳織が顔を出した。ジャージの上下で、上着のフードを頭からすっぽりと被《かぶ》っていた。

「勝手に往診に来てしまった。ラン丸が言うには、お節介は女子の特権だそうだ。上がってもいいかい?」

加々見もラン丸に倣《なら》って陽気な声を出した。佳織はちょっと笑い、観念したような表情を浮かべ「どうぞ、狭くて申し訳ないですけど……」と言った。

佳織の家の中は、まるで煮詰まってしまった佳織の頭の中に入り込んで行くような感じを覚えた。玄関には色鮮やかな柄物の傘が並んでいる。海外高級ブランドの靴の箱はどれも新品のように綺麗で天井まで積み上げられ、各々の箱の外側には中に入っている靴の写真が貼られてあった。加々見とラン丸は身体を傾げて奥へと進んだ。トイレと浴室のドアがあり、次はブランドバッグの箱が重ねられている。箱のないものは、フックに掛けられ、これも天井近くまでの壁を埋め尽くしていた。ラン丸はブランド品たちに威圧されたのか静かになってしまった。

加々見も息を呑んだ。洋服、洋服、洋服、洋服、洋服、と頭の中で叫んでいた。ベッドの上は、八〇センチほど空間を開け、その上には天井からクリーニングの薄いビニールが掛かったワンピースやコートのような洋服が大量に吊り下げられている。ハンガーラックに掛かったブラウスやスカートで壁はまるで見えない。ハンガーラックの洋服の塊《かたまり》は、部屋の続きの小さな台所へと続いているようだった。

加々見とラン丸は身体を寄せあうように部屋の入り口に立った。テレビもオーディオもない。小さな卓袱台《ちゃぶだい》が僅かに見える畳の上に置かれている。そして、卓袱台には、玩具のような小さなハリウッドミラーが置かれ、畳の上にごつい形のメイクボックスがあった。

こんな奇妙なバランスの家を見たのは初めてだった。

家の中にきっちりと並べられて収納された品々はすべて新品同様に見え、部屋を覆い尽くすような色鮮やかな品々の隙間から、沁みの付いた砂壁や古びた木の柱が見えかくれする。衣食住の衣だけに飛び抜けて金を掛けるとこんな家になるのだろう。

こんな光景を見た記憶が加々見にはあった。

それはニュース映像で、中国での高級ブランド品の違法コピー工場摘発の光景だった。崩れたモルタルの壁と色褪《いろあ》せた人民服のような作業着を来た中年のお針《はり》子《こ》さんたち、旧式のミシンと色鮮やかなバッグ、光を反射する金具、すべてがちぐはぐだった。

「これは……、貧乏なのか金持ちなのか意味不明な部屋だな」

加々見は溜息《ためいき》を吐くようにして言うと、ハリウッドミラーの載った卓袱台の横に身を縮めるようにして座った。ラン丸は、加々見に身を寄せるようにして体育座りをした。

「この部屋に初めて人を入れました」

佳織はベッドに腰を掛けた。頭のすぐ上に洋服の裾の塊があった。加々見の場所から、佳織の顔を見上げるような位置になった。真上から明かりでフードを被った佳織には、顔に影が出来ていた。

「すごいね、佳織ちゃん……。衣装持ち、なんて褒《ほ》めるレベルをとうに超えてるね」

ラン丸は部屋を見回しながら言った。佳織は力なく笑っている。そのとき、加々見は佳織の顔に違和感を覚えた。

「悪いな、一応、往診に来たんだ。顔を見せてもらうよ」

加々見は素早く手を伸ばして、佳織のフードを剥いだ。

佳織の顔には幾つも痕《あと》があった。

「こんなになっちゃった……」

佳織は誰に言うでもなく呟《つぶや》いた。頬骨からこめかみ、エラから顎のラインには、紫色になった内出血が帯のように連なり、頬にも小さな斑点《はんてん》状の内出血が見られた。髪はひっつめに結んであり、ノーメークと内出血のせいか、佳織は試合の終わった格闘技選手のように見えた。

「リンパマッサージを毎日とは言ったけれど、一日にやる回数を言い忘れたようだな……」

加々見は佳織に近付き、顔に手を当てた。顔の表面は熱を持っていた。

「止まらなくなっちゃって……」

佳織は俯《うつむ》いて言った。加々見は、往診用の鞄の中から冷却剤や湿布《しっぷ》を取り出した。加々見への往診要請で最も多いのは、美しくなろうと美容整形をしたのに、患部が腫れて恐怖に苛《さいな》まれてしまう、というものだった。美容整形の手術後は腫れとの戦いになる。

「大丈夫、今日はよく冷やして、明日から、温かいタオルとかで、温湿布《おんしっぷ》すれば、この色は取れるから、心配しなくていい」

加々見が言うと、ラン丸が看護師らしく、テキパキと動き始めた。

「もう……辛くて」

佳織は、そう言った途端しゃくり上げた。感情が大きく揺れ、叫び声を上げ泣き始めた。ラン丸の手を払いのけ、保冷材を投げ、大粒の涙を流しながらリンパマッサージを始めようと両手を顔に当てた。

「なあ、もう、止めよう！」

加々見は佳織の両手を強く握って動きを止めた。

「佳織ちゃん！　人間の皮膚はそんなに強くないんだよ！　クリームも付けずに擦《こす》ったら可哀想だよ。ねえ……もう止めて」

ラン丸が震えている佳織の肩を強く握った。

「泣きたけば、いっぱい泣きな。泣き止んだら、話せばいいよ、溜まってんだろう？　吐き出しなよ。こんな部屋になるまで追い込んじまってんだから、話すことはいっぱいありそうだ」

加々見は言った。往診の大事なところのもう一つは、心のケアだ。美容整形のために来院する患者のほとんどは、多くの悩みを抱えている。悩みは個人的な美醜に関わるもので、解決など簡単には出来ない。しかし、聞いてやればいい。一刻を争う病気ではない、ただただ、聞いてやれば、どうにかなるもんだ、と加々見は思っていた。

ラン丸が佳織の肩を摩《さす》っている。どうやら、震えは止まってきたようだった。

加々見は畳に投げ捨てられた保冷材を拾うと佳織の手に握らせた。佳織は、その冷たさに一瞬びくりとしたが、保冷材を握り直して、患部にそっと当てた。

「もう……疲れちゃったな。綺麗になるのって大変ですね……」

佳織は、少しだけ目を上げて加々見に視線を送った。

「大変だな。男が金持ちになること、女が美しくなること、それと、その両者が一緒になって幸せになること。これは大変だなあ、人間が生きていく上で、欲しいけれどなかなか手に入らないものだからな」

加々見が言うと佳織は小さく頷いていた。

「綺麗になりたいって思う発端はあれでした」

佳織は部屋の隅を指差した。加々見が目を凝《こ》らして見ると、ハンガーラックに掛けられた洋服の下に蓋のない箱があり、そこには数百本の口紅が並べられていた。

「リップスティックは、女の美学の根本よね。それも大人の女。私も口紅って大好き、紅を差すと女の子から女に変身出来るの」

ラン丸が楽しげな声を出した。

「小学校の頃から集め始めて、それから、化粧に凝って……止まらなくなる性格なんでしょうね。おこづかいも、アルバイトして貰ったお金も、綺麗になるため全部注ぎ込んできました」

「買っても買っても、次から次へといろんなもんが現れてくるんだろう？　この部屋見たら分かるよ。これに加えてエステか……、ローンで整形なんてやってたら、ＯＬから風俗にでも転職しないといけなくなってたな」

加々見は部屋を見回した。

「もう、いまの段階でいっぱいいっぱいでした。先生の言った突撃ビューティフル、そのものですね……でも、整形は、先生に言われて思い留《とど》まったんです、本当に。リンパマッサージもすっごく効果が上がって、これならお金掛けずに出来るって思ったんですけど……、嫌なことがあって……」

「嫌なこと、何だよ、それ？」

加々見が訊いた。

「何気ないほんの一言、たった一言が、人間を追い込むことがあるんですね」

佳織は話し始めた

男二人女三人の社員で連れ立ち、ランチに行ったときのことだった……。丸の内から有楽町へと少し歩いたところにあるタイ料理レストランだった。辛くて汗を掻くとメイクが落ちると女子社員は嫌がったけれど、日本人向けにマイルドにしてあるから人気なんだと言い、俺たち奢《おご》るよ、と男性社員の丸山は繋《つな》いだ。丸山は、以前には、必死に佳織に視線を送って来ていたが、いまや、必死で幸子に視線を送っている。丸山は高学歴で一部上場企業のエリートだけど、結婚や恋愛にまったく興味のない佳織がなびくわけもなく――幸子も同じだろうと佳織は思った――そんなことも分からない三五歳の馬鹿男だ。もう一人の男は、最高学府出身で博識を鼻に掛けた三〇歳の大倉。大倉は丸山の弟分で三人の女子社員の中で最も輝きの少ない理沙《りさ》を狙っていた。理沙は佳織と幸子の丁度間の二六歳、理沙の最も嫌いな人間は大倉だった。

他愛のない会話が続くランチの時間だった。食後のジャスミンティーを飲みながらも、他愛のない話は続いていた。

「佳織さんと幸子ちゃんって、やっぱり、顔って似てるよね」

丸山が佳織と幸子を交互に見ながら言った。

「化粧品とかメイクが似てるのかな。私もたまに佳織さんに似てるねって言われますよ」

幸子は、佳織のことをさん付けで呼び、理沙のことを理沙先輩と呼ぶ。理沙は、もう、幸子に取られているんだろう。

「私もこないだ、部長に言われたな。私たちを似てるって言っても何も出ないのに何でだろう?」

佳織は、幸子より出遅れて発言してしまった。丸山も大倉も恋愛対象ではないけれど下僕としてなら使いたい。その部分で幸子に盗られるのは悔しくて堪《たま》らなかった。

「それは佳織さん。ハラスメントに怯《おび》えているんですよ、部長は。昨今は何を言っても危ない。だから、そうやって褒めてみたんじゃないんですか」

大倉は、広い額に浮いた汗の粒をおしぼりで拭きながら言った。ああ、駄目な奴、早く理沙を口説き落として、親から頭金をせびりとって、郊外に建売りの一軒家を買って、小さな幸せを満喫すればいいのに、と佳織は大倉の毛が後退し始め広がった額を眺めた。

「似てるよね、佳織ちゃんと幸は。美人は、何かの比率が一緒って聞いたよ」

理沙がちらっと佳織を見た。幸って言い方をする理沙に初めて会った。好きに仲良くなればいい、と思ってしまった。

「美人の黄金比か、それは、まさしくあるらしいね」

大倉がしたり顔で手を翳《かざ》して佳織と幸子を見ていたが、加々見が金属ヘラでバランスを計っている姿とはまるで違っていた。もう！　この馬鹿のハゲは、理沙にフラレて自殺とかすればいいのに、と佳織は思いながら大倉を眺めていた。

「仕事に関係ないことばっかり知ってんな、おまえは」

丸山が笑い、テーブルの誰もが笑った。他愛のない会話は終わらなかった。

「まあ、そうですけど、佳織さんと幸ちゃんの黄金比の微妙な違いはありますけどね」

大倉が笑い声が終わらないうちに言った。

「へえ、どういうこと？」

丸山が訊いた。

「幸ちゃんより、佳織さんの方がちょっとだけ番広かなって」

大倉が答えた。

「バンビロ？　それ、どういう意味ですか？」

幸子が首を傾げた。

「江戸期とかからかな。足袋で、幅が広い型番のものをそう言ったんですよ。それが番広ですね。段広《だんびろ》ともいいますが、江戸訛《なま》りというか、職人用語というか、ようは幅広ってことですね。少しばかり幸ちゃんの方が顔が細いかなって……」

テーブルは静かになった。丸山の喉の奥から、笑いを堪《こら》えようとしたのか、くぐもった音が鳴った。丸山と大倉の中で何度か佳織の顔の幅の話が出ているんだ、と感じた。

佳織は、身体の奥底がきゅっと固まり、冷たくなるのを感じた。それは怒りだった。佳織は熱々のジャスミンティーを大倉の額に浴びせ掛けそうになるのを思い留まった。

「……あれだな、大倉。刀のことをダンビラなんて言うな。あれは幅広の刀ってことを表しているけど、単純に刀って意味もあるよな」

丸山が取り繕《つくろ》うように言った。

「そうっすね。札ビラってのもありますけど、これは丸山さんが欲しくて堪らないものか」

大倉も話を上手く逸《そ》らし、丸山がわざとらしい笑い声を上げた。釣られるように、理沙も笑った。佳織も仕方なく小さな笑い声を漏らしたが、笑顔は、相当に強張っていることが自分にもわかった。佳織は視線に気付き幸子と目が合った。佳織の強張った笑顔を確認していたのは幸子だけだった。幸子の口角は少し上がり微笑んでいるようにも見えるが、勝ち誇っていたようにも見えた。

「番広ってのは懐かしい言い方だな。うちの実家は植木屋だったから、職人が地下足袋《かたび》を使うんだけど、甲高《こうだか》・番広・扁平足《へんぺいそく》ってのは、運動神経が悪そうだって笑われてたな……おっ悪い。そういう意味じゃないんだけどな」

加々見はラン丸に脇腹を突かれて慌《あわ》てた。

「先生、もう大丈夫ですから、気にしないでください。先生が言うのと、あの人たちが言うのとでは根の部分が違うって感じます。それにあのときは、リンパマッサージの効果が出てきたのが、自分でもわかってきたときに、番広なんて言われたから、ちょっとおかしくなっちゃったけど、いま、話してみると何ともなくなりました」

佳織の身体から力が抜けていくのが顔の表情でわかった。

「吹っ切れたみたいね、佳織ちゃん」

ラン丸は、嬉しそうな声を出して佳織の肩を何度も叩いていた。

「そうね、この部屋の中とノーメーク姿を見られて、私って憑《つ》き物が落ちたみたいです。話せなかったことも話せるようになったし」

「ただね、佳織ちゃん。これからは、馬鹿なお金を使わないで、美しさを追求するといいよ。ナンバーワンを目指せない女の子が、オンリーワンなんて言葉に騙《だま》されてお金を盗られちゃうんだから」

「脱突撃ビューティフルってことか。まずは、この部屋を何とかすることだろうな。それとリンパマッサージは、もう一回、診察してから始めることだ」

「ブランド品で丁寧《ていねい》に扱っているから、バッグとか売りに行けば、引っ越しの費用から、新しい部屋の資金ぐらいすぐ出るわよ。私、いい買い取り屋さん紹介してあげる」

ラン丸は値踏みするように部屋を見回した。

「本当にありがとうございます。ラン丸ちゃん、先生。ねえ、先生、どうしてそんなに親身になってくれるんですか、少額しかお金を落とさない患者なのに」

佳織が訊いた。

「それはな、私もあんたと同じように美しさを追究したがる質《たち》なんで、ほっとけなかったんだな。美しさを追求し美学へと昇華《しょうか》させせんだよ」

「先生の美学？　それって何なんですか？」

佳織の表情が輝き始めたように見えた。

「クリニックの待合室にポートレートが掛けてあるのを憶《おぼ》えているかい？」

「ええ、あの、ちょっと変わったモノクロのですね」

「あのポートレートの題名は『完璧なる紳士』ってのが付いてんだ。私の美学は完璧なる紳士ってことだが、簡単に言えば、隙のない紳士の出で立ちに、紳士としての振る舞い、ってことだな」

加々見は答えたが、佳織は瞬《まばた》きを何度かしただけだった。

「ふーん、そうなんですか……」

困ったような声を佳織は出していた。

「美学というものは、他人に理解されにくいもんなんだよ。私の美学は特に難しいからな……。前にも言っただろう、ラン丸のヘンチクリンなこの格好もこいつの美学なんだよ」

「ヘンチクリンってぇ！　非道～い」

ランス丸が言うと、佳織は輝くような表情で楽しそうな笑い声を上げた。加々見は、悪くない笑顔だと思った。

第三章

偽造ＩＤ《アイデンティティ》　（疎密）

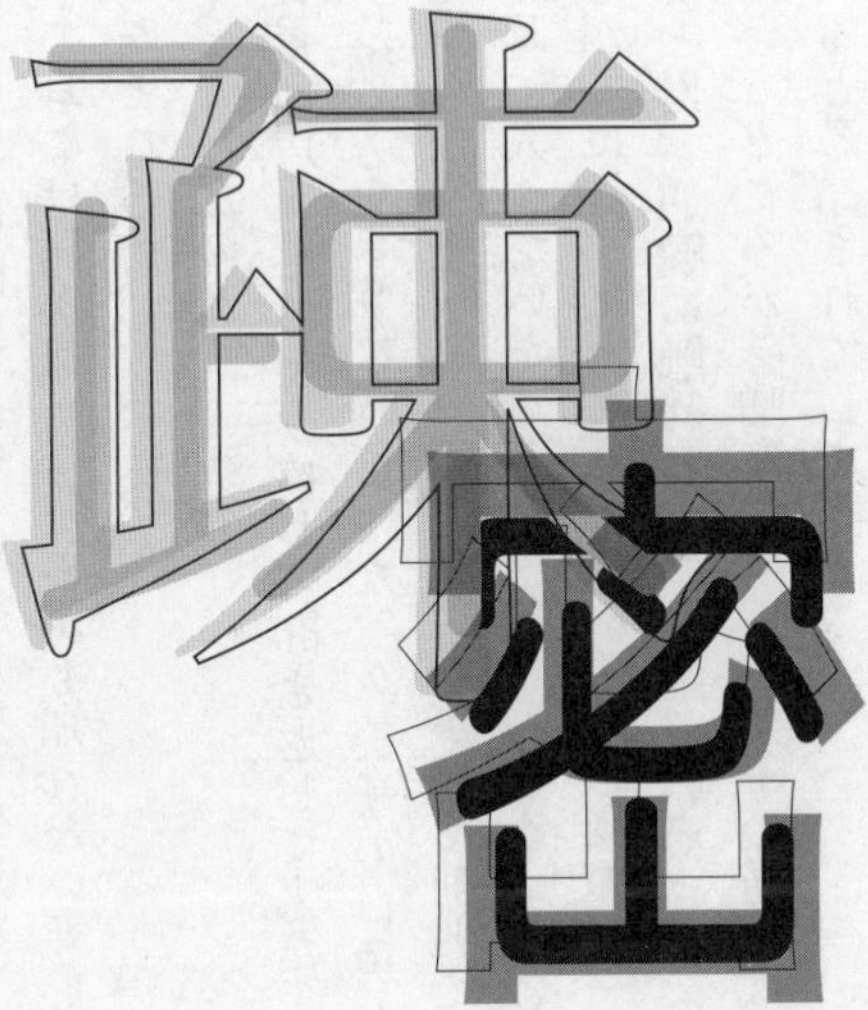

「この種のリズム表現は、画一性のない自由さがその特質ではあるが、それだけに緊密な構成が用意されなければならない。」

「何でブスに産んだのよ……」

明日香《あすか》は母親の久美子に向けて言ったが、声が小さかったのと、突飛《とっぴ》な言葉だったので久美子の耳には届かなかったのかも知れない。もう一度、大きな声で言おうと息を吸ったところで、

「何？　明日香、どうしたの？」

久美子は、明日香の声を遮《さえぎ》るようにして聞き返して来た。

明日香の喉が畏縮《いしゅく》するように固まった。久美子の口角《こうかく》が下がり顎《あご》がぴくりと動くのが見えたからだった。それは、久美子が怒る前兆で、明日香の言葉が、ちゃんと久美子の耳に入っていたことを意味している。

逆鱗《げきりん》という漢字が頭に浮かんだ。八一枚ある龍の鱗の、一枚だけ顎の下に逆さまに生えた鱗のことだ。逆鱗に触れて、怒りを買い殺される、って諺《ことわざ》の逆鱗だ。逆鱗は一つだけというところが味噌なのに、久美子の逆鱗はいろんな場所にあり予測不明で、触れると激昂《げきこう》されてしまう。

親というものは、子どもに対して怒る、特に母親は。小学校の頃は毎日のように怒られ、中学二年生になっても変わらなく、怒られ続けている。あまりにも怒

られるので、何で怒られているのか分からなくなり、久美子の向けてくる激昂に対する恐怖心だけが残ってしまう。

父親の悟は、ほとんど怒らない。いままでに数えるぐらいしか怒られていない、しかし、悟は久美子からしょっちゅう怒られている。ということは、三人の家族の中で、久美子が一番多くの逆鱗を持っていることになる。

「……何でもない」

明日香は、そう言って部屋に戻った。静かにドアを閉め、勉強机に座った。怒りが込み上げてくる。

自分だって逆鱗を幾つか持っている、と明日香は思った。

机の上に鏡を置いた。自分の顔が映る。忌忌《いまいま》しくなってくる。目は普通というか、切れ長の大きな二重《ふたえ》で、いけてる方だ。鼻筋も通っている。

明日香は、掌《てのひら》で口元を隠した。悪くない、否、それどころか、クラスで上位に入るはずだ。掌を外す……鼻からゆっくりと息を吐《つ》いた。口は普通だけど、そこから下が極端に細い。それは自分で見ても度を超しているように感じる。

明日香の学校でのあだ名は「顎ナシ」だ。

顎が極端に小さいのでほっぺたが膨《ふく》らんでみえる。太っているわけではないのに顔が丸く見え、顎が小さいのも含めて男子たちから「逆ラッキョ」と言われている。これは完全にブスに対するあだ名だ。

非道《ひど》いのになると「チェケラッチョ！　逆ラッキョ！」とオヤジギャグ臭い言い方をする男子もいる。それは近藤だ。

「チェケラッチョ」は「check it out, yo!　注目してみて！」ということで、妙に意味が合っていて余計に腹立たしいが、近藤は、英語の意味も知らずに言っているのが分かる。勉強も出来ず、運動も駄目で、わあわあうるさいガキのような男子だからだ。

「あんたなんて、チェケラッチョの意味知らないでしょう？　一生に一度かな？　海外旅行に行けたらラッキーみたいな人生送るんだから、知らなくても大丈夫よね！」

なんてことを言ってやりたいけれど、明日香は極度の引っ込み思案で、顎ナシなんて罵倒《ばとう》語を投げ付けられると畏縮して何も言えなくなってしまう。

畏縮する癖には原因がある、と明日香は思っていた。それは明確には分からないけれど、やはり、久美子のことを思い浮かべてしまう。幼い頃に、口答えしただけで何度も頬を抓《つね》られた記憶は刻み込まれている。

畏縮してうまくその場で言い返せない。言い返せない性格というのは、内側に鬱憤《うっぷん》が多く溜《た》まる。溜まって溜まって、もう、堪られないってぐらいに溜まってから、一気に爆発してしまう。

もう爆発しそうだった。

明日香は、PC《パソコン》の電源を入れた。ネットに繋《つな》いで、未成年の美容整形という項目を打ち込んだ。Q&Aを眺める。未成年者の整形施術《せじゅつ》は、親の同意書が必要となるらしい。これはどう考えても無理だ。こないだTVで整形のビフォー・アフターの番組を観ていたとき、久美子は、この人たちは頭がおかしいし、こんな考えの人がいると考えるだけで気味が悪い、と呆れた声を出してチャンネルを変えた。

整形したいなんて言うだけで、叩かれてしまうだろう。箸の使い方が悪いと手の甲を叩かれ、歩くのが遅いとお尻を叩かれ、よそ見をしたと頬を抓られた。久美子が苛《いら》つかないように、いつも気を遣っていた。

お金のことも、どうすればいいか、悩んでしまう。月のお小遣いは三〇〇〇円で、しかもそれは買い食いなどには使えなくて、参考書を買うときとかにその都度、紙に金額と使用目的を書いて久美子に渡すことになっている。お年玉などを貯金してあるけれど、判子も通帳も久美子が管理している。

ネットで調べていくうちに、ローンで美容整形が出来ることを知った。他にも、高一の女の子がいろんな手を使って美容整形に成功した話や、中学生の子が親を説得して整形をした話などがあり、明日香は勇気づけられた。

絶対に整形してやる、整形して綺麗になってやる、何か自分に合った方法があるはずだ、と明日香は心に決めネット検索を続けた。


明日香は、両親の部屋のたんすの中から、明日香名義の預金通帳と判子を見つけだした。預金額は三〇万と少しあった。その金額に相対し、明日香は、自分の中で悪い子が芽生えるのを感じた。

中二という年齢はネットやPCには長《た》けている。ネットを調べれば調べるほど、悪い子になった自分がやりたいことの方法論が溢れるほどアップされていた。

まずは、偽物の身分証明書を作ることにした。

明日香は『身分詐称《さしょう》します』というHP《ホームページ》の中にある身分証のフォーマットをコピーする。駅前にいかにもありそうな全国規模の英会話学校によく似た名前の学校が発行する身分証ということになる。ちゃんとした校章もデザインされ、英語学校の住所は、全国の大きな都市の架空の住所が用意されてあった。明日香は東京の架空の住所と電話番号を選び――これは地域名だけは実際にあるもので、番地等が架空であるらしい――入力した。次に、二〇歳になる自分の生年月日と住所。住所は本物のものにする。そして、デジカメで撮影した顔写真をレイアウトした。

PCの画面上に、二〇歳であることを証明する明日香の身分証が出来上がった。身体の芯がぎゅっと縮まるようだった。自分がやっていることの恐ろしさが明日香の身体の奥底から湧き上がってきた。心臓はどっくんどっくんと打ち出した。プリンターに紙をセットする。HPでは偽の身分証用に紙が数種類指定してあった。わざわざ店で身分証用の紙を買うお金はなかったので、家にあった写真プリント用の出力紙を使うことにした。

出力紙をセットする手が僅《わず》かに震え、紙が小刻みに揺れた。マウスを握って『プリント』の上にカーソルを動かした。クリックが出来ない。クリックすると、PCの中だけに収まっていた悪いことが、現実の世界にはみ出してくる。

明日香は恐ろしくて仕方がなかった。しかし、画面の中の自分の写真が背中を押す。顎ナシ、逆ラッキョなんて、二度と言われたくない。顎さえ変えれば綺麗になれる、その気持ちがマウスを握る手に力を入れた。

クリック……押してしまった。

ひと呼吸おいてプリンターが一瞬震える。まだ、止められる、しかし、プリンターの電源をオフにすることは出来なかった。

機械音が流れ始める。身分証に載った自分の顔がプリンターから次第に送り出されてくる。目が見え、鼻が見え……極端に小さい顎が見えた。

PCの内側にあった偽物の身分証が、現実の世界にはみ出して来るようだった。その悪いことが現実になってしまった。紙片を手にすると、まだ、小刻みに手が震えていた。

厚紙、定規、カッターナイフを用意して、プリントアウトされた偽の身分証を切り離す作業に入った。HPには、偽物を本物により近付けるのには、切り口が重要とあった。切り口とは身分証の切断面のことで、機械で裁断したように直線・直角が出ていなければならず、ハサミで切ったような縒《よ》れなどがあってはならない。

まずは、紙を切る練習をする。厚い紙は思ったより切り難《がた》く失敗しやすい。明日香は慎重にカッターナイフを定規に当て一気に引いた。

切り口には、僅かに縒れが見え、指の腹で触ると、直線が縒れているのがより分かってしまう。

身分証は手から手へと渡すもので、手触《てざわ》りの違和感などで偽物とばれてしまうことが多いらしい——HPには銀行員が偽札を触感だけで見つけた話などもあった——というのは頷《うなず》けた。

HPには、綺麗な切断面の作り方や直線と直線を交差させ直角を作る方法などが図入りで載っていた。

紙にAとBの点を二つ作り、その点と点を繋ぐのではなく、点を通過させるようにして切断すると綺麗な切断面になる。AとBのCの三点を書きそれを組み合わせて直角を切り出す。息を詰めながら一気にカッターナイフを引く、カッターナイフを何度も引いて練習をする、それは、悪いことをしているという気持ちを追い払うようだった。明日香は綺麗な直線の切り出しに没頭していった。

二枚の身分証の切り出しに失敗し、三枚目で完璧に近いものを切り出した。

明日香は、偽の身分証を手にし眺めた。怯《おび》えていた気持ちは消えてしまったようで、手の震えもなく、心臓も平常の脈を打っていた。

HPには詐称する年齢の干支《えと》を記憶しておくことが必須と書いてあり、明日香は調べて頭の中に叩き込む。偽の身分証を手に、嘘の干支を口に出して言う。何度も何度も、自分に言い聞かせるように……。

生まれて一四年、いままでで最も悪いことをしている。作業を続け罪悪感が薄くなっているのが不思議だった。

偽の身分証を作る罪悪感を覚えるよりも、その悪いことをする作業が少し楽しいと感じてしまっていた。

万引きをしたこともない、親や先生に口答えしたこともない。大人しく怒られないように小さくなって生活していた自分が、私文書偽造という捕まれば罪になることを犯している。それは明日香にとって大きな反抗であるのだろう。それと、コンプレックスによって畏縮している自分を引っくり返す、綺麗になりたいという渇望《かつぼう》が、明日香を動かしていた。

作り上げた身分証を道具にして、自分の顔を変える。偽の身分証は、嘘の顔になるための切符のようなものだった。

偽の身分証を持っていると、明日香は六年後の自分、二〇歳になっている自分を生きているような錯覚に陥った。

明日香は学校にも偽の身分証を忍ばせて通学した。学校に行くとキラキラして見えた。それは少しばかり優位に立てたからなのかも知れない。自分は二〇歳になった成人を作り上げた、という気持ちなのだろうか……。周りのクラスメートより大人になったように思えた。

明日香は、周りの子を観察していた。一皮剥《ひとかわむ》ける、という言葉があるらしい。明日香は、それを実感していた。偽の身分証を作り得たことで、自分が変われたみたいだった。

不良と呼ばれている髪を染めたりスカートを短くしたりする悪いグループの女の子のことが、意地張ってるだけの子どものように見え、まるで恐くなくなった。女の子たちにモテているバスケット部の男の子が、女子の目をすごく意識して、かっこ良く振舞っているようで、それは見ている明日香が恥ずかしくなるくらいに嘘臭く感じた。

二〇歳になって――偽物ではあるけれど――大人の視線を持った明日香から見ると、クラスメートは子どもでしかなかった。子どもの行動は見え透いている。三〇代の担任の女教師なんて、余裕で馬鹿に出来た。自分だけが正しいと思っているような心の狭い教師だ。そんな教師に、明日香が作った偽の身分証を見せたら、たぶん、慌《あわ》ててしまって何の対処も出来ないだろう、と思った。私文書偽造なんて犯罪を前にして、ちゃんとした対応など出来ないだろう。こんなに恐ろしい犯罪を犯しているんだ、と思うだけで自信が持てた。

悪いことをする、そんなことで自信が持てるというのはおかしな話だけれど、悪いことは強くないと出来ない、ということなのだろう。

整形して綺麗になれば、自信が付いてもっともっと強くなれる。

昼休み、明日香はお喋りをしている女の子たちの輪には入らず、ぼんやりと校庭を眺めていた。男子がサッカーをやっている。給食の時間を差し引くと四〇分もない昼休みなのに、必死になってボールを追っているさまは、疲れることを考えない子どものようで、馬鹿らしく見えた。

頭の中は整形のことでいっぱいだった。銀行でお金をおろすこと。整形をする病院は、ＨＰなどで調べているけれど、どこも同じようなので決めきれないでいた。

顎の形成手術は、プロテーゼと呼ばれるシリコンやゴアテックス、血液を主成分に作られた医療用人工軟骨を挿入するもので、手術の費用は、病院によってまちまちで、二五万から四五万ぐらいで、どの病院もローンが使えるようだった。

調べて驚いたのは施術時間だった。たったの三〇分で済むようだった。勿論、局部麻酔をするので施術中の痛みはほとんどないらしい。

たった三〇分なら、平日に学校から帰ってからでも間に合う。たった三〇分でいろんなことが変わる。偽の身分証を持ったことの変化よりも、もっと変われるだろう。明日香は計画が着実に進んでいることを実感していた。

「うぇえ、山本が黄昏《たそが》れてる！　キショッ‼」

近藤の声だった。近藤の仲間の青木と金元の顔もあった。近藤の顔は満面の笑《え》みだった。それは微笑んでいるのではなく、格好の餌食を見つけた残酷な笑いだった。

明日香は、近藤を無視するように視線をまた校庭へと向けた。こういうときに無視するのは得策ではない。近藤は、かまって欲しいのではなく、人がげんなりする顔を見るのが好きなのだ。無視して顔を背《そむ》けては、その表情を見ることは出来ない。

「あれ？　何か山本の影っておかしくね？」

近藤がわざとらしく声のトーンを落とした。明日香は思わず床を見た。秋の太陽が斜め上から注ぎくっきりとした影を落としていた。

「何か、横顔の形が変じゃなくね？」

青木が追従《ついしょう》するように言った。クラスで力のある男子は、絶対に女子にちょっかいを出したりはしない。女子が束になって復讐してくることを知っているからなのだろう。力があってモテる男子は、そんなところをよく勉強している。近藤は駄目な男子で、クラスの中でも底辺にいる。力のある男子と仲のいい女子には、決してちょっかいを出さない。言い付けられると、やられてしまうことを近藤は知っているのだ。底辺は底辺なりに考えている。そんな部分が近藤の姑息《こそく》なところで、腹立たしくなる。

「顎がないからじゃねえ！」

近藤が笑い声で言うと他の二人もいじわるそうに笑った。

「馬鹿じゃないの……、上からの光だから影が潰《つぶ》れてるだけじゃん」

明日香は、聞こえるか聞こえないかぐらいの声で言った。近藤が「え？」と聞き返した。

「何言ってんだよ、聞こえねえよ。顎がないから、滑舌《かつぜつ》悪くねえ」

青木が言った。つくづく腹が立つ奴だ。明日香は振り返って三人を睨《にら》んだ。

「滑舌って言葉は、ちゃんとした辞書に載ってないんだってね。ちゃんとした言葉じゃないんだよ。知ってた？」

明日香は青木を真正面に見た。青木の黒目が泳いだのが見えた。青木の黒目は直《す》ぐさま近藤へと向いた。あくまでも青木は姑息だが、助けを求めるのが近藤って……底辺の人間は可哀想だ、と明日香は心の中で笑った。

「偉そうに、顎ナシのくせに！」

近藤が怒鳴った。「顎ナシ」と言う罵倒の言葉の威力は、まだまだ衰えていないようで、明日香の身体がきゅっ縮まった。この言葉を投げ付けられて、何度、涙が溢れ出そうになるのを堪《こら》えたことか。泣いたら絶対に駄目だ、負けになる。

明日香は口を噤《つぐ》んで目を伏せた。

好きな子に振り返ってもらいたいためにちょっかいを出す、ということがよくある。しかし、近藤のはそれとは違う。好きだからこそ、というときの僅かな優しさなんてものは近藤からは感じられない。明日香には、そこが恐かった。

近藤は、明日香が畏縮して目を伏せるのを見るのが好きなのだ。口答えも出来ない女をいたぶるだけの残酷性と、歯向かってこないということを確認し、相手にみじめな気持ちを感じさせる、そんなことが好きなのだ。

「逆ラッキョって、やっぱ、すっげえ、うまくね?」

金元が言った。明日香が目を伏せたのを確認してから、初めてもっと破壊力のある罵倒語を投げてきた。こいつは、三人の中で最も狡《ずる》い。身体は大きいけれど運動が駄目な木偶《でく》の坊《ぼう》で勉強も出来ない。だからなのか、気が小さくて口ごもる。

嫌《いや》だ、嫌だ、という叫び声が明日香の頭の中で響いた。

「うまいだろう? 逆ラッキョ、チェケラッチョ、最高におかしくね」

近藤が勝ち誇ったように言った。

明日香はブレザーの胸ポケットに手を当てた。ポケットには偽の身分証が入っている。息をゆっくり吸い吐き出しながら口を開いた。

「ねえ、人の嫌がることばっかり言うの止めてくれる」

身体の力が抜け、頭の中に溜まっていた言葉がすんなりと出てきた。近藤の表情が一瞬固まったのがわかった。

「何言ってんだ、山本。何かこいつ、偉そうじゃね」

近藤は鼻で笑い二人に同意を求めている。青木と金元が同時に頷いている。

まったく、その動きが間抜けで腹立たしい。

「偉そうなのは、あんたでしょう」

明日香は、真っ直ぐに近藤の目を見た。頭に溜まったものを排出することが出来そうだった。明日香は、もう一度、ブレザーの胸に触った。

「ざけんなよ、おまえ。こいつ、調子に乗ってなくね？」

近藤はすっと目を逸《そ》らして、また二人を見た。

「ねえ、さっきから、なくね、とか、おかしくね、とかの喋り方してるけど、あんた、それがかっこいいって思ってんでしょう？　前からそんな喋り方だった？」

近藤の黒目が、インコとかの鳥が怒ったときのように、きゅうっと小さくなった。

「何だよそれ……前からずっとそうだったぜ。うるさくね、こいつ」

「悪ぶってるっていうか、清水君とか山下君の喋り方真似してない？」

清水はバスケット部の二年生レギュラーで、所謂《いわゆる》、モテる男子で、山下は、サッカー部の厳《いか》つくて喧嘩が強い男子だ。

「あいつらとなんにも関係ねえよ」

「えーそう？　だったら、山下君とかの前で、いまみたいに、悪くね、よくね、おかしくね、って悪ぶって話してみてくれる。こないだの体育のときは、そんな話し方してなかったよね？」

体育の球技の授業で班分けをしていたときの光景が、明日香の脳裏に蘇《よみがえ》っていた。運動神経の悪い近藤たち三人を誰も取りたがらずにあぶれてしまった。そのとき、教師に言われたのか、それともすごくいい奴なのか山下と清水が三人を引き受けていた。そのとき近藤が「山下君、ありがとう」と頭を下げた。明日香は声に出さずに腹を抱えて笑っていた。同級生に君付け、しかも、ありがとうだ。山下は、面倒臭そうに「別にお礼なんていらなくね」と返した。

「なんだよそれ、意味がわかんねえよ」

バツが悪そうに近藤は言った。山下の使いっ走りにもなれない近藤には、相当こたえることなのだろう、近藤は明日香から視線を外《はず》した。

「あれ？　わかんねえよ、じゃなくて、そこはわかんなくね、じゃないの？」

明日香は言い切った。近藤はキレて殴り掛かってくるかも知れない。それでもいいと明日香は思った。そんなことをすれば、近藤は教師や女子たちから総攻撃を受ける。そうなればいい気味だ。殴られるのは相当に痛いかも知れない、でも、恐くはない。

「ふざけんな！　ウッゼんだよ、おまえ、顎ナシの癖に！」

近藤は拳《こぶし》を握って怒鳴った。教室にいた人間たちが一斉《いっせい》に振り返った。さすがに近藤は殴り掛かっては来なかったけれど、顔を真っ赤にして口から変な音を出して息をしている。

「顎ナシ、顎ナシって、あんたこそうるさいよ。顎がない人間なんているわけないでしょう。馬鹿じゃないの」

「……顎ナシのくせに」

極端に近藤の声が小さくなった。

「顎は小さいけれどあるのよ。それに、まだ成長期だから少しずつ大きくなってんのよ」

明日香は、嘘を吐《っ》いた。しかし、それは現時点では嘘であるけれど、近い将来には嘘ではなくなる。

「そんなことあるか……」

近藤が目を伏せた。

「顎は小さいけどちゃんとあるんだから、触ってみればいいじゃん。顎ナシじゃないんだから」

明日香は立ち上がった。一歩前に出て近藤に近付いた。

「……何だよ、おまえ」

「ほら、触ってみなさいよ。顎はあるんだから！　ほら、触りなさいよ、男でしょう。恐いの？」

もう一歩近付き、明日香は近藤の前に顎を前に突き出した。近藤の怯えたような表情の顔がすぐ目の前にあった。近藤は睨み付けるようにして明日香を見たが、何の恐さもなかった。

「……うるさいよ……」

近藤は背を向けると逃げるように歩いて行った。青木と金元が、その後を追って行く。そのとき、教室でことの成り行きを見守っていた女子たちから拍手と歓声が上がった。

女子たちは明日香に駆け寄ってくると、口々に近藤たちのことを罵《ののし》った。近藤たちは相当に嫌われていたようだった。

明日香は、大きく息を吐いて椅子に座り込んだ。頭に溜《た》まっていたものを一気に吐き出した爽快感を覚えた。

明日香は、自分が変わっていくことを実感していた。近藤をやり込めたことは、クラスの誰もが知ることになった。女子からの受けは良く、ほとんど話したことのなかった女子が話しかけてきたりするようになった。偽の身分証を作ったことだけで、これほど変われた。顎にプロテーゼを入れる整形をしたならば、綺麗になれる。そうすれば、もっと自信を持つことになるだろう。

早く整形したい、と明日香はそのことばかりで頭がいっぱいになった。

明日香は、勉強机に鏡を置いて、自分の顔を眺めた。

百円ショップで買った口紅を引く。唇が紅く染まると、余計に顎の小ささが目立った。親指と人さし指でL字形を作り顎に当て、プロテーゼを入れた顔を想像しながら鏡の中の自分を覗《のぞ》いた。

ここさえ変えれば綺麗になる。明日香は小さな顎を掴んだ。

明日香は、口紅を拭き取ると、机の上でPCを開きネットを繋いだ。整形手術をする病院を選ぶ作業を始める。TVでCMをやっているような大手の美容整形外科は、避けるべきだろう。

大手のHPを開くと、医師たちの写真が、まるで芸能人のように撮影されたものが多く、どうしても気後《きおく》れしてしまう。

ピアスをした茶髪の若者風な医師に、栗色の巻き毛で微笑んでいるホステスみたいな女医、若造りの整形を重ね過ぎて、性別がわかりにくくなりおばさんのように見える医師など、明日香の思う医師とはまるで違う容姿の写真だらけだった。

明日香が一番恐れているのは、未成年者であることがバレることだ。すべてがパアになってしまう。大手の病院の医師たちの写真を見ていると、そういう部分に目敏《めざと》いような気がした。

もっと小さな病院で、患者さんが少なくて、儲かっていないようなのが年齢がバレなさそうでいい。しかし、美容整形の病院のHPは小さなところでも、やる気満々で騙《だま》されそうな気がする。東京二三区には数えきれないほど美容整形外科があるが、なかなか、明日香の思い通りの病院は見つからない。明日香は早く顔を変えたくてうずうずしていた。たった三〇分の施術時間で様々なものが変わる。

部屋のドアがノックされ、すぐさまドアが開いた。明日香は咄嗟《とっさ》にHPの画面を閉じた。久美子が夕食が出来たと告げてきたのだが、ノックして返事も待たずにドアを開けるのなら、ノックなど不要だ。しかし、そんなことを久美子に言えるはずもなく、HPを見られなかったことに安堵《あんど》した。明日香は、急いでPCを閉じて食卓へと向かう。遅れると怒られてしまう。

食卓には悟《さとる》がすでに座っていた。悟は公共機関に勤める公務員で、ほとんど毎日六時前には家に帰ってきている。食卓には夕食が並べられていた。子どもは、小学校の高学年から中学生ぐらいに、自分の家と他人の家が違うことに気付き始める。明日香も自分の家が変わっていることに気付いた。食卓に総菜《そうざい》を盛って並べられた皿の一つ一つに取り箸が添えられている。総菜が多ければ、食卓が取り箸だらけになるときもあった。それは総菜の味が混ざらないように、という部分もあるが、直箸《じかばし》は汚い――それは家族であっても――という久美子の考えが行き着いた末のことだった。

山本家では鍋を食べることはない。口を付けた箸を鍋に入れることが、汚いということらしい。レジ袋を床に置くことは禁止で、もし置いたときは雑巾《ぞうきん》でレジ袋の底を拭くのである。

久美子は、悟の使った箸は、勿論、口にしない。それどころか、明日香の食べ残しさえ、口にしないのだった。久美子は自分の箸を使って明日香に食べ物を食べさせることは決してなかった。

直箸云々に関しては、友だちに話すと、潔癖性の人にありがち、と言われるが、子どもの箸さへも汚い、という話は誰もが首を傾《かし》げた。多分、誰もが、それは潔癖性というのとは、少し違うと思うのだろう。

レジ袋の底も、直箸も本当に汚いのではない。レジ袋の底を拭く雑巾が綺麗かどうかなどは関係なく、あくまでも久美子が感じる汚いというイメージなのである。

久美子によって山本家のルールは決められた。あまり友だちに知られたくない恥ずかしいルールだ。

久美子は結婚してからずっと専業主婦である。そのルールが変わっているのは、久美子の独断であるからだろう。鍋を汚いという人間が社会で働いていけるわけもなく、取り箸を何膳も並べることは、おかしいという人間がいなかったことを証明している。

山本家は久美子の王国である。久美子に対して悟も明日香も何も言わない。久美子が一番強いからだ。下らない神経質な子どものようなルールが出来上がってしまっても誰も文句が言えない。

明日香は食卓に座り、つまらないな、と心の中で呟《つぶや》いていた。

悟は生真面目な公務員で、定年退職まで変わらない生活を続けるのだろう。明日香がお腹にいるときに煙草を止めさせられた。お酒は、久美子が飲まないので、悟もごく稀に外での会合などで口にするだけのようだった。

久美子が一度言ったことがあった。

「お父さんは、一生懸命に勉強して、公務員の試験に合格したの。それはすごいことで、公務員は、定年退職の日までの給料がすべて計算出来るのよ」

と言った。最初、久美子の意図するところが分からず、明日香は、幾つか質問をした。

わかったのは、一生の給料が分かるということで、そこから逆算してお金を使うことが出来る。それは安定しているということだった。久美子はアリとキリギリスの寓話のようにそのことを話した。

自分の好きなことばかり、遊んでばかりいると冬に食料が無くなって凍《こご》え死ぬ。夏に汗水垂らしてアリは働いたからこそ、冬を乗り越えられた、という話はよく分かる。しかし、明日香に疑問だった。

安定したことで節約し、ちゃんとした生活を営む、それは正しい。しかし、アリとキリギリスのような単純な話じゃない。アリとキリギリスの話では、喜怒哀楽が偏り過ぎている、と明日香は思った。寓話の話ではアリは怒と哀で、キリギリスは喜と楽とわかれて、凍え死にそうになったキリギリスがアリに助けを求め、アリが助けない、という最後通告をしてキリギリスは凍え死に、キリギリスの喜楽とアリの怒哀が入れ替わるといことだ。

子どもの頃から寓話・童話、昔話などいろいろ聞かされてきた。子どもだって馬鹿じゃない。世の中は、それほど簡単な勧善懲悪ではないことは薄々感じている。

安定し節約して人生設計をしている山本家だが、出来上がった家庭は、久美子の経験値のない独善で作られた歪《いびつ》な王国だった。

明日香は息苦しくて堪《たま》らなかった。学校で溜まっていたものを一気に吐き出し、近藤をやり込めたときの爽快感とまったく反対の閉塞感が食卓にはあった。

「ほら、明日香、肘！」

久美子の尖《とが》った声とともに、明日香は肘を叩かれた。肘を付きぼんやりしていたのが、久美子には気に入らなかったのだろう。食卓に肘を付いてはいけないのもルールだ。よくある当たり前のルールだろうけれど、違反をすると容赦なく叩かれた。

中二になれば、それほど叩かれて痛いとは感じないけれど、幼い頃に叩かれたときは、苛ついた久美子が別の人間になってしまったように感じて涙が出るほど恐かったことを思い出してしまう。それが畏縮してしまう原因だろう。いま、久美子に肘を叩かれて身体は強張《こわば》ってしまった。

このつまらない家を出ていきたい、とずっと思っている。

もしかすると、それが整形をしたい、という気持ちにも繋がっているのかも、と考えていると、強い視線を明日香は感じて我に返った。久美子が食卓の向こうで睨んでいた。

明日香は思い出した。食卓では、『素敵な話』を披露しないといけない、これが久美子の作ったつまらないルールだ。明日香は学校であった素敵なこと、悟は役所であった素敵なことを話さないといけない。家族の食卓は素敵にしたいのだろうが、そんなことほとんどないので、明日香と悟は自然と無言になってしまう。

久美子は自分のルールに忠実で、いつも、何かしらの『素敵な話』を披露する。

久美子が一人で喋っているつまらない食卓になる。

久美子が披露する『素敵な話』が、食卓の上で一旦留《とど》まり、そして、明日香の耳を素通りしていく。

明日香にも『素敵な話』はある。しかし、それは明日香にとっての素敵でしかなく、久美子の前では一蹴されてしまうことがよくあった。

食事中ではなく、居間でTVを観ていたときのことだった。バラエティや恋愛ドラマは観せてもらえないが、ニュースショーや情報番組は観せてもらえる。番組の中で、『TVを観ながらの食事』という情報をやっていた。久美子は、TVを観ながらでは消化に良くないから駄目よね、と機嫌良く話していた。

番組の中で、駅弁を手にしての電車の旅で、駅弁の蓋はいつとるのか？　という質問に誰もが電車が動き始めてから、と答えていた。

それは何故かというと、車窓からの風景を見ながら駅弁を食べるのが美味しいからという理由だった。綺麗な風景、興味のある風景などを見ることで、脳が刺激され、食欲増進と食物の消化を助けるのだそうだ。

ながら食べ、というもので、これはTVを観ながら食べるのも車窓からの風景を眺めるのと同じような効果がある。

番組の内容は、久美子の意図するものとまるで違って、TVを観ながらの食事の有効性の話であった。

久美子は無表情になって番組の途中でTVを消した。このときの久美子の顔を明日香はまともに見ることは出来なかった。能面のような冷酷な顔で、頑として他の意見は受け付けないんだ、という意思表示を表情で表しているようだった。

こんなとき、明日香は絶対に久美子に話し掛けない。久美子のルールに対して意見をするようなもので、それは逆鱗に触れ頬を強く抓られるのがおちだからだ。

機嫌が悪くなった久美子には近寄れない。久美子は他からの意見でルールを変えることはない。だから、どんなにくだらないルールでも残り続けるのだった。

この番組を観たことによって、久美子は意地でも食事中にTVは点《つ》けないだろう、と明日香はそのとき思った。

食卓の上を久美子の出会った素敵なことが素通りする。途切れがちな会話の中、幾つもある取り箸が食器に触れる音だけが大きくなる。

つまらない、つまらない、と明日香は心の中で呟いていた。

昼間に学校で近藤たちをやり込めた爽快感は、この食卓に座っているだけで一気に消え失《う》せてしまうようだった。

偽の身分証によって勇気を貰えた効力など、久美子の王国の住人である明日香にとっては、微々たるものでしかない。畏縮した時間が流れていく。

（どうでもいいルールを押し付けるのは、もう止めて！　つまんないし、そんなのお母さんの自己満足でしかない！）

喉が畏縮したように詰まっていないと、飛び出してしまいそうな言葉だけど、いまの自分では言えない言葉でもある。

ただしかし、顎を治せば大きな自信になるだろう、と感じていた。どうにかしたくて、息苦しくて、堪らない。明日香は、このつまらない食卓を引っくり返し、頭に溜まった言いたいことをすべて吐き出したい、と思った。

たった、三〇分の施術でプロテーゼは顎に入る。たったそれだけで、いろんなものが変わるんだ。近藤の怯えた目が脳裏に蘇る。いままで、同じ怯えた目を相手に見せてしまっていたんだろう。もう、そんな目をするのは嫌《いや》になった。

変わってみせるんだ！

取り箸の音、椅子を引く床が鳴らす乾いた音、それと、久美子の『素敵な話』が響いている食卓に座って、心中で叫んでいるだけだった。でも、絶対に実現してみせる。

この王国から抜け出してやる！

明日香は声には出さなかったがそう叫ぶと、つまらない食卓を見回した。

学校や家でも極端に明日香の口数は少なくなった。整形して綺麗になる、ということばかりが頭の中を占めてしまっていた。

銀行でお金をおろす、そのときに着て行く服装、化粧などはどうするか、美容整形外科の病院の絞り込み、手術をする日にちはどうするのか、段取りを考えて頭の中はいっぱいで、授業なんかまるで頭に入ってこない。

クラスメートが話しかけてきても上《うわ》の空、それに、まわりが子どもに見えて真剣に話すのが面倒臭くなった。アイドルの話や好きな子の話、部活の話……、どれもこれも、中学生の女子の悩みや興味のある話などどうでもよくなっている。

明日香は、新しい自分になるために突き進んだ。

銀行でお金をおろすのは、銀行の営業時間と学校の終業時間との兼ね合いが難しかった。窓口での営業時間は午後三時まで、終業時間は午後三時四五分、キャッシュカードは見つからなかったので、窓口でしか手続きは出来ない。当たり前の中学生は、銀行の窓口など利用しない。だから、どこからも文句はでないのだろう。

明日香が考えたのは、昼休みを使う方法だった。

銀行は駅前の商店街にあり、住宅街の奥にある中学校からは、徒歩一五分ぐらいの距離がある。休み時間は五〇分、往復で三〇分掛かるのはきつい。制服で銀行には行けないので、着替える時間を入れて一五分プラスしてしまうと四〇分、窓口が混んでいたら、午後の授業に間に合わないだろう。

走るという方法論は使えない。息を切らして銀行に駆け込むのは不審過ぎる。そこで明日香は、自転車を使うことを考え出した。中学校では自転車通学は特別な場合を除いて禁止されている。自転車を学校の傍のマンションに駐輪することにする。駐輪許可のステッカーはないけれど、一日ぐらいなら問題にはならないだろう。

下見をしていて、丁度いいマンションが、学校の裏門からすぐのところに見つかった。駐輪場は、マンションの奥まったところにあり、ここで、着替えることも出来る。

部屋で洋服やメイクのシミュレーションをする。制服に着替え、そこから、時間が掛からなくて効果的な服装を選ぶ。姿見の中には、蛍光灯に照らされた中学生の明日香が映っている。

制服のブレザーを脱ぎ首のリボンを外し、白いブラウスに久美子の洋服ダンスから持ってきたカーディガンを羽織る。スカートはそのままにして、紺ソックスを脱ぎ、冠婚葬祭用に買ってもらった踵《かかと》の低い黒いパンプスを履いた。

マニキュアは、塗るのも落とすのも時間が掛かるので止め、その代わりに、久美子の使っていなさそうな指輪を嵌《は》める。手もとは大事だと明日香は思った。大人の女の人は、手に何かしらの装飾品を付けている。大人っぽい腕時計は持っていないので、ヒャッキンで買ったチェーンを手首に巻いた。

髪をアップにしてゴムで後ろに縛った。眉毛を少しだけ整え、アイラインを控え目に入れ、口紅を引いた。

着替えとメイクは何度か練習すれば三分も掛からず出来るだろう。自転車なら五分で銀行に行ける。学校の補助バッグにカーディガンやメイク道具を入れて、通学時間より早めに自転車で家を出ればいい。これなら大丈夫だ。

無意識だった。明日香の目の端に姿見の中の自分が映った。

そこに映っている自分の姿は、どこか久美子に似ていた。二〇年も過ぎた自分の姿、しかも、まったくつまらない人生を送ってしまった成《な》れの果てのようだった。

寒気、否、アリとキリギリスの話を思い出して、ゲンナリしてしまった。アリの方が人間的に優れているのかも知れない、でも、つまらなく生きるのは、やっぱり、嫌だ。このままだと、鏡の中の自分は近い将来にやってきてしまう、と明日香は思った。

姿見の中の自分を振り払うようにカーディガンを脱ぐ、変装用の洋服や服をバッグに詰め込む。次第に、やる気が湧いてきた。次にやることは、早く病院を決めること。そして、昼に銀行でお金をおろし、学校が終わって直ぐに病院に行けるようにすればいい。たった三〇分の施術で、姿見の中にいた自分が消え去ってくれる。

手で触るのが恐ろしかった。三四枚の一万円札を手にしたことなどない。通帳と印鑑、それと水色の受け皿に載せられた一万円札の束は明日香を圧倒していた。予定どおりに、明日香は現金を手にした。銀行員は何の不審感も抱いていないようだった。これで、夕方には病院へいける。病院は銀座に小さなクリニックを見つけた。

加々見クリニックの受付に、角刈りの男が座っている。しかも、真っ黒で頭には、看護帽が載っかっている。

「はい、いらっしゃい。山本さんですね。問診票に記入をお願いします」

胸のプレートに看護師・ラン丸と書いてある男が言った。

明日香は問診票を受け取ると、待合室のオレンジ色のソファーに座った。

加々見クリニックを選んだ理由は、院長がお爺さんで与《くみ》し易しと思ったのだけれど、受付の黒い男が不気味で、少し気後れしてしまった。あんな髪型と色の人間は、明日香の回りにはいない。

問診票を書き終わり男に渡した。男は問診票を手に立ち上がると「どうぞ、こちらに」と言いながら受付のカウンターから出てきた。

「えええええ！」

心の中の叫びが外に出ないようにと、明日香は思わず口を押さえた。男は、ホットパンツを穿き裸足だった。髪型、肌の色、格好、そして、裸足……男の後ろ姿は、変質者のようだけれど、嗅《か》いだことのないようないい香りが漂っていた。美容整形クリニックに入るのは初めての経験だ。もしかすると、医療上の理由で、看護師は半ズボンを穿くのかも知れない、とも思った。男の足は色は黒いけれど清潔に見え、足裏はまるで汚れてなかった。

男の案内で診察室に通された。

「え〜、全然よぼよぼじゃないじゃん！」

ＨＰでは顔写真だけだったのだが、院長の加々見は年齢的にお爺さんだと想像していたのだが、背筋がすっと伸び、お洒落なおじさんというくらいに若々しく見えた。

「加々見です、よろしく。どうぞ、お掛けになってください」

加々見は椅子から立ち上がり明日香に向かって頭を下げた。座り直した加々見の横には、滅茶苦茶《めちゃくちゃ》綺麗な青い目をしたお姉さんが立っている。こんなに綺麗な女の人に会ったことはない。胸のプレートには「看護師・ココ」とあった。明日香は、異空間に迷い込んでしまったような気持ちだった。

「顎にプロテーゼを入れたい……と、そういうことか……」

加々見は問診票に目を落とした。

「はい、顎を治したいんです」

明日香が言うと、加々見は金属製のヘラを取り出した。

「はい、横を向いて、角度を測るよ」

加々見は頬を押して横を向かせると、金属ヘラを明日香の鼻の頭に付けた。ココが真横に来て明日香の横顔を見ている。加々見は、ヘラを顎の方に向けて降ろした。ヘラが唇に触れた。

「……唇が先にくっ付いちゃうか……」

ココが溜息《ためいき》を漏らすように呟いた。加々見は金属ヘラを離した。

「プロテーゼの挿入はすごく高いよ。うちは四五万ぐらいかな。大丈夫かな、お嬢ちゃん？　払えんの？」

加々見はちょっと笑っているように見えた。

「大丈夫です！　今日は三四万円持っています。できれば、残りはローンでお願いしたいんですけど！」

明日香の声が大きくなっていた。バッグの中から銀行の封筒を取り出し、信用してもらうために現金を見せた。

「お金はまだいいよ。それと、うちはローンも使えるし、クレジットカードも使えんだけど、あんた、仕事は何……してんの？」

加々見はくだけた口調になり、微笑んでいた。

「家事手伝いです」

「二〇歳で家事手伝いってことは、大学生じゃないんだな」

加々見はココと顔を見合わせた。加々見がココに「ちょっと、ラン丸を呼んでこい」と言った。

「でも、英語学校には通っていますよ」

明日香は、どこか疑われている気がして、偽の身分証を取り出した。銀行では身分証を出せとは言われなかった。初めて偽の身分証が現実の世界で使われた。

加々見は、身分証と問診票を見比べていた。嘘の住所や電話番号を書いていなくて良かった、と思った。しかし、じっと身分証に目を落とす加々見を見ていると身がすくむような気分だった。

そこにさっきの黒い角刈り男が入ってきた。加々見は問診票を渡し、男の耳元で何事かを囁《ささや》き、身分証を白衣の胸のポケットに入れた。

「そうかあ、英語学校か、偉いなあ。じゃあ、外診療にするかな、お嬢ちゃん。ココ、外に行くから用意してくれ」

加々見が立ち上がった。ココが返事をした。何をするのか分からないので明日香が座ったままでいると、ココが腕を引っ張って立ち上がらせた。

「何をするんですか？　先生」

明日香は訊《き》いた。

「整形外科での診療って初めてだよな？　外診療って言って診察室以外でカウンセリングをすることもあるんだよ。さあ、行こう」

加々見はドアを開けた。ココが明日香の背中を押した。明日香は押されるがままにドアに向かった。

加々見が前を歩き、ココと並んで明日香は歩いた。外診療、カウンセリング、がどういうものかわからない。加々見に何処《どこ》に行くんですか？　と訊いても、まあいいからカウンセリングだからな、と答えにならないものが返ってきた。

銀座中学校を横目に見て歩いているときは、少しばかりの後悔を感じる。首都高速の高架の下を通る。

「あの……ココさん、さっき先生は金属のヘラで何をしてたんですか？」

横を歩くココに訊いた。こんな容姿に生まれたら、何もかもが楽しいのだろうと、明日香はココの横顔を眺めた。

「ああ、あれ、Eラインを測っていたんだよ。鼻の先っちょと顎とを結んだ線の中に唇が収まるかどうかってこと。Eラインは美人の象徴って言われるのよ。残念ながら、明日香ちゃんは唇が付いちゃったね。鼻が低くて唇が付く子もいるけど、明日香ちゃんの鼻は高い方だから、問題は顎ってこと。プロテーゼの挿入は大正解ってことね」

ココは、鮮やかなネイルを施《ほどこ》した掌を、明日香の口元にかざし「すっごい美人になるね」と付け加えた。ココの横顔は、鼻も高く顎もきゅっと上がっているので、その二つを結んだ線に決して唇はくっつかないだろう。

「うらやましいな、ココさんは綺麗なEラインだもんね」

「ありがとう。努力したからね。でもね、毎年、Eラインの美しい人ってのを、歯医者さんかなんかの協会が表彰してんだけど、受賞するのはほとんどその年売れた女優で、その半分以上がプロテーゼを入れてEラインを作ってんのよ」

「そんなのが分かるんですか？」

「分かるよ。顎のプロテーゼは、自分でも三回入れ替えてるし、顎のプロテーゼは鼻と違って、個人個人で形が違う特注品だから、ああ、この女優さんはこんな形だろうなって、ところまで分かるわ。いま、プロテーゼの型を作る仕事もしてるしね」

ココは言うと、顎を突き出して見せた。

「へえ、そうなんですか……」

整形をしている人間に初めて会った。あまりにも綺麗な顔で、それが整形で作られたとは明日香には信じられなかった。

「明日香ちゃんもプロテーゼを入れると綺麗になるよ……でも」

ココが立ち止まった。加々見が振り返って見ていた。

「お嬢ちゃん。ここが何処か分かるかい？」

加々見が交差点の手前で立ち止まった。

「市場ですか？」

横には朝日新聞の東京本社があり、交差点の横断歩道を渡ると築地《つきじ》市場になる。

明日香は交差点で辺《あた》りを見回した。

「そう、築地市場だな。深夜の二時三時ぐらいが一番盛んだから、いまは、ひっそりとしてんだろう。でもな、一か所だけ電気が点いてる所がある。あれ、分かるかい？」

加々見が交差点の向こうに視線を向けた。

「交番ですか……」

交差点の角に交番があり、制服をお巡りさんが交番の前に立っていた。加々見が胸のポケットから明日香の身分証を取り出した。

「お嬢ちゃん、こんなもん、どうやって作ったんだい？　子どもにしちゃ、ちょっと手が込んだことするな。本当は幾つなんだ？」

「二〇歳です！　その身分証は本物です！」

明日香は叫んでいた。

「まだ、そんなこと言うのか、このガキ！　何十年も人の顔をいじってきてんだ。皮膚のたるみや張りで幾つぐらいかわかんねえと、やってけないんだよ、この仕事は。それに、おまえの骨格は、まだ、発育中だ。さあ、幾つなんだ？　正直に言わねえと、このバッタもんの身分証と一緒に交番に突き出すぞ！」

加々見が怒鳴った。交差点で信号待ちしていた人々が振り返った。明日香は、逃げ出そうと思ったが足は動かなかった。恐ろしさが一気に襲ってきた。そのとき、肩をぎゅっと握られた。ココの爪には赤十字のマークがネイルされていた。

「言っちゃった方が楽になるよ、明日香ちゃん。先生は嘘吐かれんのが嫌いなの、可笑しいよね、嘘の顔を作ってんのに。ほら、嘘を吐き通すのって、疲れるでしょう？」

ココが明日香の耳元で囁くように言うと、小さく笑った。生暖かい息が首筋に掛かった。

「ごめんなさああい！　中学二年生の一四歳ですぅ！　ごめんなさああい！」

自分でも吃驚《びっくり》するくらいの大きな声で謝っていた。謝りの言葉の半分は泣き声が混ざっていた。ずっと恐くて仕方がなかった。頭に溜まりに溜まった恐ろしさが一気に吐き出されるようだった。赤信号で交差点に停まっていたバイクや自動車の運転手が、何事かと見るくらいの悲鳴のような泣き声だった。

「中二か！　うちに一人で来た未成年の歴代トップだな」

加々見は大笑いしながら、明日香の偽の身分証をびりびりと小さく破り、芝居じみた仕草でそれをパッと投げた。紙片が風に煽《あお》られ交差点で舞った。

「嘘がばれて、どうしようもなくなってさ、嘘でしたって白状したら本当に楽になるよね。嘘を吐き続けるのって本当に面倒で、性格が歪になっちゃうよ」

ココは楽しげな声だった。

「ごめんなさああい！」

明日香はしゃくり上げながら何度も頭を下げた。涙が歩道にぽたぽたと落ち、丸いシミを作った。

「よし、お嬢ちゃん。なんでこんなことしたのかの詳細を語れ。相当に追い込まれてたみたいだからな、全部吐き出せば楽になるぞ」

加々見は、まだ笑っていて、明日香の肩を何度も強い力で叩いた。

「何を聖人ぶって言ってんの、先生。子どもがキュウーってなった話が、面白そうだから聞きたいだけでしょう！」

今度はココが加々見の肩を恐ろしいぐらいの強さで叩いていた。

明日香は、いろいろと話し始めた。家庭のこと、学校のこと、いかに苦労してお金をおろしたかなどを。加々見とココは心の中をえぐるような質問もしてきたけれど、それに必死に答えていた。そして、気持ちというか心を揉《も》みしだくようにマッサージをされているようで、溜まっていたいやなことも白状して気持ちが良かった。次第に身体の力が抜けて行く、本当に外でのカウンセリングだった。

加々見クリニックに戻ると受付にいたラン丸が立ち上がった。明日香は、受付の黒い角刈りが加々見に質問して、男がラン丸というあだ名であることを知った。

「あんた、中二だってね。未成年でも若い方だとは思ったけど、新記録だわ」

ラン丸は、オカマだとココから聞いた。オカマという人種に遭うのも初めてのことだった。

「分かってたんですか？」

明日香はたじろいで一歩下がった。大きくて黒くて、真っ白な歯で角刈りのラン丸が、少し恐かった。

「分かるわよ。電話の時点で分かったわ、若いって。そして、現れたのがあんた、うぷぷぷって感じだったわ、言わなかったけど。あんただってさ、どう見たって幼稚園児か小学校の低学年のような子どもがさ、中学校の制服着て、学生証を持って提示して、自分は中学生だって言い張ったとしたら、どうよ？　おっかしくてしょうがないでしょう？　あんたなんて、もろばれなのよ、ちぐはぐで。大人をなめたら駄目よ、直ぐ分かるんだって。自分を偽っちゃ駄目！」

ラン丸は言った。ホットパンツに角刈りと、ラン丸は自分を偽っていないのだろうか、と明日香は思った。

加々見が診察室のドアを開けた。明日香は中に入った。

もの凄い形相《ぎょうそう》をした久美子と悟が居た。久美子はつかつかと歩いてくると、明日香の頬を思いっ切り平手で叩いた。

「あんた！　何やってるの、こんなところで。恥ずかしいわ！　こんなことする人間は親戚にもいないわよ！」

もう一度殴ろうと大きく手を挙げたところを、加々見が久美子の手首を掴んだ。

「まあまあ、落ち着いて」

加々見は言った。久美子は加々見の手を振り解《ほど》いた。

「あなたがそそのかしたんでしょう！　うちの子が、整形なんて恥ずかしいことをしたがるわけないんですから」

久美子は加々見を睨み付けた。

「そそのかしてはいないねえ、お嬢ちゃんとは、今日、初めて会ったんだから」

加々見は静かな声で言うと診察室の椅子に座った。

「嘘言わないでください。うちの子は、こんなことするような子には、育てていません！　ちゃんと躾《しつけ》しているんです」

久美子は、見据えるように加々見を見ていた。

「私……自分で、来たんだよ」

明日香が言うと、久美子が凄い目で睨んで「黙ってなさい」と制した。

「まあねえ、娘を守ろうとはしてるってのは分からないではないんだけどね……。でもね、お母さん、それはちょっと違うぜ。お嬢ちゃんが、何で、三四万ってお金を持ってきて、こんなことしたのかぐらい、考えてあげなよ」

加々見はあくまで静かな声だったけれど、久美子の顔は強張った。

「お金のことなんか知りませんよ。あなたたちが騙して盗ませて、うちの子に顎の整形させようとしたんじゃないんですか？　まったく、恥知らずだわ！」

久美子は明日香の腕を掴んで、帰ろうと引っ張った。

「さっきから聞いてたら、何言ってんのよ、おばさん！　恥ずかしい？　ざけんなよ、あんただって、顎をいじってんじゃん！」

ココが怒鳴って一歩前に出た。

「何、言ってるんですか、あなた」

久美子が明日香の手を離した。

「分かるんだよ。おばさん！　あんたが顎に入れてるプロテーゼは、二〇年くらい前のものでしょう？　オリジナルじゃない既製品の頃のだよ。横顔見てれば、あんたが入れてるプロテーゼの型番までわかんだよ。裏の倉庫の奥にはまだ、在庫があるから、持ってきて見せてあげようか？　何が恥ずかしいのよ、ざけんなよ！　自分が一番恥ずかしいじゃないの！」

顔をいじった美人が怒ると恐い。ココの顔にはいろいろな皺《しわ》や引き攣《つ》れが入った。久美子も同じような引き攣れを顎の辺りに浮かばせてココを睨み付けていた。どんなときでも直ぐに反論するはずの久美子が黙った。

「まあ、整形をカミングアウトしろと言ってるわけじゃないし、する必要もないことだな、整形ってのは。だけどね、お母さん。あんたが恥ずかしいって隠して嘘を吐いていたことが、お嬢ちゃんを育てる上で歪なことになってたのかも知れないね。それが今回のことだと思うな。お嬢ちゃんの顎は、あんたが消し去ったＤＮＡって設計図が作ったもんだからね。それと、ココ。患者さんの秘密にしたいことを医療関係者が暴露するのはルール違反だからな、気をつけんだぞ」

加々見はあくまでも静かな声だった。ココは加々見に言われるときゅっと小さくなった。

「あの……僕もちょっといいですか？」

悟が久美子を椅子に座らせた。

「何だい、お父さん？」

加々見が悟を振り返った。

「僕も本当のことを言うと薄々は気付いていました」

悟が言った。久美子は一瞬だけ悟を見上げた。

「旦那には分かるか……」

「いいえ、薄々です。久美子からは結婚する前に実家が火事に遭って写真が全部燃えてしまった、と聞いていて、可哀想だなと思っていたんですけど……。久美子の実家に帰省したとき、義母と話していたときに、隣家が出火して貰い火をしたことがあったけれど、壁を焦《こ》がすぐらいで、家の中のものは何も燃えていない、と聞いたんです」

悟は久美子の横に寄り添うように立っていた。久美子は俯《うつむ》いて動かなかった。

「燃えたって……私も聞いた。だから、何も見てない」

明日香は言った。明日香の記憶には久美子の写真は結婚式以降のものだった。

「僕は、不思議に思ったんですけど、義母に頼んで写真を見せて貰いました。幼い頃の久美子は、そっくりだったですねえ、明日香と。可愛いかったですよ、とても。僕には、顎をいじったとかは、よくわかりませんでしたし、顔って変わるもんなんだな、って思っただけで、何故、そんな嘘を吐いたのか、わかりませんでした。ただ、そういう嘘を吐かなければいけない理由というのを聞くことも恐かったですしね」

悟は、明日香に向かって頷いて見せた。

「隠したい気持ちはみんなある。それはおかしな考えじゃない。でもな、お嬢ちゃん、施術した後、一週間は腫《は》れたり、変色したりすんだぜ、そんなことも知らないだろう？　学校なんて行けないんだぜ。だから、傷が治って腫れが引くまでちゃんと時間とる。そこまで考えなきゃな。だから、未成年者がこっそりなんてのは困るんだよ」

加々見は言った。

「それでもやりたいな、私……」

明日香は久美子を見た。

「明日香が持ってきたお金のことなんですけど、本当に久美子は知らないお金なんです。実は、明日香が産まれる頃、僕は禁煙をすることになって、何か嫌《いや》だなって思ったんですけど、浮いた煙草代を何かに使おうって、明日香名義で貯金してたんです。明日香、もし、顎を整形したいんなら、お父さんの、そのお金を使えばいい。僕はそのことでコンプレックスに思うのは嫌だし、嘘を吐いて変になってしまうのも嫌だからね」

悟は久美子の肩に手を添えた。

「いいよ、お父さん。二〇歳になったらお金貯めて、自分でやる。それで、堂々と顎治したんだって言ってみる。それで馬鹿にする人間とは付き合わなければいいんだから……。お父さんとお母さん、それと未来の彼氏には言うつもり」

明日香が言うと、久美子が少しだけ顔を上げずに小さく呟くように「ごめんね」と言った。

逆鱗というのは諺の通りに、久美子の顎の部分にあった。

ただ逆鱗は、軽く触れるだけで激しい怒りを起こさせるだけのものではないようだった。逆鱗は、とても弱い場所で軽く触れられただけでも痛いのだろう。だから、逆鱗をぎゅっと掴まれると動けなくなるほどの弱点であるのだ。逆さに生えた鱗は、それは弱々しいと思えた。

逆鱗を強く握られたことが相当に堪えたのだろう、これほどまでに萎《な》えてしまった久美子を見るのは初めてのことだった。

久美子は自分で逆鱗を作ってしまったのだろう。

明日香は、目を伏せ、拳を固く握ったまま動かなくなった久美子が、少し可哀想に思えた。

「池水に石を投げると、波紋は等比円の漸進的な快よいリズムを見せてくれる。一般に等差円よりは等比円の方が、リズム表現の効果が大きいのは当然である。」

Gradation

第四章
メイクルーム
鏡よ、鏡よ、鏡さん……

（グラデーション）

美紗子《みさこ》は、拳銃の銃口を見詰めた。

「どう？　小娘に裏切られた気分は？」

銃口の向こうには、由佳里《ゆかり》の勝ち誇った顔がある。まだ、二一歳の肌はピンと張り目尻《めじり》に小皺《こじわ》の一つも見えなかった。

「あんたには、私は殺せないわね」

美紗子は由佳里の目へと視線を動かした。

「ほら、泣いて命乞いしたらどうなの？」

由佳里は威嚇《いかく》するように銃口を近付けた。

「悪いわね……銃口を向けられることには慣れてるの」

美紗子は、静かな声を出した。由佳里は舌打ちした。

「死にたいみたいね」

由佳里は腹立たしそうな声を出し、銃口を美紗子の額に押し付けた。拳銃の冷たくて固い鉄の感触は、人を殺すためだけに作られた道具であると思わせた。

「やってみたら？」

美紗子は瞬《まばた》き一つしなかった。由佳里の眉間《みけん》に皺が寄った。引き金に掛かった指に力が入るのが見えた。引き金が引かれ撃鉄《げきてつ》は落ちた。しかし、ブロックが動かず乾いた金属音が響いた。撃針《げきしん》は解放されていない。銃弾は発射されなかった。

由佳里の目が大きく見開かれ、何度も引き金を強い力で引いた。銃弾が発射される音は響かない。発射音の代わりのように由佳里の口から悔しそうな息吹《いぶき》が漏れていた。美紗子は動かなかった。

「どうしたの？　撃ち殺すんじゃないの？」

美紗子は言った。

「何……」

由佳里は力を込めて何度も引き金を引いた。コルトからは引っかかったような空《から》撃ちの金属音だけが響いた。

発射音はない。由佳里は何度も引き金を引いた。金属音が何度も苛《いら》ついたように鳴った。

美紗子は拳銃に手を伸ばし掴む。由佳里は後ろに下がりながら拳銃を引いた。美紗子は由佳里の腹に狙《ねら》いすました前蹴りを入れる。由佳里は拳銃を離し後方へと倒れた。

「カット！」

監督の溝口《みぞぐち》の声が響いた。視線は美紗子に注がれ、小さく頷《うなず》きながら口の形だけでOKと言った。

サードの助監督が直《す》ぐさま由佳里に駆け寄り引き起こし、フォースの助監督が、由佳里の足許にあるショックアブソーバー代わりのマットを畳んだ。

「由佳里さん、大丈夫なら、このままの続きで、由佳里さんの後ろから美紗子さんのショット行きます！」

現場中にチーフ助監督の声で響いた。スタッフたちが野太い声で返事をし、由佳里も「大丈夫です」と声を上げた。引き続き撮影をするのは、相当にいい場面が撮れた証拠で、役者たちの気持ちを途切れさせずに演じさせたいのだろう。スタッフたちの素早い動きでカメラ位置が変わり、新しい角度から照明が当てられた。

溝口の「ヨーイ、はい」の声で空気がまた緊張する。

「いったい何を？」

由佳里は唸《うな》るように言った。由佳里の肩口にカメラのレンズがある。

「したわよ。あんたの拳銃のスプリングに、煙草のフィルターを千切《ちぎ》って突っ込んでおいたのよ」

美紗子は言うと、拳銃を慣れた手つきでばらした。美紗子は緊張したがうまく進んだ。空き時間、自宅、移動の車の中で何度も拳銃をばらしては組み立てた。

「いつ……」

悔しそうな視線を由佳里は送ってきていた。

「他人が銃を触ったとしたら、もう一度、自分で確認しなきゃならないの、これは銃を扱う人間の鉄則ということ」

美紗子はスプリングに食い込んだ煙草のフィルターを指で摘まみ出した。

「汚い真似するのね……」

由佳里は美紗子を睨《にら》んでいる。美紗子は素早く拳銃を組み直した。

レンズの奥の焦点が、美紗子の顔のアップを捕らえていることがわかった。やはり、映画は目に始まって目に終わる。大スクリーンに映し出される自分の目を思い浮かべ、目の演技に入る。決して大仰にならないように、僅《わず》かにだけ目尻に力を入れた。

「最後まで自分の身を守れないあんたが、素人だってことじゃない。こんな場面にふさわしい言葉をあんたにあげるわよ」

「ロシアのダダイストの言葉なの、聞いて……。死にたい奴は、死んで行け、俺はいまから朝飯だ。どう？　ぴったりでしょう。勿論、私が朝飯を喰らう方で、あんたは死にたい奴ってことね」

銃口を由佳里の額にぴたりと向けた。現場は静まり返った。

カメラは由佳里の顔を捕らえてはいない、しかし、少しだけ怯《おび》えた表情を浮かべていた。

「……何それ……」

美紗子はゆっくりと引き金に掛けた人差し指を引いた。

「はい！　オッケ──！」

溝口の今日一番の声が聞こえた。

助監督が「休憩入ります」と声を上げた。緊張し息を詰めていた現場のスタッフたちが一斉《いっせい》に動き出した。

マネージャーの新馬《しんば》がストローの差してあるペットボトルの水を手に駆け寄ってきた。

「最高っすよ、美紗子さん！　空気が凍りつきましたよ！」

新馬は陽気な声を出していた。

二年前、藤谷美紗子　四四歳。

撮影スタジオのメイクルームは、鏡を前に女優たちが武装を始める場所である。セットが主戦場であるなら、前室《ぜんしつ》やメイクルームは、プレ戦場のようなものだ。

美紗子はメイクルームの最も奥に座った。左隣にはドラマの主役の由香里が座るはずだが、まだ、現場入りしていない。雑誌モデル上がりの演技もろくに出来ない女優の由佳里だが、若い女の子たちからの支持は絶大で、テレビドラマの主役を勝ち取るのは時世というものなのだろう。

「オハヨウゴザウマ〜ス」

由佳里が元気な声を上げメイクルームに入って来た。美紗子に深々と頭を下げ鏡の前に座った。専属のオカマのメイクと付き人が付き、マネージャーが辺《あた》りを睥睨《へいげい》していた。由佳里は一九歳、大手プロダクションのチーフクラスのマネージャーが付き添っているのは、由佳里が売れている証拠だろう。由佳里は手帳を開いたマネージャーの話をメイクされながら聞いていた。メイク時間は短く、直ぐに部屋を後にした。

由佳里が部屋を出る後ろ姿が鏡越しに映った。美紗子はそれを腹立たしい気持ちで目で追っていた。

「鏡よ鏡、鏡さん……、この世で一番綺麗なのは誰？」

鏡にむかって呟《つぶや》いていた。


二五年前なら由佳里と同じくらいの短い時間でメイクは終わっていた。いまは、とても無理だ。ハイビジョンカメラの解像度は、昆虫の足の毛の一本一本まで鮮明に映し出すように、コンシーラーを厚く塗って隠しているシミまで浮かび上がらせる。照明も当てればいいというものではない。強い照明で皺を飛ばそうとすれば、皮膚が膨《ふく》らんで見え、頬や首のたるみを露《あらわ》にしてしまう。

撮影機器の進化が疎《うと》ましく、配慮に欠ける技術の人間たちに腹を立ててしまう。

美紗子は、鏡の中の武装途中の顔を眺めた。昔は良かった、なんてことは思いたくない。セット前のピンで押さえた髪、前掛けで洋服は覆われ、顔だけが浮かび上がる。若作りのために流行のものを身にまとっていても、それらを外《はず》されると四十四歳の女の顔だけが目の前にぽんと置かれたように見える。

「あれ？　どうしたんですか、美紗子さん。またまたお怒りモードですか？」

マネージャーの新馬がストローのささった紙コップを鏡の前に置いた。

「そんなんじゃないわよ……何、それ？」

美紗子は紙コップに目をやった。

「麦茶です。美紗子さんの流行《はや》りのノンカフェインですよ」

新馬は言った。昔は炭酸が駄目で一〇〇％果汁のジュース、バブル期には、コントレックスという石灰みたいな味の水、そして、いまは、ノンカフェインの飲み物である。まさに新馬が言うように、女優たちの中でのよくある流行りだ。

「そう、ありがとう」

美紗子は、ストローを口にした。

「ねえ、美紗子さん。近頃、炭酸が見直されてるようですよ。炭酸浴とか炭酸でシャンプーしたりって。飲む方でも、胃を膨らませて食事を減らすダイエット効果と胃腸の活発化の便秘解消、それとこれは眉唾《まゆつば》っぽいですけど、ジム上がりに筋肉に溜《た》まった乳酸を流すって効果もあるようです」

新馬は薄ら笑いを浮かべている。一言多くて腹立たしい奴だ。三〇歳になったばかりの若僧だが、事務所の中では優秀だと言われているようだ。そんなことは微塵《みじん》も感じさせないが、入社二年目で事務所の大御所の女性歌手のマネージャーを無事に務めたのは、業界の誰もが驚くことだった。大御所のマネージャー虐《いじ》めの理不尽さは有名で、新人マネージャーの最長在任期間七か月を大きく上回って、一年と半年経ったところで自分から担当を外れるように願いを出した。

新馬は、業界内では若き猛獣使いという別名を持つことになった。一年半以上新馬にマネージャーを担当させないと恥を掻くことになる。

「無糖の炭酸水ってことでしょう？」

美容に効果的な飲み物や食べ物、ダイエットなどは新しいものを取り入れておかないといけない。

「ホットも良いらしいです。だから、甘いやつでもいいんじゃないですか？　薬じゃないんだし、気休めみたいなもんでしょうから、それに……おならとかすごく出るんでしょう、炭酸って」

新馬は口を噤《つぐ》んだあと、満面の笑《え》みになった。

「そんなことで面白がるなんて……まったくのガキ、あの子と同じね」

美紗子は、顎《あご》でメイクルームの端を指した。若い俳優が鏡を覗《のぞ》き込むようにして立っている。

「マサル君とですかあ……」

新馬は声を潜《ひそ》めたが、マサルは鏡の中へ注いでいた視線を美沙子たちの方に向けた。口角《こうかく》を上げ行儀良く並んだ白い歯を見せ、小さく頭を下げた。そして、直ぐに視線を鏡の中に戻し、指先で髪の毛先を何度か摘み、メイク室を出て行った。

「あの子、いつも髪の毛をつんつんしてるわね」

「あれっすか、あれは毛先を遊ばせてるんだそうですよ。いまどきのタレントの男の子って、みんなあれをやりますねえ」

新馬が仕草を真似てみせた。

「俳優とか歌手の男って鏡を見るのが好きなのは、昔から変わってないのね」

「男優は女で、女優は男ってのは同じっすね。しかもこの頃では拍車が掛かって、女優は昭和の豪傑ワンマン社長で、若い男優は、おしゃれと髪型に命掛けてますからね。若い男優の九割は極度のナルシストで、あと、二割はゲイですからね」

新馬は声は潜めていたが、顔は笑っていた。

「何よ、それ、九割と二割って数が合わないじゃないの」

「かぶってんですよ。ゲイの男優でナルシストじゃない奴なんていませんから。それでナルシストじゃない一割の若い男優ってのは、親が芸能人で無理矢理この世界に入れられたんだけど、本当は親のコネでテレビ局とかに就職したいって思っているやる気のない奴ですね。やっぱ、この世界はやる気ないといけませんよ」

新馬の話に、美紗子は思わず声を出して笑っていた。

「髪のつんつんはナルシスト以外の何者でもないわね。私のメイクは仕事だけど、あの子のは性《さが》みたいなものね」

「マサル君もいまが正念場ですから、考えないと、あっという間に消えてしまいますよ」

「あら、そうなの、売れてるみたいじゃない」

「若くてギャラが抑えられているからだけじゃないですか。事務所も、ちゃんと商品管理を考えないといけませんよ」

新馬は鹿爪《しかつめ》らしい顔をして言った。商品管理とはよく言ったもんで、芸能事務所が所属タレントを扱うときに使う言葉だ。さすがに美紗子ぐらいのベテランには使わないが、若いタレントは、少し売れると調子に乗ってしまって、何事かをしでかして、商品価値を下落させてしまう。そして、商品管理の最前線に立っているのが、新馬のような担当マネージャーなのである。

マネージャーのことをタレントの下僕か世話係のように思っている人間が多い

が、こき使われるのは付き人かボーヤと呼ばれる人間たちで、マネージャーは名前通りにタレントをマネージメントするのが仕事だ。タレントの素質を見極め、その素質に合った仕事を選択し、素質を伸ばして新しい仕事の分野を開拓する。つまり商品を高く売る、売る場所を探す、そして、商品の品質の向上、品質の劣化防止などが仕事なのである。さすがに新馬が商品管理という言葉を口にするときには重みがあった。

「あんたが言うなら、そうなんでしょう。例えば、どうすんの？」

誰もがこの世界で生き残りたいと真摯《しんし》に思っている。美紗子もそうだった、何か参考になるのなら、何でも取り入れないといけない。新馬のどうでもいいような炭酸の話でも、耳に入れておくのは必要なことだった。パブリシティで雑誌に載るときや番組宣伝などでTVで話すときなど、健康や美容に良い飲み物の話は受けがいい。

「僕がマサル君の担当だったら、まず、スニーカーとフィギアの蒐集《しゅうしゅう》を止《や》めさせて、もうちょっと変わってて大人っぽい趣味を見つけさせますねえ。サーフィンとかフットサルは、もう駄目ですから、例えば、70年代のロックをレコード盤でとか。それか、料理だけというより、家事全般が好きってのもいいですねえ、特に、洗い物、洗濯に特化していると面白いですかねえ」

「ふーん、そんなのがいいの？」

「前者は、現場のディレクターとかのおじさん受けがいいですし、後者は、主婦層やおばさんの共感を得るってとこかな。若い俳優が笑顔で、やっぱ、汚れたものが綺麗になってくのって気持ちがいいっすね、なんてことを喋れれば、好感度抜群です」

「そういうことが、やっぱり大事なのねえ」

「大事っすよ。使ってくれるスタッフやら、観ている人間たちに、こいつつまらねえなって感じさせたら負けです。これは、うまくいけば飛び道具級ですけど、マサル君なら宝塚ファンってのもありです。まあ、これは本人が好きになるかどうかが、難しいですね。付け焼き刃で好きなんて言ってバレたら一発アウトっすから」

美紗子は、思わず笑ってしまっていた。宝塚好きの若手俳優なら、素《す》っ頓狂《とんきょう》だが女優受けもするだろう。

「いろいろ考えてんのね」

「仕事ですからねえ」

「あんた、私の担当なんだから、私に対しても考えてるんでしょうね？」

「えっ……それは、ちゃんと……考えてますよ」

新馬の目が泳いだのを美紗子は見逃さなかった。

「本当に？　何なのよ」

美紗子が言うと、新馬は少し唸り何度か頷いていた。考えていなかったことが丸見えだと美紗子は思った。

「フラダンスは……、もう、止めたんでしたよね……」

新馬は生真面目な顔で訊《き》いたが、途中で何かを頭に思い浮かべたのか、小さく吹き出してしまった。三か月前、新馬に笑われた、いいと思ってやっていた趣味が、フラダンスだった。女優の先輩に勧められて始めたものだったが、新馬は、おばさんの趣味が似合ってしまうと、どうするんすか！　と言って、それこそ腹を抱えて笑い転げた。新馬が言うには、腰をくびれさせたくて堪《たま》らないおばさんが、ちょっとお洒落にとか、楽しく、なんて言葉をくっ付けてやりたがるのが、フラダンスなのだそうだ。

「止めたわよ、あんたが笑うから」

「正解ですよ！　若い子たちからは、おばさんとフラダンスは強いイメージで結ばれているんですから。四四歳の女優に、おばさんのイメージ付けると、カーディガン着た家政婦とか、チャリの籠から青ネギ出して走ってるおばさんの役しか来なくなります。まあ、それでいいというのなら、ストイックに節制して痩せてなくてもいいんですから、楽ですよ。酒飲んで食いたいもん食べて、自堕落《じだらく》にしてれば役作りになるんすから」

「嫌《いや》よ、そんなの。毎日ジム通って、走って泳いで有酸素運動してるのよ。身体のラインは崩れてないから、二五年前のデビュー当時の服でも着られるんだからね」

美紗子はウエストの部分を擦《さす》った。

「努力されているのは知ってますし、マネージャーなんですから。でも、しかし、フラダンスなんても把握しています、服のサイズも身体のいろんな部位のサイズてやってると、腰回りに浮き袋みたいな脂肪を付けたおばさんってイメージが付いてしまうでしょう。それと、フラメンコもよした方がいいですね。女優のフラメンコは、オカマのシャンソンぐらいにしっくりいって、恥ずかしいものはないですから」

「だから、フラメンコなんてやってないし……。ねえ、新馬、話掏《す》り替えてるわよ。ちゃんと考えてるって言ったあんたの答えを聞きたいのよ」

美紗子は鏡越しに新馬を睨んだ。

「考えてますって……」

と新馬が答えたところで、局のメイク係の女の子が部屋に入ってきて話は途切れた。

二五年前は、目の前にいる女と同じ皮膚をしていた。

月日の流れの中での経験は様々なものを皮膚から奪っていった。まだ、一九歳の由佳里の肌はピンと張り、ライトに照らされて光り輝いているように見えた。ダイニングテーブルの下からの皺飛ばし用のライト、所謂《いわゆる》、女優ライトが眩《まぶ》しくて何度も瞬きをしてしまう。

照明係の人間にライトが強過ぎると目で合図を送ろうと思っても、ライトがきつ過ぎて、スタッフ達の顔がぼやけてしか見えなかった。目の前に座っている由佳里の顔さえ光の膜が掛かったようになっている。

「大丈夫ですか、美紗子さん。休憩入れますか？」

演出の原田が目敏《めざと》く見つけてくれて声を掛けてきた。原田はテレビ局の演出家で、芸術家ぶったところもなく、よく気が付くので嬉しい。やっぱりサラリーマン演出家は、作品性よりも仕事が潤滑《じゅんかつ》に進むことを優先しているのでやりやすい。

「美紗子さん、汗が……」

新馬が駆け寄りハンカチを差し出した。額に汗を浮かべていたようで、自分自身でも不思議だった。特に顔には汗は掻かないのが女優だ。

「照明が熱いのよ。あんた、何とかならないの」

美紗子は苛ついた声を出し、一番近くにいた若いADの磯田を睨み付けた。磯田は、すいません、と頭を下げて照明のスタッフを呼んだ。ベテランの照明マンが面倒臭そうにライトの調整を始める。

「原田さん、申し訳ないっす、ちょっと休憩をお願いします」

新馬が美紗子の手首を掴んで引っ張った。強引ではないけれど有無《うむ》を言わさない力強さだった。

楽屋に戻った途端、新馬は大きな溜息《ためいき》を吐《つ》いて「どうしたんすか、美紗子さん」と言った。

「何が？　私、何かした？」

美紗子は楽屋のソファーに座った。

「下っ端《したっぱ》ADとはいえ磯田君は、局の正社員です。ゆくゆくは、ディレクターやプロデューサー、運が良ければ、その上の編成なんかまで行く可能性だってあるんすから、気をつけてください。この業界で生きていく上での基本ですよ。しかも、さっきの磯田君は、とばっちりですからね」

「そんなことわかってるわよ。あのさ、新馬。女優に必要なものの一つに、男を見る目ってあるの。出世する男、自分を守ってくれる、私に援助を申し出る男、いまだけで直ぐにポシャりそうな男、近付くととんでもない目に遭わされる男……いろんな男を何人も見抜いて来たから、いま、この位置に居るのよ。あんたみたいな若僧に、偉そうに言われたくないわね」

新馬に少し痛いところを突かれたのも事実だったが、自分に必要な人間を見る目は肥えている。ADの磯田のことなど、気に掛けて見たことなどないので、出世するかなど分からない。

「すいません……言い過ぎました」

新馬は静かな声を出し頭を深々と下げた。わざとらしくはないが、慣れていると感じる。新馬みたいな男が、芸能事務所から数人のタレントを引き連れて独立して、新事務所を立ち上げるのだろうな、と美紗子は思った。悔しいけれど、新馬は出世する男なのだろう。もしかすると、新馬が自分の担当になったのは、事務所側が自分を切るつもりなのかも知れない、などという懸念も浮かんだ。

「いいわよ。それと、さっき、私が現場から離れるとき『更年期じゃねえの』って、言ってたのが聞こえたわ。あれって、誰かしら？」

「ええ！　それは非道《ひど》い。許せないな。美紗子さん、更年期なんですか？」

新馬のとぼけた言い方に腹が立った。

「失礼ね、あんたまで、違うわよ」

「そんな苛つかせる人間の手に乗ってはいけませんよ。近頃、ただでさえ苛ついてんですから、そんな輩《やから》は放っておくに越したことはない。無視しましょう。それに、美紗子さん。誰が私のこと更年期って言ったの！　私から中将湯《ちゅうじょうとう》の臭いがしてるとでも言うの！　そんな鼻の効く人間は誰！　なんてこと言って犯人探しなんてしたら、更年期障害を認めるようなもんですし、ねえ、美紗子さん」

新馬は、それが自分の真似なのか分からないが、おばさんのような声を出した。

「あんた、中将湯なんて良く知ってるわね」

「僕、お婆ちゃん子だったんすよ」

「……もういいわ、落ち着いたから」

美紗子は立ち上がった。楽屋を出てスタジオへは向かわずメイク室に入った。

鏡の前に座ると、また、頭の中に『鏡よ、鏡、鏡さんの……』の台詞《せりふ》がリフレインされる。

溜息が出た。脳裏には由佳里の照明を跳《は》ね返すような真新しい肌の映像が刻み込まれたままだった。自分の肌は、光を吸収し粉っぽく膨らむように感じる。だからこそ、皺を隠す効果もあるのだろうけれど……。

鏡の中の自分も溜息を吐いていた。目尻の皺が薄《うっす》らと出現したのは、四〇歳を超えた辺《あた》りだった。カラスの足跡なんていう俗語を考え出した人間を探し出して、切り刻みたくなる。ほうれい線の漢字が豊な年齢で豊齢とも書く当て字があることを知ったときは、自分の頬が一層重力に負けて垂れ下がってしまいそうだった。

「どうします？　美紗子さん。今日は、体調不良ってことで撮影中止にして貰いますか？」

新馬が後ろから声を掛けた。

「ちゃんと、やるわよ！」

大きな声が出てしまった。鏡に映った自分のこめかみに、ぴくぴくと動く筋が入っているのが見える。

「そうっすよねえ……、ここでわがまま言ってたら干されちゃいますからね」

「うるさいわねえ。新馬、撮影はちゃんとやるから、終わりの時間をADに訊《き》いて、加々見クリニックを予約しといて」

鏡越しに新馬に言うと、新馬は腰を屈めて近付いた。

「整形ですか……ドラマ撮影中は、ちょっと、まずいんじゃないんですか？」

新馬は声を潜めた。

「違うわよ、アンチエイジング」

美紗子は言った。十九歳の由佳里の肌と毎日対峙《たいじ》させられていると心底辛くなってくる。

「……わかりました。予約の電話入れときますから、美紗子さん、撮影は手を抜かないでちゃんとやってくださいよ」

新馬は携帯を取り出しながらメイク室を出て行った。

一九歳で清純派女優としてデビューし、二五年経った。朝の連続ドラマを皮切りに、映画の主役も張った。テレビドラマは数年に一本は定期的に主人公を演じていた。しかし、近年では脇に回ることがほとんどだった。いま、わがままを言ってこの役を降板するなどしたら、この業界の人間たちから、どんな目に遭わされるか分からない。自分の中から美しさが失われていくことに、美紗子は恐怖を感じてしまう。由佳里の肌が欲しい。二五年前の肌を取り戻したい。輝きが失われていくことは、叫び声を上げたくなるほど悔しいことだった。

白鳥は水の中で必死に足を掻いている、と影で努力している象徴のように比喩《ひゆ》される。しかし、女優を白鳥にたとえるなら実際は、もっと過酷だ。

湖畔から見える湖は美しく見える。それは太陽の光が反射して輝き、湖の実態が見えないだけでしかない。光の反射がなくなれば、人間の欲望と金によってぬかるんだ泥の湖であることが分かる。湖の底からは、嫉《ねた》みや妬《そね》みが幾重にも藻となって密生し、足に絡《から》み付き、湖の底へと引きずり込もうとする。

そんな湖に浮き、汚濁《おだく》した水飛沫《みずしぶき》で羽を汚すことなく、湖面を滑るように進んでいく姿をみせる。涼しげに凛《りん》として進む白鳥の姿に湖面の人間たちは、感動する。

女優の最強の武器は美しさ。その美しさに翳《かげ》りが見えている。羽には泥水が掛かり始め、湖面を掻く力も衰えてきた。

「鏡よ鏡、鏡さん……、この世で一番綺麗なのは誰？」

鏡にむかって、また呟いていた。いつの頃からか、頭の中で再生されるこの呪文のような言葉は、美紗子の喘《あえ》ぎなのだろう。

「何で、往診になったのよ。私は予約を入れといてって言ったのよ」

美紗子の車を運転している新馬に言った。美紗子の撮影は陽の高いうちに終わり、帰途についていた。郊外の撮影所からの帰り道は、まだラッシュの時間寸前で、渋滞することなく進んでいた。

「加々見先生からの要望で、往診に行くから何か喰わせろ、赤ワイン買っていくから、と仰ってました」

新馬は真っ直ぐ前を見ながら答えた。

「まあ！　喰い意地の張った勝手な爺《じじい》ねえ！」

美紗子は吐き捨てるように言った。

「……相変わらず、加々見先生には言いたい放題ですねえ」

新馬が呆れた顔を向けた。

「いいのよ、加々見さんとは長い付き合いなんだから。それに女優ってのは何でも言っていい人間を何人か持ってないといけないんだから……。この話、したわよね？」

「何度も聞いてます。女優は、何でも言っていい人間以外には、決して本性を明かしてはいけないってことでしたよね。それがたとえ、事務所の使いっ走りのバイトとか、取材に来た新卒駆け出しの雑誌記者でさえも。ちゃんと聞いて憶《おぼ》えていますし、尤もだとも思っています。だからこそ、今日は磯田君の件で言ったんです。その本性が現れてきてるから、心配してんです」

「……磯田君って誰だったかしら？」

「局のＡＤですよ。忘れないでくださいよ」

新馬が睨み付けるように見た。

「忘れてないわよ。あんたがこうるさいからわざと言っただけ」

美紗子は、その数倍の強さで新馬を睨み返した。

「とぼけたんですか、非道いなあ。私も美砂子さんの言うところの何でも言っていい人間の一人ですから、しょうがないんでしょうけど」

「よくわかってるじゃない。清純派女優は、どんなときでも首を少しだけ曲げて笑顔にしてなきゃならないから、大変なのよ。あんただって、私に歯に衣《きぬ》着せないで勝手なこと言ってるんだから、あんたも我慢しなさい」

「うちの会長みたいにですね」

新馬は小さく笑った。美紗子の所属する芸能事務所の会長の山崎は、美紗子をデビューさせて女優としての地位を確立させた。業界では好々爺《こうこうや》とあだ名される男で、それこそ美紗子が何を言っても笑顔のままの人物だった。しかし、戦後の荒れた興行の世界を生き抜いた山崎は、総身彫《そうみぼ》りを身に纏《まと》い背中には長い刀傷《やきず》が残っていると言われていた。

「会長がまだ社長だった頃は、喧嘩にもなったけど、いまは、もう、何を言っても素通りだから面白くないのよ。素通りしてる癖にノーは頑固にノーだから」

「そうなんすか、やはり、美紗子さんのイライラの原因は、そこいら辺にあったわけですか……」

「そこいら辺って何よ。それに、あんたいま口ごもったわね？　何が言いたいのよ」

「ええ、まあ……高柳《たかやなぎ》さんのことが……。高柳さん、ちょっと沈んじゃってますよね」

申し訳なさそうに言った。

「あんたって、何でもよく知ってんのね」

美紗子は呆れた声を出した。

「マネージャーですからね。いろいろと把握はしているつもりです。高柳さんは、支援者であり、何を言ってもいい人物なんですから」

「支援者か……変な言い方ね。私はパトロンって古臭い言い方が好きだけどね」

「すいません」

新馬がちらっと視線を送って来た。

「別にあやまらなくていいのよ……間違ってはいないんだから」

美紗子は窓の外に視線を移した。ママチャリの籠に入れてエコバックからネギを出し、主婦が歩道を逆走しているのが目に入った。

初めて高柳と会ったのは美紗子が二二歳の頃だった。高柳は四三歳で、映画制作会社のエグゼクティブプロデューサーだった。

一九歳で女優としてデビューしたが、事務所から支払われる給料だけで生活することは出来ないとわかった。水商売で働く若い女優や歌手、モデル、タレントは、回りには沢山いた。家族からの支援を受けている子もいた。

高柳を会わせたのはまだ社長だった頃の山崎だったが、直接的に動いてくれたのは、いまは独立して芸能事務所を経営している当時のチーフマネージャーの谷川だった。

谷川は『水揚《みずあ》げ』という言葉を使った。東京では半玉《はんぎょく》、関西では舞妓が、正式な芸者や芸妓《げいぎ》になるときに通人の旦那を持つことが水揚げであるのだが、そのときは、水揚げと聞いて自分が魚で海から網で掬《すく》い上げられるような気分になった。

当時はバブル期で、キャバクラという若ければ短時間で手軽に金を稼げる水商売のシステムが出来上がっていた。谷川は、泥水稼業《どろみずかぎょう》で安易にあぶく銭を稼ぐことを嫌っていた。

パトロンを付けることで、私生活を安定させる、というのが目的のようで、谷川は「決して強制ではないし、気に入らなかったり嫌《いや》だったら、いくらでも断っていいんだよ」と言った。

大時代的で男尊女卑なことなのだろうが、美紗子は受け入れる気持ちになった。非道い事務所になると枕営業させられたりするらしいが、女優として地位も確立していない、まだ、ほとんど事務所に利益をもたらせていない女優の卵を、育てようとしている気持ちが山崎たちにあると思えたからだった。谷川の言う泥水稼業の中で、成金の髭《ひげ》オヤジに口説かれ続け、その中からパトロンを見付けるのなんて、最悪だと思った。

それにも増して、悪魔に魂を売ってでも女優の頂点に登りたい、という気持ちがあった。生まれた頃から美人で可愛かった。小学校、中学校と一番美しいのは自分だった。高校では女の部分に磨きが掛かった。そんな自分が生活費のために、見ず知らずの男たちに愛想笑いするなど嫌でしょうがなかった。山崎や谷川の前では、パトロンなんて、という顔をしていたが、心では裕福な支援者を望んでいた。

何人かのパトロン候補に会った。みな妻帯者で、様々な職業だったが社会的地位の高い男たちだった。札ビラで頬を殴り服を引きちぎりとか、小判をバラまかれ帯をくるくるとか、を想像させることのない紳士的な男たちだった。

美紗子が選んだのは高柳だった。山崎からは『男を見る目がある。それはとても大切なことで、女優としての大きな武器になる』と言われた。

二〇歳以上年の離れた高柳だったが、脂《あぶら》が乗った時期だったからなのか、雄として迫力もあり若々しく見えた。

力のあるものからの庇護《ひご》を受けられるのは、美しさを持っているからである。

高柳は、美紗子の美しさの一部分を所有することで、高柳の持つ力の一部分を分け与える。これこそ女優の卵らしい生き方だと思えた。

赤坂《あかさか》のマンションを借りてもらい、一定の生活費を銀行に振り込み高柳がそこに通う。女優の仕事は、それほど多くはなかったが、高柳は女優業を最優先してくれた。世間からは理解されない関係ではある。見合い結婚した配偶者に対して深い愛情を持つことに何の不思議もない。見合い結婚と恋愛結婚との違いは、出会いの場面だけであって双方が気に入って結婚するのには何の変わりもない。

そんな生活を進めていくうちに、美紗子は高柳に対し、人間として男として深い愛情を持つようになった。

白鳥の話を美紗子に教えたのは高柳だった。『自分は淀んだ湖の中にいる。だからこそ、湖面に浮かぶ白鳥のことを愛おしく感じるんだろう』と、言った。高柳は美紗子にとって、様々な経験値を持つ優秀な大人の男だった。

美紗子には結婚願望などまるでなかった。妻子のある高柳の家庭を壊そうなんて気持ちは一つもなかった。

それは美紗子自身が、女優という職業と結婚し、作品という子どもを産み続ける、それが女優をまっとうすることだと思っていたからだった。

女優としての美紗子の才能に対して援助を行う高柳の気持ちと合致して、二人はいい関係が築かれた。美紗子が二四歳のとき、高柳の企画した全国公開の映画の主役を演じて、女優としての地位が確立した。

女優として独り立ちしてからは、高柳との金銭的な関係は終了したが、男と女としての関係は続き、高柳は美紗子の女優業を支えた。いま、美紗子の美しさに翳りが見え始めた。

撮影所からの帰り道にあるスーパーで食材を買い揃え客を迎えるのはよくあることだった。

美紗子は南麻布《みなみあざぶ》のマンションのキッチンで食材を広げた。豚バラと豚モモの薄切りを皿に並べ、縮みホウレン草はザク切り、タマネギはスライサーで薄切りにする。

料理は、女優の体型と美肌の維持のため必須のものだと美紗子は思っている。もてなし料理は女優の気さくな面をさり気なく見せることが出来る。

今夜は常夜鍋《じょうやなべ》にすることにした。湯を張った鍋に昆布で出汁《だし》を作る。薄切りの豚肉とホウレン草、タマネギをさっと茹でで、醤油にレモン汁か白ワインビネガーを入れたタレで食べる。シンプルで素材が良くないと台無しになる鍋で、常の夜に食べ続けても飽きないとこから常夜鍋という。高柳が初めて作ってくれた料理で、美紗子は気に入ってそれ以来、自分のもてなし料理の一つに加えた。

「何か手伝いましょうか？」

新馬が背後から声を掛けてきた。

「どうしたの、新馬。スーパーでは、もっと豚肉を沢山買った方がいいとか、言ってきたりして。あんた常夜鍋だと足りないの？　あんただってもう若くはないんだから、お腹が出ちゃうわよ」

常夜鍋は、豚モモを主に食べれば高タンパク低カロリーで女と年寄りに好評な鍋だが、若い男たちにはさっぱりし過ぎているのかも知れない。

「いいえ、そういうわけじゃなくて。加々見先生のとこの角刈りのおかまが結構食べるかなって」

「そう思って、余るほど買ったんだから。あんたは、リビングでお酒でも飲んでなさい」

美紗子はそう言って新馬を追い払った。

インターホンがなり新馬が出てオートロックを解錠《かいじょう》した。

「美沙子、常夜鍋だってな。私が大好きなチリの赤を二本とシャブリを一本、それと女優たちが馬鹿の一つ憶《おぼ》えのように大好きって連呼する泡ものの冷やしたのを一本、それとシングルモルトを一本買ってきたぞ」

加々見が、シャンペンを冷やしながら持ち運べるクーラーに入れて掲げながら入ってきた。

「鯨じゃないんだから、そんなに飲まないわよ」

美紗子は、冷蔵庫から缶ビールを出して加々見とラン丸に渡した。ラン丸は往診用の鞄とワインを重そうに提げている。加々見クリニックの中でのラン丸は、ホットパンツに看護帽を角刈りの頭に載せているが、さすがに長いコートでハンチングを載せていた。新馬が加々見とラン丸から酒瓶を受け取ると冷やすものは冷蔵庫に入れた。ラン丸がコートを脱ぐと白衣にホットパンツで、ハンチングを取り看護帽を角刈りに載せピンで留めた。往診は医療行為なのでいつものスタイルになった。

「この豚はトウキョウX（エックス）だろうな？」

加々見は、料理と食器がセッティングされた八人掛けのダイニングテーブルに座ると、ビールを開けた。

「こうるさい爺が来るんだから、ちゃんと選んだわよ」

美紗子もテーブルについた。美紗子の言葉にラン丸が声を上げて笑った。

「元清純派は、口が悪くなってしまうか……、というか、年とると本性が現れるってことかな」

加々見は笑いながら缶ビールを美紗子のグラスに注ぎ、新馬とラン丸も席に着いて、美紗子を囲んだ酒宴は静かに始まった。美紗子とラン丸は鍋の取り皿の手付きとんすいに醤油とレモン半個分を絞り入れ、九州の青葱《あおねぎ》を散らす。加々見と新馬は、レモンではなく白ワインビネガーに柚子胡椒《ゆずこしょう》を入れて思い思いのタレを作って食べ始めた。

「ねえ、加々見さん。今夜は思いっ切りアンチエイジングの気分なの、目尻とホウレイ線を完璧に消してね」

美紗子は白くなった豚モモ肉を鍋から掬いながら言った。

「なあ、美紗子。アンチエイジングを日本語で何と言うか知ってるか?」

加々見は豚バラ肉を豪勢に掬って手付きとんすいに入れる。

「若返りの施術《せじゅつ》でしょう? もう皺は嫌なの、鏡を見る度に気持ちが萎《な》えていくのよ」

「わかってねえな。アンチエイジングは抗老化医学ってことだ。若返りなんてことじゃなくて、老いをくい止めるってことだ。目尻やほうれい線にヒアルロン酸を注射して皮膚を膨らませたって、それは若返りなんかじゃない。その場しのぎってことだ」

加々見はお湯を潜《くぐ》らせて縮んだ豚バラを口に運ぶと、にんまりと笑って見せた。

「だって若くなりたいじゃない！　ヒアルロン酸を目尻に射ってくれたじゃないか！」

美紗子は大きな声を出した。

「おまえなあ……。こめかみの上切って引っ張ってリフトアップして、下がった顔の皮膚を吊り上げたって、それは若返りじゃないんだぜ。それは美容整形という加工でしかないんだ」

「そんなあ……」

「もういいだろう？　皺取りやって、顔がぱんぱんに引き攣《つ》ったおばさんになりたいのかおまえ？」

「そんなことないけど……」

美紗子は箸を置いた。一気に食欲が失《う》せてしまった。

「世の中が不思議な価値観で動いてるというか……プチ整形なんて言葉が流行ってしまってる。うちのクリニックでも、プチ整形だから、アンチエイジングだから大丈夫、なんてことを勝手に思っている患者が多い」

「……でも、皺はとれるわ。ヒアルロン酸注射が短時間で効果がなくなるその場しのぎなら、ボトックス注射だってあるじゃない。加々見さんとこだってボトックスやってくれるでしょう？　何でいけないのよ」

美紗子は思わず目尻を指先で触っていた。指の腹に皺の存在を感じた。

「やることはやる。だけどな、美紗子。ボトックスはアンチエイジングじゃない。ボツリヌス菌を筋肉に射ち込んで動かなくさせたときに起こる退化現象でしかない。顎にボツリヌス菌を射って細くするのは、顎の退化、つまり、顎を老化させてるに過ぎない」

「私は顎の話なんかしてない、目尻にボトックスってこと！　皺は消えるわ」

「それも退化現象だな……。骨折してギプスしたから筋肉が細くなるって作用を、ボツリヌス菌を使ってやる。ボツリヌス菌は加工の仕方次第で生物兵器にもなる。そんなもんで筋肉の動きを退化させて、薄い皮膚の表面の皺を一時的に見えなくするってのは、やり過ぎだ。皺とるための筋肉が変形してしまう。それは若返りなんてもんじゃない」

加々見は旺盛な食欲で常夜鍋を食べ進めている。

「でも、若くなりたいのよ。整形のお医者さんなんだから、そんな患者の気持ちは分かるでしょう」

「そりゃ分かるさ。美しくなりたい、って人間のために美容整形はある。若返れば綺麗になる、痩せれば綺麗なるってほど美しさは単純じゃない。単純に考えるとつけ込まれて金を毟《むし》り取られる」

「そんなことわかってるわよ。うるさいなあ、説教ジジイじゃないの、まったく」

目の前の加々見に嫌なことを言ってやりたい、暴言を吐けば、この場から逃れられる、美紗子はそんな気持ちになった。でも、加々見は変わらない顔で箸を動かしていた。

「説教ジジイだなまったく。ジジイの私だって若返りたい。でもな、美紗子。それは無理だ。不老不死の不老、若返りなんてのはＳＦの話だ。若返るってのは、時間を戻すことだぜ。タイムマシーンでも作らないと若返ることはない。不老は不死に繋《つな》がる。生命に対する挑戦だな、そんなこと実現出来ればノーベル賞も尻巻くって逃げ出すくらいの発見だ」

加々見は笑い、ラン丸が「美紗子さんは若いわよ」と素っ頓狂な慰めを言い、新馬が携帯を耳に当てながら立ちあがった。

加々見の言うことは分かる、十分納得出来た。でも、綺麗になりたい、昔の輝くような美しさを取り戻したい、という気持ちは消えなかった。

「そんなに、私を虐めて、何が楽しいの？」

「おおっ！　美紗子、仕事の顔か？　さすが元清純派の女優だな。悲しげな上目遣いは天下一品だ。でもな、もう、その手をおまえは使えなくなってきてんだよ」

「そんなことばっかりいうんだったら、帰ってよ！」

「帰らないね。これも往診の治療、カウンセリングだからな」

加々見がそう言ったとき、玄関が開く音がした。

新馬がダイニングに入ってくると、後ろに山崎の顔が見えた。ラン丸がキッチンに向かった。

「会長！　どうしたの？」

美紗子が立ち上がった。

「姫、たまには飯でも食わせてくれよ」

山崎は美紗子のデビュー当時から姫と呼んでいた。山崎の後ろに、小さく手を挙げた高柳の笑顔があった。

「美砂ちゃん、常夜鍋だってね」

高柳と会うのは久しぶりのことだった。

「何よこれ、誰がこんなに人を呼んだのよ！」

美紗子は山崎のために椅子を引いた。山崎の杖の先をラン丸が雑巾《ぞうきん》で拭いている。

「とりあえず、女優が大好きな泡もので乾杯しないか？」

加々見が言うと、新馬が新しいグラスをテーブルに並べ、白い布巾をシャンパンに被《かぶ》せ、慣れた手さばきで栓を抜いた。くぐもった音が鳴り、冷えたシャンペンは泡を吹き上がらせることはなかった。新馬はシャンパンを注いで回った。ラン丸が執事のように新しい客の食器をテーブルに並べて席を作った。

山崎が加々見に向かって「先生、乾杯をお願いします」と頭を下げた。

「まあ、何だな……。女優を囲んでんのに誰一人として花を手にしていないのは情けない。ただ、ブラックタイではないけど、偶然なのか爺さん連中三人は、スリーピースにネクタイだ。若僧はシングルのスーツ、うちのもんは突飛《とっぴ》だが、看護帽載せてるから一応は職業的正装だな。これなら女優に対して無礼はないだろう。では、元清純派女優、藤谷美紗子に乾杯！」

加々見がグラスを美紗子に掲げ、他の人間たちもそれに倣《なら》った。

「ねえ、これは何なの？　私に何をさせたいのよ」

美紗子はグラスのシャンパンを飲み干すと訊いた。

「姫、焦るな。早くこの鍋を食わせろ」

山崎はグラスを置くと直ぐに箸を握った。ラン丸が豚肉が並んだ新しい皿を持ってきた。

「会長。トウキョウXだから、うまいですよ」

加々見がラン丸から皿を受け取り山崎に見せた。

「何だって？　先生、バンドマンの話か？　うちはバンドマンはやらないよ、儲《もう》かんないから」

「そうそう、幻のバンドみたいなもんだよ、会長。さあ、食べましょう」

加々見が肉を挟むと鍋に入れた。ラン丸が赤ワインを注いで周り、一気に年齢層が高くなった女優を囲む酒宴が始まった。

テーブルを見回し、美紗子は身構えていた。何か企まれているに違いない、不穏な気持ちでいっぱいだった。

美紗子が何を言っても――それは暴言であろうと――許される人間たちが集結している。それは反対の立場から言えば、美紗子に対して何を言ってもいい人間たちの集まりであった。

三人の年寄りは旺盛な食欲を示し、豚肉やホウレン草を消費していく。ふと、頭に過《よぎ》るものがあった。美紗子は新馬を見た。新馬はすっと視線を外《はず》した。奴だな……。スーパーでの新馬の行動を思い出していた。

新馬は、素知らぬ顔で湯気の立つ豚バラを箸で掬い上げている。最初に加々見に予約を入れろと言ったのは美紗子だが、これほど短い時間に、会長や高柳を呼ぶのも解せない話だった。

女優を喜ばせるならサプライズパーティを企画しろ、というのが定説で、女優も過剰演技で喜んでみせるが、この酒宴は不穏な臭いがぷんぷんとしていた。しかも、テーブルに並んだ三人は年寄りだが、孫におもちゃ与えて微笑んでいるような平和な爺ではない。様々な業界で現役を通している曲者《くせもの》たちだ。

嫌な予感は結構な確率で当たる……。

他愛のない雑談が続き、豚肉とワインも順調に減って行った。

「常夜鍋って聞いてたんで、こんなもんを持ってきた。セロリソルトだな。乾燥したセロリの種子を粉末にし食塩を混ぜた香辛料で、豚肉や魚のスープに合う。鍋に豚の出汁が随分と出たら、スープをとんすいに取って、そこにセロリソルトを入れてつゆにするってのも乙な味になる。ほら、美紗子、こんな食の蘊蓄《うんちく》は女優の大好物だろう？」

加々見が笑いながらテーブルに小瓶を置いた。

「いちいち女優って出さないで、加々見さん。面倒臭いから」

美紗子は、加々見に指導されながら早速セロリソルトでつゆを作る。山崎が「世の中で最も面倒臭い職種が女優だと、思うんだがな」と小声で言い「会長、職種ではなく人種とした方がしっくりしますねえ」と高柳が小声で答えていた。

美紗子は聞いてない振りをしながら、つゆを作り終え、豚モモを浸《つ》けた。

「あらっ、美味しいわよ、加々見さん。大人の味になるわね」

豚肉に香味野菜系の風味はうまくマッチしていた。

「途中で鍋のつけ汁を変えるのって面白いだろう？　同じ素材の鍋が突然変わる、なかなかにいいもんだな。ねえ、会長。どう思いますか？」

加々見は、新馬にセロリソルトのつけ汁を作ってもらい食べていた山崎に訊いた。

「いかにも、飽きないで同じ素材のもんが食べ進められる。先生、これはいいね。なあ高柳さん。君はどう思う？」

山崎は高柳に訊く。高柳も「いいですねえ」と頷いていた。

「何、その感じ？　いい加減に話したいこと話してくれない？」

美紗子は、辛抱しきれずに言った。

「そうかあ……。なあ、美紗子。途中で鍋のつけ汁を変えるのっていいだろう？」

加々見が急に真顔になって訊いてきた。

「悪くないと思ったわよ。それが、何？」

「おまえも味を変える、というか、イメージの変え時なのかな、ってことなんだ」

加々見が言うと、そこにいた人間たちが一斉に大きく頷いた。

「私のイメージを変えるって？　ねえ、しかも、話の流れがセロリソルトのつけ汁からって……。加々見さん、それうまい話の流れとでも思ったの？　冗談じゃないわよ」

自分でもすっと顔色が変わるのを美紗子は感じていた。

「……いい展開かとも思ったけどな。なあ、美紗子、女優としての味を変えるんだぜ、面白そうじゃないか？」

加々見はそう言うとシングルモルトを一気に呷《あお》った。

「どうだろう、姫。清純派ってのも、もうなあ、あれだよ……」

「会長、どういうこと？」

やはり嫌な話のようだった。山崎が言い淀んでいるところが、また、腹立たしくなった。美紗子は逃げ出したくなった。曲者たちに囲まれ、じわじわと追い詰められている。

「美紗子。清純派ってのも、もう、いいだろうって話だよ。年喰った清純派ってのは痛々しいからな」

加々見が憎らしげな顔で言う。

「姫、ここは思い切って、イメージを変えよう」

山崎もシングルモルトを呷った。

「新馬！　おまえだろう、こんな爺さんたち担《かつ》ぎ出してきて！」

美紗子は怒鳴っていた。

「すいません。ほら、そうやって怒るじゃないですか……だから、みなさんに協力してもらってと考えたんです」

新馬が何度も頭を下げて謝っている。

「鏡よ、鏡、鏡さん、この世で一番綺麗なのは誰ですか？　なあ、美紗子。楽屋とかで、こう呟いてしまってんだってな。新馬が心配して相談しに来たんだ。おまえは気付いていないようだけど、心の中が表に飛び出して来てしまってんだよ」

加々見は老婆のような声を出して言った。

「……本当なの新馬？」

「すっごい恐い顔して、ときどき呟いています」

新馬はすまなそうに頭を下げていた。

「それでな。会長、高柳さん、新馬と私とで、おまえの脱清純派、イメージ・チェンジ先をいろいろと考えた」

「私に何になれって言うの？」

「鏡よ、鏡って呟く恐い王女の側だな。美紗子の顔を、いろいろとシミュレーションしてみたんだが、なかなかに悪女ってのか、きつい女ってのがうまく行きそうなんだな」

加々見は診察用の金属のへらを取り出して美紗子の顔の前に出し、サイズやバランスを計り出した。

「嫌よ！　悪女なんて！」

「いやいや、姫の性格なら地で行ける」

「会長、非道い！　何言ってんのよ。ねえ高柳さん、助けてよ。この人たちが私に非道いことしてくるのよ。私は清純派のままよね！　高柳さんだって湖畔に浮く白鳥の私が好きなんでしょう？」

美紗子は高柳に哀願し、高柳は大きく頷いていた。

「悪くないね、美沙ちゃん。その変わり身の早さと鋭い視線。いいよ、美沙ちゃん。悪女、やはり行けるね。湖面の白鳥の時代は終焉《しゅうえん》したんだ……いいねえ、清純派の終焉か」

高柳は、映画プロデューサーの顔になった。

「えーっ、高柳さんまで、非道い……。新馬、あんたのせいだからね！」

美紗子は新馬を睨み付けた。

「その顔！　その視線！　見たかい、みんな。目尻を吊り上げるように切開して、目頭《めがしら》は鼻に向かって落とし気味に切開。いま鼻に入っているプロテーゼを抜いて、新しい形に変えよう。鼻の尖端がちょっと上向いた感じのプロテーゼにするのもいいねえ」

加々見が金属へらを楽しそうに鼻に当ててきた。

「いいですねえ、加々見先生。コーカソイド系、所謂、白人種の蓮《はす》っ葉《ぱ》な感じの生意気女の鼻ということでしょう？　つんと上向いた鼻、いいですよ！」

高柳が実に楽しげに話している。そんな高柳の顔に接したのは久しぶりだった。

「口許もちょっと憎たらしそうに耳に向けて上がり気味に切開するってのは？」

加々見が金属へらを頬に押し付けた。

「加々見さん、それはやり過ぎです。僕としては、下唇を軽く膨らませるぐらいの方が自然だと思います。加工は、なるべく少なめで後はメイクで。役柄的には地で行けるんですから」

新馬が声を上げた。

「あんた！　何を偉そうに言ってんの、人の顔をいじる権利なんてあんの！」

「ありますよ、マネージャーなんですから！　お願いしますよ、美紗子さん、聞いてください。高柳さん、あれを」

新馬の声に促されるように高柳は立ち上がった。アタッシェケースを手にしてテーブルでそれを開けた。

「美紗ちゃん、私がいま、冷や飯を喰わされている状況であることは知っているね」

高柳は静かな声で言った。

「わかってる……」

美紗子は答えた。

「私はね、映画の企画、プロデュース能力が枯渇《こかつ》したとは思っていないんだ。まだ企画を立案しているんだよ。いうなれば起死回生《きしかいせい》の企画だね」

高柳が数枚の企画書をテーブルに並べた。美紗子は、それを手に取った。

「女の殺し屋？」

「ああ、そうだ。ピカレスクだよ。大震災以降、絆とか、いい話とか、世の中に蔓延《まんえん》してしまっているけれど、数年後には、必ず偽善的なことに食傷《しょくしょう》気味になる。人間ってのはそういうものだ。その時期に照準を合わせての作品だ。ピカレスク・ロマン、人間のどうしようもなさ、を人々は求めるだろう。どうだろう、美紗ちゃん。乗ってくれないかな」

高柳は静かな声だった。

「そのために私の顔を加工するの？　映画が失敗したら私のキャリアなんて消え

てしまうのよ。それでも？」

美紗子は訊いた。

「女優は賭けに出られる希有《けう》な人種だからね。美沙ちゃん、私に手を貸してくれないか？」

高柳が頭を下げると、新馬、山崎が頭を下げた。

「美紗子、乗ってやれよ。加工に関しては、腕によりを掛けるから。もし、映画がぽしゃったら、今度は清純派に戻れるように、うまく加工するから」

加々見が手を伸ばし、また、金属へらを顔に当てた。テーブルの誰もが美紗子を見つめていた。それは期待する目であり、カメラのレンズのように美紗子に焦点を合わせていた。

うー、気持ちいい、と言う言葉が頭の中を過った。女優にはこの期待する食い入る視線が堪らないんだ。

「しょうがねえ奴らだな、まったく。やってやるよ！」

美紗子は、啖呵《たんか》を切るように言った。男たちから気持ちの籠った歓声があがった。

直ぐさま、新馬と加々見がいま撮影しているドラマのスケジュールと照らし合わせて、顔の加工の日時の計算を始めた。そこに高柳も加わった。話は一気に進み始めた。

山崎が美紗子のグラスに赤ワインを注いだ。

「こういう結果になったな、姫」

「新馬にやられたのよ。あいつは策士なんですね」

美紗子は、山崎のグラスにシングルモルトを注いだ。

「策士かねえ……。新馬は、うちの入社試験の面接のときに、大人になったら、あのお姉ちゃんと結婚する、ってのが、幼少期の口癖だった、と話したらしいな。勿論、そのお姉ちゃんは、清純派女優のおまえだよ。そんな新馬が脱清純派を唱えたんだから、真剣なんだろうよ」

山崎は楽しそうに笑いながら新馬に視線を送っていた。

0《ゼロ》号試写会場、二年と半年後。

現像所の試写会会場の最後尾の席に美紗子は座っていた。両脇には山崎と高柳、その隣には、加々見と新馬が座っていた。

スクリーンの中の美紗子は、由佳里の額に銃口を向けていた。美紗子の目のアップがスクリーンいっぱいに広がる。怜悧《れいり》なナイフのような目だった。美紗子は引き金を引いた。

発射音、由佳里の後頭部からの血煙《ちけむり》……美紗子の口許が映る。僅かな微笑みがあった。

美紗子の名前を筆頭にエンディングクレジットが流れ始めた。

高柳が握手を求めて来た。山崎は美紗子の肩を何度も叩いた。

「どうした、新馬。おまえ、泣いてんのか？」

加々見の声が聞こえてきた。

「何、言ってンすか、先生……」

新馬の擦《かす》れた声が後を追ってきた。

第五章
ピエタ…………ラン丸の場合
（リズム）

「リズムとはある秩序によって統一された運動感の表現であり、これが造形面に現われる場合を考察して見よう。」

昼の休診時間を使って銀行の長い行列に並んだ。やっとのことで通帳記載を終え、銀行の外に出ると、秋の冷たい風が吹いていた。

ラン丸は預金通帳に目を落とし大きな溜息《ためいき》を吐《つ》いた。

また、よく分からない保険会社からの引き落としが始まっていた。

母親の聡子《さとこ》の顔が浮かんだ。またた……、また、保険に加入して、銀行の引き落としにしているのだ。聡子は七〇歳になったばかりだが、認知症を発症しているとは思えない。

しかし、ラン丸の預金通帳に記載された引き落としの金額は増える一方だった。

ラン丸は携帯を手にした。

聡子に電話を掛けようと思ったが、ラン丸は思い留《とど》まった。何度、電話で引き落としの件を話したことだろうか、その度に、げんなりした気持ちにさせられた。

一人暮らしの長い年寄りは、子どもの言うことをまったく聞かない。それは長年、自分のやり方を通してきた自信がそうさせるのだそうだ。ラン丸には頷《うなず》ける話だった。聡子は、まったく、ラン丸の話をまともに受け取っていない。

聡子はこれまでも、保険に関して言ってきた。保険はラン丸のためでもあり、掛け捨てではなく、戻ってくるので、損はない、と聞く耳を持たない。聡子にとっては正しいことであり、息子が意を唱えることの意味が分からないようだった。

ラン丸は、姉に電話することにした。

「大輝《だいき》、どうしたの？」

秋恵《あきえ》は、ラン丸の本名を呼んだ。

「姉さん、母さんのことなんだけど……」

ラン丸はまっとうな年相応な男の声を出した。肉親相手のときは極力、普段の声と話し方を引っ込めることにしている。

「あんた、おっさんの声じゃなくていいわよ」

秋恵は携帯の向こうで笑っていた。

「また、母さんが、勝手に保険に加入しているのよ……、姉さん、近頃、お母さんに、会ってるの？」

ラン丸はいつものオカマの声に変えた。

「こないだ、様子見に行ったけど、嫌《いや》なんだよね、お母さんのところ、いっぱい、人がいて、話が出来ないから」

秋恵は言った。

「もう！　ちゃんと見張っててよ」

ラン丸は声を上げた。

「そんなこと言ったって、無理よ。私だって忙しいんだから。あんたが、もっと帰ってくればいいんでしょう」

「そんなの無理よ。東京から家に帰るのに幾ら掛かると思ってんの？」

「知らないわよ、そんなの。東京に出てったのはあんたなんだから……、今週には、お母さんのところに顔出すから、話しておくわよ。私、もう、出かけるから、切るね……」

秋恵は携帯を切った。

結婚して家庭を持った女兄弟はあてにならない。それじゃあ、一番上の兄はどうだ？　と考えると、これはもう、実家のことに関して絶望的にあてにならない。

ラン丸は通帳をバッグに仕《し》舞《ま》うと加々見クリニックに戻った。

加々見クリニックに戻ると、院長の加々見と看護師のココは診察室にテーブルを出し昼食の時間だった。

テーブルの上には、銀座の老舗《しにせ》洋食店の宅配の昼食が並んでいた。

加々見は一〇日間煮込んだドミグラスソースのビーフシチュー、焼き立てブレッド、アスパラのサラダ。ココは、ドミグラスソースのたっぷり掛かったとろとろのオムライスにアスパラのサラダだった。老舗の宅配は食器も店で使うものと同じ磁器製でスプーンなども金属のものだ。

「先生ならまだしも、ココまで、もう、ブルジョアジイ！」

ラン丸は声を上げた。

「どこがだ、ラン丸？　本物のブルジョアジーならコックを呼んでそこで料理させる。そして、給仕を横に立たせて、ワインを注がせてんだよ。これは、単なる職人の出前だ」

加々見は見るだけでも分かる柔らかそうな肉の塊《かたまり》をスプーンで掬《すく》いあげ、ラン丸に向けた。そして、これ見よがしに口の中に消し去った。小面憎《こづらにく》い爺《じじい》ね、まったく、という言葉をラン丸は飲み込んだ。

「職人は出前なんてとらないし、こんなに豪華じゃないわよ」

ラン丸は腹に手をやった。胃酸が滲《にじ》み出て大きく胃が動いた。

「わかってねえなあ、おまえは。うちは植木職人の家だぜ。昔はなあ、それこそおまえが言うブルジョアジーの資産家さんのお屋敷に仕事にいくと、昼には出前を取ってくれたもんだぜ。天麩羅蕎麦《てんぷらそば》やら、鰻丼《うなどん》やらだな。まあ、自分たちで出前取ることの方が多かったがな。植木屋の仕事場ってのは場所が変わるから、その地域の旨《うま》いもん屋に目星《めぼし》を付けといて、昼に届けさすんだ。そんなときは、器は洗って返せねえ。だから、こういう風習みたいなもんも残ってんだな老舗には」

加々見は、テーブルの上の店からのカードを摘まみ上げた。そこには「お客さまへ、食器類は洗わずに返却してくださって結構です」と書かれてあった。

「出前の食器、洗わないのって、お下品じゃないの？　洗うのが礼儀だって」

ラン丸は驚いた声を出した。聡子は躾《しつけ》に厳しく、ラン丸はそう教えられた。

「そりゃ、いろいろ言われてるがな……。洗うのが礼儀なんてのは変な話だ。食器は店が洗うのが本筋だからな。表に出しといて、そこに残飯がくっ付いてたら、不衛生だからってさっと洗うぐらいなら分かるが、洗うことが礼儀であるとは、ちゃんとした店は思っていないだろうな。そんなもんは押しつけがましいお作法教室なんてやってる婆《ばばあ》とかが、礼儀とか何とかって勝手に言ってるだけだぜ。元来、お作法なんてもんがちゃんとした家は、出前を取るなんて手抜きはしないしな。ったく、いけしゃあしゃあと、金とって礼儀を教えている人間なんてのは、ろくなもんじゃねえ。そうは思わないか？」

加々見は笑いながら焼き立てブレッドをちぎった。

「そういう婆によく虐《いじ》められたな。私の天敵」

ココは、とろりとした玉子とドミグラスソース、ライスをスプーンに載せ、小さなオムライスをスプーン上に作ってラン丸に見せながら食べた。

ラン丸が、近頃、節約生活をしていることを二人は承知しているのだ。それで、わざとそういう行動に出ている。腹立たしさをラン丸は感じた。

「あんたみたいな、整形ロボットは天敵だらけよ」

ラン丸は吐き捨てた。

「別にそれ認めてるし、どうせなら整形人形って言って欲しいよ。どうしたの、ラン丸？　お腹減って苛立《いらだ》ってんじゃないの？」

ココは憎たらしそうに笑って見せた。鼻梁《びりょう》にプロテーゼが入った整形特有の皺《しわ》がいっぱい鼻に入っていた。

今日のラン丸の昼食は、家で作ってきた玄米のお握り二つだ。節約とダイエットを兼ねているとはいえ、目の前の豪華な昼食に目が眩《くら》んでいた。

「うるさいわね！」

ラン丸は甲高《かんだか》い声で怒鳴った。

「オカマのアノ日だ！」

ラン丸の裏返った声を聞いて、ココが大きく笑い、加々見も釣られて笑っている。

「最低！」

ラン丸からはまた甲高い声が出た。

ラン丸はコートを羽織って、加々見クリニックのあるビルの屋上に出た。屋上にはベンチが置かれ、肌寒かったが、太陽は真上から照らし気持ちが良かった。テーブルにあった豪華なランチの映像が蘇《よみがえ》った。別に食べたいとか、羨《うらや》ましいとかの感情が湧いているのではなかった。

聡子の顔がその映像に重なる。

贅沢《ぜいたく》をすることが聡子は好きだ。しかし、それはラン丸が見ていて贅沢が好きだ、と感じるだけで、聡子にとっては、贅沢は日常のものなのだろう。

ラン丸の父親の武雄は、中小企業の社長だった。工作機械の代理店販売をやっていたが、会社ではワンマン、家庭では暴君の典型的な昭和の社長、昭和の親父だった。

武雄は精力的に仕事をし、大きな家に住み、外国車に乗り、ゴルフ三昧《ざんまい》、毎晩の午前様、何不自由のない恵まれた成功者として生活を送っていた。

しかし、武雄は成功者としては長く続かなかった。

暴飲暴食がたたり、生活習慣病のオンパレードの末に、脳卒中で便所で倒れ、一年間の闘病ののち、五一歳の若さで逝《い》ってしまった。

ワンマン社長が一年間の闘病生活をするというのは、どういうことか、それは、会社の中心を失い組織は内側から腐り、競争相手の会社との戦いに負けていくということだった。

会社は見る見る傾いて行った。ラン丸は、まだ、一八歳、兄の勇一は二一歳、何の手助けも出来ないまま、武雄が死んだときには、会社はほとんど倒産寸前の状態になっていた。

聡子は、武雄の葬式のあと、直《す》ぐさま、会社の社長に担《かつ》ぎ上げられた。経営者としての実績もない、聡子が社長になった。

兄の勇一ではなく、聡子が会社を引き継いだのは、会社が代理店業務を受け持っているメーカー側からの要望だった。

当時、まだ一八歳のラン丸には、聡子が会社を継いだのではなく、引き継がされた、ということはよく分からなかった。

メーカー側は武雄の会社の株を持ち共同経営しているという部分もあった。メーカーは武雄の病気と死によって傾いた会社の責任を取らせようとしていたようだった。武雄の死によって相続されるものは、兄の勇一よりも聡子の方が多い。聡子を社長にすることによって、聡子が武雄から相続されるものを傾いた会社を立て直すために吐き出させようということだった。

メーカー側が手を引けば、会社は一瞬にして倒産する。その場合は、メーカー側も被害を被《こうむ》る。メーカー側が会社の負債ごと受け継いで完全な子会社化する、というのも救済方法の一つだったが、メーカー側は、最も自分たちの持ち出しの少ない形の安全策である聡子に引き継がせるという方法を取った。

武雄から遺産として家を相続した聡子は、家に付けてあった抵当権も相続し、家は売り払われ負債の支払いに回された。そして、聡子が武雄の死によって最も多く受け取ったものは武雄に掛けられた生命保険の死亡保険金だった。

武雄は生前、大きな掛け金の生命保険に加入していた。給与の中から貯蓄型生命保険に加入することで税金対策をするためだった。会社も同じ理由で経営者である武雄に生命保険を掛けていた。

聡子は、会社を引き継がされたことによって、武雄の死亡によって受け取った死亡保険金を家長を失った家庭の再建ではなく、会社の再建のために吐き出さなくてはいけなくなった。

家庭で暴君だった武雄は子どもらに煙たがられていたが、一家の家長として家族を一つにまとめてはいたのだろう、武雄の死後に家を失った一家は、バラバラに暮らすようになった。

ラン丸にとって、武雄の死は、自由への扉が開いたようなものだった。武雄から無理矢理進学させられそうになっていた私立大学の商学部の進学を止め、子どもの頃からの夢の一つである看護師に向かって突き進んだ。進路を大学進学から看護専門学校入学と変更し、寮生活に入った。

聡子は、死亡保険金から小さなマンションの頭金を絞り出し、ローンで購入し一人暮らしを始めた。

会社は聡子を社長にして再出発した。

会社経営の素人である聡子が会社を切り盛り出来るはずもない。メーカー側は社員を派遣し経営に携《たずさ》わらせた。出向という形だったが、聡子を監視するのと、会社をメーカー側のためになるように経営していくというものだった。

勇一は大学を卒業し、メーカーに就職した。

勇一は、聡子を助けたいということと、ゆくゆくは武雄の興した会社を聡子から引き継ぎたい、と思っていたのだろう。しかし、メーカー側としては、勇一が会社に入ることを止めた。表向きは経営者になるのなら、それなりの勉強を他所《よそ》でした方がいい、という名目だったが、メーカー側の本意としては、勇一が会社に入ると邪魔であり、メーカー側に就職させることで、聡子に対して人質としての効果を狙《ねら》ったのだろう。

聡子も勇一も猛反対していたがメーカー側の申し入れを受けるしかなかった。勇一は関西にあるメーカーの本社へと就職した。

メーカー支店のOLだった秋恵は、実家の近くではあるが、念願だった一人暮らしを始めた。

家族はバラバラに生活するようになった。

儲《もう》かっている会社の社長夫人と担ぎ出された素人社長では、まるで違う。聡子は相当に出向してきた社員とメーカー側に虐められたようだった。

寮生活をしていたラン丸がたまに帰り、聡子からの会社の話を聞いた。腸《はらわた》が煮えくり返る思いがした。しかし、何の手助けも出来ない。そのことが腹立たしく、まだ看護学生である自分が、社会的に何の実力もない若僧であることに気付かされ、腑甲斐《ふがい》なくて堪《たま》らなかった。

首筋を冷たい風が通り抜けていた。ラン丸は首をすくめた。

気が付いたら、ラン丸は玄米のおにぎりを握り潰《つぶ》していた。

自分の母親が虐められているのをどうにも出来なかった。自分のやりたいことを優先するしかなかった。しかし、その悔しさは、いまだに心の中に刻まれたままだった。

目頭《めがしら》の切開手術の助手をラン丸は務めていた。トレーに並べられた滅菌した器具を、加々見に渡していく。

手術台に乗っている患者は、五〇代後半の専業主婦。問診票には、子どもも巣立ち、新しい人生の再出発として、とあった。

加々見が言うには、目頭《めがしら》切開は、数ある目の整形手術のなかでも、もっとも慎重になる手術であるらしい。それは難易度の高い手術で高い技術が求められるから、ということではない。施術《せじゅつ》のときに少ないメス入れにもかかわらず、もっとも目の印象を変える手術だからだそうだ。

目を整形する日本人の基本的な考えには西洋人、白色人種、所謂《いわゆる》、コーカソイドの目に対する憧れがある。二重瞼《ふたえまぶた》への整形もあるが、最も効果的にコーカソイド系の目に近付けるには、アーモンド・アイと呼ばれる日本人特有の目の形を変えることが必要である。

アーモンド・アイの特徴は、目頭と目尻《めじり》が同じシンメトリーの形になっていることである。

日本人の目頭には蒙古襞《もうこひだ》という襞がある。涙丘《るいきゅう》と呼ばれる目頭のピンクの粘膜を蒙古襞が覆い目を小さく見せてしまう。

蒙古襞と目頭を切開し涙丘を大きく露出させることで、鋭角的なラインの目が出来上がる。

目頭切開の手術は、角度と長さが重要で、ミリ単位の正確さが必要とされ、加々見は目頭切開のセンスは抜群で定評があった。施術料は、アフターケア込みで、両目三〇万を切るくらいだった。勿論、保険適用外の手術になる。新しい人生の再出発として、五〇代の専業主婦が支払うには、贅沢な遊びだな、とラン丸は思ってしまった。整形は贅沢な遊びでしかないことなど重々承知している。専業主婦のおばさんの柿の種のような目が、外国人風になることに喜びさえ感じていたはずだった。しかし、今日は胸の中がむずむずしてしまった。

「おい、ラン丸」

加々見の声が聞こえた。ラン丸は慌《あわ》てて手術用ピンセットを落とした。リノリウムの床でピンセットが跳《は》ね音を鳴らした。

「ごめんなさい！」

ラン丸は、直ぐに滅菌された新しいピンセットを用意した。加々見が掌《てのひら》を見せている。ラン丸はピンセットをその上にそっと置いた。

加々見は小さく頷くと視線を落として手術を進めた。

リラックスのために、手術室には患者のリクエストの音楽を掛けるようにしている。今日のリクエストはシャンソンで、年を取った女性歌手の裏声が流れている。

おばさんとおネエと呼ばれるある種のゲイは、何故かシャンソンが好きだが、加々見もラン丸も、まるで興味はない。

聡子もシャンソン教室に通っていた。月々、幾ら掛かるかなどまるで分からないが、発表会などがあって、そのときに着るドレスなどはオーダーで、安くはないようだった。真剣に打ち込むというのではないが、その趣味は武雄の死後も続いていた。

聡子の社長業は、会社を完全に持ち直すまでにはいかなかったが、倒産することもなく続いていた。

出向してきていた社員に鍛えられ虐められはしたが、元々、社長という職種に少しは向いていたのかも知れない。聡子には金持ちの友人が多く、社長夫人たちが集まって作った会などでも率先《そっせん》して役職を務めたりしていた。そういう人間関係を作ることも、社長という職種には必要なことだろう。

社長というのはそういうものなのかも知れない。小さな会社が倒産の憂き目に遭うのは、社長の死亡と、業務拡大しようとして失敗することで、聡子の場合、手を広げようなど思ってもみないことだった。それと、売り上げトップの営業マンを育て作ることは相当に難しいだろうが、何の苦労もなく育った息子を二代目の社長に据えても、先代から残っている優秀な番頭のような専務や部下などが助けれぱ、それなりに会社は存続していく。ただ、聡子をサポートするのは、信頼出来る番頭などではなく、メーカーの利益優先の出向社員ではあるけれど、会社は、それなりに存続していた。

その頃のラン丸は、看護専門学校で看護師国家試験を突破し、卒業を間近に控えていた。そして、ラン丸の憧れである『従軍看護婦』に少しでも近付こうと、陸上自衛隊衛生科の看護官入隊に向けて勉強していた。

聡子のことは気になっていた。しかし、聡子のことは頭の隅に追いやるしかない、ラン丸の頭も身体も自分のやりたいことでいっぱいになっていた。

「おい、ラン丸。処置を頼む」

加々見の声が聞こえた。

切開した目頭の縫合《ほうごう》の終わった患部が視線の先にあった。

「わかりました」

ラン丸は、患部を冷やすためのアイシング道具を用意した。患部を、もう一度、消毒し、両目を覆うようにアイシング道具を載せた。

加々見は手術室を出て行った。出て行くときに加々見の視線を感じたが、ラン丸は目を合わすことが出来なかった。

ラン丸はアイシングされている患者の横に立ち、術後の容態を訊《き》いた。施術時間は四〇分足らず、部分麻酔なので患者は変わりない声で話していた。

切開した患部にはガーゼも眼帯も当てることなく、患者はサングラスをしただけで帰っていく。

ラン丸は、頭の中を空っぽにしようとサンドバッグにパンチを入れた。縄跳びとシャドウを一〇ラウンドこなした後だけに、パンチがサンドバッグに当たる度に汗が散った。

ワンツーのパンチから、ミドルキックの連続を繰り返す。サンドバッグを打つときの息吹《いぶき》、パンチの音、キックが食い込む音だけが、ラン丸の頭の中に響いている。

キックボクシングは、ラン丸が中学生のときに家の近所のジムで始めた。

才能があったのだろうか、ジムの会長やトレーナーからプロテストを受けろと強く勧められていた。しかし、ラン丸は決して首を縦には振らなかった。

自分がゲイとして生まれたことは、物心ついた頃に気付いている。スポーツのプロなどという目立つ場所に、ゲイの自分が進むなど考えられなかった。必ず、嫌なことに巻き込まれると感じていた。マイノリティは目立ってはいけない、ということをラン丸は自覚していた。

連打からハイキックを打ち込む。太腿の汗が目の前で綺麗に飛び散った。ワンツーからのハイキック、床から最短距離でサンドバックの上部に怪我《けが》防止のレッグサポーターを穿いた足の甲が深く食い込む。足の甲は鍛え上げられ相手のこめかみに食い込めば、一発でダウンを奪うことが出来る。ハイキックでは足の甲が誰よりも高い位置を捕らえる自信があった。

ラン丸は、息吹を大きく吐きながら、何度も何度もハイキックを打ち込んだ。息吹の音が頭の中で、ランニングの呼吸音に変わっていった。

看護専門学校を卒業し、ラン丸は看護官として陸上自衛隊衛生科に入隊した。看護師の免許を持っていようが、看護官も自衛隊員であり、訓練は同じものを行った。走ってばかりで、それ以外は匍匐《ほふく》前進だった。

有事の際、最も必要なものは、いつまでも動ける体力だ、と訓練教官は馬鹿の一つ覚えのように怒鳴っていた。

自衛隊員は三〇歳未満の独身者は、基本的に駐屯地内《ちゅうとん》で居住することになっていた。営内班と呼ばれる四人から五人の部屋で、ラン丸は、決して自分の性的嗜好《しこう》を表に出すことなく自衛隊生活を送った。

東京の駐屯地に配属されたラン丸が、聡子と会うのは、看護専門学校のときより極端に少なくなっていた。

自分の気持ちを押さえ込まなければいけなかった反動から、課業終了後の平日外出や外泊が出来るようになってからは、一目散《いちもくさん》に新宿《しんじゅく》二丁目へと向かった。

衣食住が保証されている自衛隊において、大人しく課業に励み、余暇は営内に居れば貯金は増えるだろうが、平日の門限が二二時、翌日が休日の場合でも二三時で、ラン丸の給料は新宿二丁目からの帰りのタクシー代で消えて行った。

休暇がとれるときでも、ラン丸は悪いとは思ったが、聡子の元へはたまにしか戻らなかった。ラン丸は、金と時間と体力と心を奪う新宿二丁目という楽園の虜《とりこ》になってしまっていた。

それでも、たまには電話を聡子に入れたが、いつも聡子が話すのは、ラン丸には解決しようのない問題ごとなどだった。聡子の愚痴を聞くのは、自分が責められているような気持ちになり、電話を切ったあとには気分が落ち込んだ。

上官の渡辺がラン丸の運動能力の高さを見て、部隊レンジャーの資格を取ることを勧めてきた。レンジャー課程は、富士山を背にした駐屯地にある学校に、全国から選抜された志願者が集められ三か月に渡って行われる。

レンジャー過程を志願してその資格を取ることで、特別な手当を貰えるわけではなく、レンジャー徽章《きしょう》というバッチを授与されるだけだった。しかし、楽園で遊び過ぎていたラン丸は、生活を変えようと、その話に乗り部隊レンジャー課程を志願した。


ラン丸がハイキックでサンドバッグを揺らしていると、後ろから肩を叩かれた。

「ミット打ちやりますか？」

声を掛けてきたのは、トレーナーの永嶋《ながしま》だった。網膜剥離《もうまくはくり》を起こしてトレーナーになった元キックボクサーで、ラン丸の少し年下の男だった。引退した格闘技選手にありがちな大量の脂肪を身体中に蓄えるタイプではなく、現役のようなシャープな身体付きをしていた。

「オッケー」

ランﾝ丸は、サンドバッグに一発パンチを打ち込んで、リングに上がった。永嶋はミット打ちのフル装備でリングに上がってきた。

ラン丸は軽くステップした。永嶋が両手を前にして構えた。

ラン丸はジャブを打ち込む、ミットが乾いた音を鳴らす。ジャブからストレート、フック、ミットは鳴る。ジャブからのワンツー、ミドルキックを二つ。永嶋がミットを自在に動かし、ラン丸はそれに合わせてパンチとキックを繰り出した。

連打のパンチとキックの組み合わせをコンビネーションと言うが、永嶋と様々なコンビネーションのミット打ちを練習してきた。永嶋のミットの動きだけで、それがどのコンビネーションなのかがラン丸にはわかった。

二人で、息吹とミットの音を小気味良く鳴らす音がジムに響いた。キックから入るコンビネーションを永嶋のミットの動きに合わせて打ち込んだ。

「体力ありますね。さすが自衛隊上がりってとこですかね」

呼吸を整えるために永嶋が話して間を取った。ラン丸はステップを踏みながら呼吸を整える。

「サンキュー」

ミット打ちは、ペアダンスに似ている。それもすべての動きを決めて踊る競技ダンスではなく、自由に踊るペアダンスだ。ミットを嵌《は》めた受け手の動きに合わせて、パンチの打ち手がパンチをくり出す。受け手の気持ちで打ち手を踊らせるようなものだった。

永嶋がミットを構えた。

ラン丸はパンチを打ち込む。ラン丸は永嶋が構えるミット打ちが一番相性がいいと感じていた。

部隊レンジャー課程を通過出来たのは、体力というより気力だったようにラン丸は思った。

レンジャー課程は、体力的に過酷な訓練課程だと言われているが、運動能力や体力を問われるものではない。それらを備えていることが前提として選抜され、志願してきているからだ。レンジャー課程は、体力の極限まで追い込み、それでも気力は残っているかを問われる訓練だった。

ラン丸はレンジャー課程を通過したものだけに与えられるレンジャー徽章を手に入れた。

東京の駐屯地に戻ると、聡子から花が営内班に届いていた。

何度も聡子には言っておいたはずだった。前に誕生日にも花を贈られ、営内班でからかわれまくった。ゲイであることは秘中の秘、野蛮な男だらけの集団の中で、ゲイであることがばれたら、虐め抜かれることはわかっている。むさ苦しい男の四人部屋である営内班に置かれたピンクとオレンジの薔薇の花束は、自分の性的嗜好がストレートではないことを高らかに宣言しているように映った。

ラン丸は花束を焼却炉に持っていって捨てた。花束は白煙をたくさん出しながら燃えた。ラン丸は、焼却炉の横で聡子に電話をした。

聡子は、おめでとう、と言い姉の秋恵からピンクとオレンジの薔薇が好きだ、と聞いたから結構探した。オレンジのは、なかなか見つからなかったけれど、どこそこで、何とかさんの知り合いの花屋でやっと見つけた、と楽しげに薔薇を見つけた苦労話をしていた。

しかし、ラン丸は、前にも花を贈るな、と言っただろうと尖《とが》った声で文句を言った。聡子にとっては何故文句を言われるのか分からなかっただろう。

聡子は電話の向こうで黙ってしまった。

秋恵には、ゲイであることを話していた。秋恵から聡子は、そのことを聞いたかどうかは分からない。

聡子は黙ったままで、ラン丸は苛つき、文句を言うしかなく、散々な言葉を吐《は》き続け電話を切った。理不尽なことを吐いた、しかし、何度も花を贈るなと言ったはずだ、と様々な気持ちがないまぜになった。

レンジャー徽章を手にした喜びなど、ラン丸の心の中から一気に吹き飛んでしまった。

ラン丸は、営内班に戻った。

「すごいな、大輝。レンジャーか……」

営内班同室の最年長である二つ年上の山形が握手を求めてきた。

「我が営内班の誇りだな、大輝。我が陸上自衛隊の自衛官は約一四万人もいる。しかし、レンジャー徽章を持っている隊員は、約七％から八％だ。同じ営内班の仲間として誇らしいよ」

同じ年の春日《かすが》も手を握ってきた。

「俺も今度、レンジャー課程を受けてみるっすよ。まあ、渡辺上官が推薦してくれたらだけど。いろいろ、教えてくださいよ、大輝さん」

一つ年下の片屋《かたや》が言った。ラン丸は、花束のことに触れないことにほっとしていた。ラン丸は、与えられたレンジャー徽章を取り出して山形たちに見せた。山形が徽章を手にしみんなが囲んだ。その姿を見ていて、ラン丸は聡子に対して申し訳ないことをした気持ちでいっぱいになってしまった。

翌日、課業時間の訓練中、ラン丸はレンジャー課程を通過したことを上官に発表されて祝福された。しかし、祝福の中に嫌な言葉が聞こえてきた。

ラン丸は、ピンクレンジャーとあだ名を付けられていた。

課業と呼ばれる訓練や隊員としての仕事は、同期の人間としかやらない。ピンクの薔薇の花束のことは、営内班の人間しか知らないことだった。嫉妬まみれの嫌《いや》なあだ名は、あっという間に広まったようだった。

幼稚な特撮ドラマの戦隊ヒーローが五人、色分けされててピンクは女だった。ピンクレンジャーという響きは屈辱的だった。

ラン丸は腹立たしくて堪らなかった。

ミットにパンチを打ち込む。ワンツーのあとにフックのコンビネーション、そしてハイキック。

裸足の足がリングのマットで擦《こす》れて鳴り、永嶋の掛け声とラン丸の息吹がミットとグローブが出す乾いた音に重なる。

永嶋とのミット打ちが一番楽しい、とラン丸は感じていた。ラン丸と永嶋が出すリズミカルな音に誘われるように、練習生やダイエット目的でボクササイズをやっているＯＬたちが、ラン丸と永嶋が出すリズミカルな音に誘われるようにリングの回りに集まり出した。


同性、同年代の人間たちの嫉妬は非道《ひど》いものだった。しかも、その嫉妬に、異種の人間に対する差別と蔑《さげす》みがあった。

ピンクレンジャーというからかいは、尾ひれが付き、みながオカマと笑いだすのには時間はそれほどかからなかった
ラン丸は、ゲイであるとは決してカミングアウトしなかった。しかし、噂は一人歩きしていく。ゲイではないと証明する方法などない。ラン丸は黙るしかなかった。

ラン丸はその場から離れることを考え、レンジャー課程を志願することを勧めた上官に相談した。

上官の渡辺は転属することを提案した。

しかもそれは、配属を変えるために転属願いを出すことでも、駐屯地を転地す

ることでもなく、自分を高みに上げることだった。それは特殊作戦群の選抜試験の受験だった。

特殊作戦群の受験資格者はレンジャー資格を有するものとあった。

陸上自衛隊特殊作戦群は、自衛隊の精鋭を集めた特殊部隊で、国防に関して、防衛庁のキャリア官僚が知のエリートとするなら、特殊作戦群は、武のエリートと言えた。

渡辺が特殊作戦群を勧めた理由の一つには、特殊作戦群の秘密性があった。任務には諜報《ちょうほう》活動や特殊偵察などもあり、隊員の情報も秘密性に満ちていた。渡辺は、ラン丸に付着した噂も含めて特殊作戦群受験を勧めたようだったが、もう一つに、ラン丸が看護師の資格を持っていることも有利に働くだろうと見越したようだった。

ラン丸は、その勧めをありがたいと感じ、特殊作戦群受験を希望した。

「特殊作戦群を受験することを、他言しないほうがいいだろうな……」

渡辺は言った。

「何故です？」

ラン丸は訊いた。

「君に忠告しておくか……。人間は、自分の理解の出来ないことに出くわすと、攻撃したくなるという性質がある。理解出来ないものを理解するよりも壊した方が楽だと考えるようだな。そのことを憶《おぼ》えておくといい」

渡辺は、そう言うとラン丸の坊主頭を二回、ポンポンと優しく叩いた。渡辺はスマートで無口な上官で、自衛隊内では変わり種ともいえる。ラン丸は、口にこそしなかったが、渡辺に自分と同じ匂いを嗅《か》ぎとったような気がしていた。

永嶋はミットを構えながら顔は笑っているように見えた。ラン丸も自然と笑顔を返していた。二人の間にミットの音が鳴り響いている。

永嶋は、ミットを攻撃のパンチに見立て振ってくる。ラン丸はそれを見切り、少ない動きのスウェーで避けた。より、実践的な動きのミット打ちになった。ラン丸は、直ぐさま、ワンツーのパンチを打ち込む。永嶋が早い振りでミットを振る。ラン丸はぎりぎりでかわす、永嶋が流れるようにミットを動かした。ラン丸はミットを目で追う。永嶋はミットを自分の頭の横に構えた。ラン丸と永嶋の視線が合った。「ここに一発」と永嶋の目が言っているようだった。動きの極端に少ないクイックモーションでラン丸はハイキックを蹴り込んだ。

今日一番の音が鳴り響いた。ラン丸の視線の先に、自分の足の甲が円を描きながらミットを蹴り抜いたのが見える。

パンチやキックは、確実にヒットしたときには、手応えはほとんどなく、当たったという僅《わず》かな感触があるだけになる。永嶋のミットが外れて宙に飛んだ。永嶋の視線は飛んでいくミットには向かわず、ラン丸に注がれていた。

ラン丸は構えたまま静止した。

「キックの切れはすごいですね……」

永嶋が言うと、リングの回りに集まっていた人間たちが、詰めていた息を一斉《いっせい》に吐いた。

「受け手がいいから、いい音が鳴っただけ」

ラン丸は構えを解いてグローブを降ろした。

「プロのライセンスって持ってないんですよね？」

「ないよ」

「プロやってれば、結構、いいところまで行けてたんじゃないかな」

永嶋は転がっていたミットを拾い上げた。

「持っていなかったことで、いいこともあった」

ラン丸は答えた。

ラン丸は特殊作戦群受験を突破した。これでこの駐屯地、営内班を出られるという喜びでいっぱいになった。

渡辺は報告を聞いて、まさか、本当に難関を突破するとは、と驚いていたぐらいで、誰も期待はしていなかったのだろう。どうやら、渡辺が言ったように看護師免許を持っていたことが功を奏したようだった。

課業を終えラン丸は営内班に戻った。二段ベッドが並ぶ部屋に山形の顔が見えた。少し照れたような、困ったような顔だった。

ラン丸のベッドにピンクの薔薇があった。花束は解体され、丁寧《ていねい》に一本一本のピンクの薔薇が、真っ白なシーツの上に並べられていた。

また、聡子からのお祝いの花束だった。あれほど言ったのに、花を贈られて困るということは、何も伝わっていなかった。

「お花畑みたいだろう？」

片屋が薄笑いを浮かべながら言った。ラン丸は黙っていた。

「いや、棺桶の花じゃねえの？」

春日は声に出して笑った。ラン丸は、黙ったまま花を片付け始めた。薔薇を金属製のゴミ箱に入れる音が営内班に響いていた。

「うるせえんだよ、カンカン、ゴミ箱鳴らすなよ」

片屋がラン丸の持っていたゴミ箱に手を掛けた。ラン丸は片屋を無言で睨《にら》み付けた。

「レンジャー殿……いやいや、特殊作戦群様は、俺らヒラ隊員とは話せないんだそうだ。止めとけよ。でもな、エリートは違うな、お祝いがピンクの薔薇って……凄いもんだ」

山形はラン丸に近付き、ベッドの上の薔薇の花を一本とった。

「違うっすよ、山形さん。オカマだからママからピンクの薔薇なんすよ！」

片屋も花を取り両手で持って腰をくねらせた。

「ピンクレンジャーからピンクエリートに、本当すげーよな。いいよな、特殊作戦群かあ、俺も渡辺にケツでも貸して取り入ろうかな」

春日も腰を振った。

「止《や》めろ……渡辺上官に対して失礼だぞ」

ラン丸は低い声で言った。

「ケツじゃなく、しゃぶらせたんじゃねーの？　シャブリーの方かあ？」

春日は執拗《しつよう》に口を汚らしく鳴らして見せた。

「特殊作戦群も地に落ちたもんだ、こんな玉なしを合格させるなんてな。そうだ、こいつが玉なしである証拠の写真を撮って特殊作戦群に送りつけるというのはどうだ？」

山形が一歩前に出た。

「いいんじゃないんすか？　合格取り消しになりますよ。ひんむきましょうか？」

春日と片屋が前に出た。ラン丸は囲まれた。

「止めろ……」

ラン丸は半歩後ずさる。三人が手を上げて身構えながら、じりじりと近付いてくる。ラン丸は、また、半歩後ろ下がると、壁に背中が着いた。

「止めてええ！　と叫んで泣いたら止めてやってもいいぞ」

春日が裏声で叫んだ。残りの二人が下卑《げび》た笑《え》みを見せた。怒りではなく情けなさがラン丸の心の中にいっぱいになった。ラン丸は片足を半歩前に出し構えた。

「大丈夫っすか、こっち、三人っすよ？」

片屋が低く構え直し、手を伸ばしてきた。春日は胸ぐらを掴もうと掌を向けた。

ランル丸はその手を五分の力で弾《はじ》いた。春日の顔が変わった。掌が拳《こぶし》に変わって殴り掛かってきた。

ランル丸は拳を見切り、春日の背後に回り込む。

片屋が拳を打ち込んで来るのを手の甲で流し、ランル丸は片屋の顎《あご》の先を拳で振り抜いた。片屋は顔を半回転させ膝から崩れ落ちた。

山形に肩を掴まれた。ランル丸は手を弾き重心を落とす、山形のがら空きの脇腹にパンチを食い込ませた。山形から湿った呻《うめ》き声が漏れ、前屈みになったところ、顎を膝で蹴り上げた。山形は万歳をしながら真後ろに倒れる。

春日が後ろからランル丸の背中を蹴った。ランル丸は身体を回転させ春日に向き直る。春日が殴り掛かってくるのをスウェーして拳を避け、狙いすました渾身《こんしん》のハイキックを蹴り込んだ。

ランル丸の足は綺麗に半円を描いて春日の頭を蹴り抜いた。甲高い音が鳴り、春日は直立の姿勢のまま真横に倒れた。もっとも危険な倒れ方だった。

営内班の同室隊員三人に、二週間から六か月の怪我を負わせる事件をランル丸は起こした。春日は、頭蓋骨陥没骨折、頭蓋内損傷を起こし、緊急手術が行われた。春日には重度の後遺症が残る可性があるという診断だった。

隊員たちからラン丸の性的嗜好に対しての差別があったと、訴え出たが認められなかった。自衛隊のモットーとして、「自衛隊内には、暴力はない。振るった方が負けである」というのがあり、春日ら三人の怪我の程度から、無傷のラン丸が一方的に暴力を振るったということにされてしまった。

山形らは傷害事件として訴え出た。上官である渡辺が間に入って示談《じだん》の交渉をしてくれた。ラン丸がプロのライセンスを持っていないことは不幸中の幸いだった。格闘技のプロライセンスの所持者であったなら、凶器を振り回して人を傷つけたと同じになり、ラン丸は有無《うむ》を言わさず逮捕されていただろう。

ラン丸が示談金を支払うことで示談が成立した。ラン丸は懲戒《ちょうかい》処分を受け、その日をもって自衛隊を依願退職した。

示談金は聡子に支払ってもらった。聡子にゲイに関するいざこざがあったことは話してはいない。

示談金が意味するものは、ラン丸が、駐屯地内で隊員三人に対して一方的に暴力を振るい、相手に重篤な怪我をさせてしまった、悪いのはすべて自分である、と完全に認めたということだ。

聡子は、「あんたが理由もなく非道いことをする子ではないことは、私が一番知っている」といって暴力事件のことは何も訊《き》かず、示談金を出してくれた。ラン丸は自衛隊を辞めたあと、新宿二丁目で夜のバイトをしながら自堕落《じだらく》に暮らした。自分の生活のだらしなさも恥ずかしく、自衛隊を何故懲戒処分で辞めさせられたかを訊かれるのも嫌だった。

実家には寄り付かなかったが、人目を忍んで実家に戻ったときのことだった。聡子は社長を辞めていた。何の経緯でそうなったのか、会社は安定したので、用なしになったということのようだった。しかし、聡子は、会社を辞めることはなく、雑用のような仕事をしていた。もちろん給料は随分と少なくなったようだが、聡子としては、武雄が興した会社を息子に継がせるまでは辞められない、ということなのだろう。

聡子は社長夫人から社長になり、そして、お婆さんの平社員と変化していった。聡子は文句を言うでもなく、その状況に順応しているようだった。

「やっぱ、ラン丸さん、どうしてプロのライセンス取らなかったんですか？」

永嶋は、ミットを外《はず》しながら訊いた。

「だって、試合なんて嫌じゃない？　タイプの男が対戦相手だったら、どうすんのよ？」

ラン丸は、自衛隊を退職後は、もう、ゲイであることをカミングアウトする人生を歩む決心をした。

「どうすんのって……、そんなこと考えたことないっすよ」

永嶋は笑っていた。

「だったらさ、対戦相手が永ちゃん好みの女の子だったら、あんた、殴れるの？キックして鼻とかへし折れるの？」

「それは無理っすねえ」

「でしょう、そういうこと。私、嫌な奴じゃないと殴れないのよ」

ラン丸はグローブを外した。

「それは面倒だな。試合なんて出来ないじゃないっすか」

永嶋は笑っていた。

「それでね、永ちゃん。今日でここのジム辞めるから」

「どうしたんですか、急に」

「いろいろ、事情があるから聞かないでね。最後のミット打ち楽しかったよ」

ラン丸はそう言ってリングを降りた。ラン丸の事情は、金だった。娯楽などの出費は極力抑えることにして、節約生活に入ったため、キックボクシングのジムに通うのは贅沢なことだった。

「おまえ、金でも貯めようとしてんのか?」

加々見が診察室でコーヒーを飲みながら訊いてきた。

「別に、そんなことないよ……」

ラン丸は答えた。

「今日、診療が終わったことだし、これからテーラーにスーツの生地の見立てにでも行こうかと思ってんだが、おまえも来るか?」

「今回はパス」

「この頃、スーツ作ってないよな、着倒れのおまえにしちゃ珍しいな。金なんてもんは、ぱっぱらぱっぱら使うから面白えんだよ。貯金なんて辛気臭《しんきくさ》いことするなよ」

加々見が楽しげな声を出した。加々見が行く銀座のテーラーでスーツを作ると、男っぷりは二枚は上がるが、値段も目の玉が飛び出るほど高い。最高峰の縫製《ほうせい》技術で、スーツは着ていないみたいに軽く着心地もいい。モードではない形なので体型さえ変わらなければ一生着られる。しかし、これぞ贅沢というものだった。

「お金を貯めてはないけど……スーツを作るようなお金がないだけ」

「何だそれは？　看護師の給料としては、上の上は払ってるつもりだが、スーツも作れないなんてことはないはずだ。なあ、ラン丸、何か変なことに金使ってんじゃねーか？」

加々見が言うとココが笑った。

「男に騙《だま》されてんじゃない？　入れ込んでんだよ、きっと！」

ココは憎たらしそうに、整形皺を鼻に入れた。

「違うわよ、馬鹿女。節約してるだけ、キックボクシングのジムだって辞めたんだから」

「キックボクシング！　あれって裸足で試合するから好きなだけなんでしょう？　あんなの辞めたっていいよ！」

ココは大笑いしながら、ラン丸の裸足の足元に視線を移した。

「うるさいな、おまえは。いろいろあんのよ。先生、相談に乗ってよ」

ラン丸はココを睨み付け、加々見に甘えた声を出した。

「相談か、面白そうだな、いいぞ。何が食いたい？」

「奢《おご》ってくれるなら、プライムリブのローストビーフ」

「馬鹿野郎、当り前だ。医者は看護師に奢るのが重要な仕事の一つなんだ。同じ仕事場で給料の格差があり過ぎるからな。よし、ラン丸、行くぞ」

加々見が立ち上がった。

自堕落な二丁目生活を終わらせてくれたのは加々見だった。店の客として来た加々見と自衛隊の看護官を辞めたことを話しているうちに、加々見から雇ってやってもいいぞ、と言われた。ゲイであることを隠して病院勤務するなど考えただけでも、非道い目に遭わされそうで避けていたが、加々見は、そこが面白いからと言ってくれて、ラン丸は加々見クリニックに勤務することになった。

ラン丸は、白衣を脱いで身支度を始めた加々見の背中を頼もしげに見た。

今日の昼、また、嫌なことがあった。加々見は、ラン丸の心の変化を目敏《めざと》く見つけてくれたのだろう。

銀行で通帳の記入を終えラン丸は外に出た。ATMで一〇万円が引き出されてあった。

先月も聡子とは電話で話してそれで納得してくれているものだと思っていた。

しかし、通帳に記載された数字を見て、寒気がした。一〇万円のことは長く続いているラン丸と聡子との間での問題ごとだった。ラン丸はたまらず聡子に電話を掛けた。

「お母さん……大輝だけど」

「あら、どうしたの？」

聡子は、ラン丸が加々見クリニックに勤めるようになった頃に平社員の仕事も辞め、年金生活に入っていた。

「どうしたじゃないよ。また、一〇万円引き落とされてる。何度も話したよね」

「でもね、大輝、それは、あんたに……」

「わかってる。示談金を返して貰ってるってことでしょう。でもね、お母さん、もうそれって、返してしまってるんじゃない？　利子とかちゃんと計算していないけど」

加々見クリニックから貰う給料から月々、送金していたが、面倒になったので、キャッシュカードを聡子に渡して、そこから引き出せるようにしていた。

「そうだけれど、あんたも仕送りしてくれてるしね」

「そう、それも何度も話したでしょう……。お母さんが掛けた保険とか、よく分からない個人年金とか、そこの光熱費とか、毎月、幾ら掛かってると思ってるのよ」

示談金の返済の一〇万円なのか、仕送りとしての一〇万円なのか、もう、分からなくなっていた。

「そうだ。ねえ、話したねえ……」

「こっちは毎日毎日節約してんのに……、しばらく、一〇万円は引き出さないって約束したよね。お母さん、また、贅沢ばっかりしてんでしょう」

「そんなことないよ……」

「年金だって、姉さんが言うには、充分にもらってるって、それだけで生活してよ、お願いだから。贅沢なことばっかりしないで！」

ランン丸が言うと、聡子は黙ってしまった。いつも、こうなる。文句を言うと、聡子は閉ざしてしまう。聞きたくないことは耳を塞《ふさ》いでしまい、ランン丸が怒って非道いことを口走ってしまう。以前に、認知症になったんじゃないの、と怒鳴ってしまい。聡子は、それから直ぐに病院で検査を受けた。認知症は発症していなかった。

聡子に苛《いら》つき非道いことを言い、そして、自己嫌悪に陥ってしまう。

「……もう、施設に行くしかないのかねえ」

聡子は、ようやく口を開くと、そう言った。

「……もう、それ止めて。贅沢な施設なんでしょう、何度も聞いたよ！」

施設の話は聡子の武器のようなものだった。それを言われると、何も言い様《よう》がなくなってしまう。しかも、その施設は入会金も高く毎月に掛かる費用も相当な豪華なものだ。誰それは、もうそこに入って楽しくやっているとか、聡子から何度も聞いた。

勇一が心配だから、一緒に住もうと言っても、聡子は首を縦には振らない。一人暮らしが長過ぎて、もう、誰かと一緒に暮らすことなど嫌なのだろう。それは施設でも……と何度、こんな不毛な話し合いをしたことだろうか。保険を解約したい、と言っただけでも話は平行線を辿《たど》り、挙げ句、聡子は黙ってしまう。

「そんな面倒臭い婆を作り上げてしまったのは、おまえら子どもでもあるんだけどな」

加々見はラン丸の話を聞いて大笑いしていた。

「笑う？　それも私のせい？」

ラン丸は聡子のことすべて加々見に話す間に、プライムリブローストビーフ四〇〇グラム、副菜のスピナッチとマッシュポテト、生のカリフラワーサラダ、黒パン、それと二人で赤ワイン二本を平らげる時間が掛かった。

「それは大変だねえ、お母さんが悪いよ。なんて言われるとでも思ったのか？」

加々見は、皿の上に載った小ぶりの林檎に手を伸ばした。加々見は、ステーキなどの肉料理等を食べた後は、店に特注して皮を剥《む》かないまるごとの林檎をデザートとして出してもらう。

「そうじゃないけど……凹《へこ》むばっかりで、どうして、こんなになっちゃったかなって」

ラン丸は、エスプレッソコーヒーに手を伸ばした。

「そんなもんは簡単なことさ。おまえが、母親の像を勝手に作って、それを期待してしまっているからさ」

加々見は皮のまま林檎に齧《かじ》り付いた。乾いた音が鳴った。

「母親の像？　先生、どういうこと？」

ラン丸も林檎に手を伸ばした。

「おまえはゲイだから女って性に厳しいだろう？　近頃の若いお母さんってどう思んだ？」

「まったく駄目よね。自分ばっかり着飾ったり、ヤンママとか、全然母親らしくしないのが、嫌だよ」

ラン丸は林檎を思いっ切り齧った。

「ほらな。おまえは、勝手に母親の像を作ってしまってんだよ」

「でも、先生。私が子どもだった頃のお母さんって、あんなんじゃなかったはず」

ラン丸は、また、大きく林檎を齧った。加々見はラン丸の大きな歯形の残った林檎を見ながら、ポケットから小さな折り畳みナイフを出した。

「昔のお母さんか……。それは、おまえが子どもの頃に、幼い子どもの側から見た母親ってことだろう？」

加々見はナイフで林檎を一口分だけ切り取って口に入れた。

「そうだけど……でも、昔のお母さんって、子どもから見てもちゃんとしてたと思うけどな」

「しかしなあ。子どもは子どもの幼い見聞しか持ってねえんだよ。しかも、育てられている状態だからな、子どもにとって母親は絶対だろう？　母親が間違ったこと言うはずない。子どもにとっては母親が一〇〇％だと言ってもいいんじゃないか？　おまえだって、そうだっただろう？」

「そうだった……」

聡子の若い頃の映像がラン丸の頭の中に浮かんだ。お母さん子だった。ラン丸は、いつも聡子のスカートの端やエプロンを握っていた手の感触を思い出していた。

「お母さんは、ちゃんとした人だったんだろう?」

「うん……」

「でもな、ラン丸。それは子どものおまえがちゃんとしていると思っていただけで、それは勝手に作り上げた母親の像でしかないんだぜ。そこいらの道とかスーパーでキイキイと金切り声を上げて子どもを叱りつけている母親と大して変わりはないんじゃねえか? おまえは大人になっちまったから、そんな道で怒っている母親を見ると嫌だなって思うだろうけど、怒られている子どもにとっては、母親は一〇〇%で、正しいって思っているから、泣いちまうんだ」

「……母親の像か……完全に作っちゃってるよ。いまの私のお母さんって、腹立たしいことばっかり、喧嘩ばっかり……」

「母親なんて、おまえを育ててる頃から、ちゃんとなんてしてないんだぜ、たぶん。昔から贅沢ばっかりしてたんじゃねえか? 社長夫人に社長だろう? そんなもんだよ母親であるまえに人間なんだから。おまえが大人になって、人並みに人間を観察出来るようになったたってだけで、母親ってのは変わってねえ、変わったのはお前の方なんだよ」

「私の方か……」

ラン丸は頭を殴られたような気分になった。

「母親ってのは良いところも悪いところも変わらねえ。ピエタは特に、今も昔も変わらず母親が持っているもんだ」

「ピエタって、死んだキリストを抱いてるマリア像のことだよね」

「さすが、オカマは、その手のキリスト教関係の芸術は詳しいな。ピエタは子どもに対しての無常の愛、母親の慈悲の心ってことだ。それは、ずっと変わらねえ。

おまえの母親が保険がなんだってのも、みんなおまえのためなんだぜ。何が悪いかって、親が子どもを思う気持ちに付け込んで商売してくる奴らがいけねえだけだ」

加々見は、鋭角的なナイフの切れ目が入った林檎の芯を皿に立てた。

「ピエタか……変わってないんだよね、お母さん」

「変わったもんもある。それはな、老いだな。年とりゃ性格に不具合も出るさ。頑固なジジイや底意地の悪いババアなんてわんさかいる」

「先生と私のお母さんってそんなに年はかわらないのよ。自分のことを棚に上げて、先生はどんな爺なの？」

ラン丸は歯形の付いた林檎の芯を皿に戻した。

「俺か……俺は、啖呵《たんか》切りたがりやのジジイってところだな」

加々見は笑っている。

「母親と話すと、腹が立って仕方がなかったけど……少しは楽になった」

「でもな、ラン丸、どうせまた会っても、同じなんだと思うぜ。喧嘩だろうな、それも母親と子どもの関係の一つかも知れねえな。おめえの母親は、昔から贅沢好きで、ずっと贅沢なんだよ。おまえだけが、幼い子どもから大人になっちまってるってだけだ」

「先生のところもそうだった？」

「おれんとこと似たようなもんだった。口煩《くちうるさ》くて疎《うと》ましくて面倒臭かったな……。随分前におっ死《ち》んだけどよ。親父んときは死んだな、てぐれえに感じる程度で薄情そのもんだったけど、お袋さんのときは随分違って、ちょっと辛えって思ったな……」

「ちょっと、お母さんが可哀想になっちゃった……」

「それでいいんだ。赤ん坊が可愛いのは機能美、可愛くなくちゃ、誰もおしめ変えて育てたりしてくれねえ。それで年寄りは可哀想に思われるのが機能なんだよ。そうしねえと誰も世話してくれないからな。また、喧嘩しちまうかも知れねえが、顔見て話し合う方がいいだろう。お袋さんに会いに帰ってやりな。有給出してやるから」

「ありがとう、先生。でも飛行機代掛かるから、正月まで延ばすよ」

「おまえ従軍看護婦になりたかったんだよな？」

「そうだけど、どうしたの急に？」

「医者と看護師の関係ってのは、軍医と従軍看護婦みてえに、同じ危険の中で働いてるってのが本来だと思うんだな、俺は。いまは、医者ばっかり優遇されて給料は勿論、勤務時間も違う。学会だ研究だって経費は使い放題ってのはまったくもって医者の驕《おご》りだぜ、まったく。医者と看護師は同僚みてえなもんだ。ラン丸、飛行機の回数券あるから持ってけ、研修名目の経費にしてやる。帰ってお袋さんの顔見て来い。それもいい研修になるってもんだ」

加々見は啖呵を切って見せた。

ラン丸は飛行機に乗る前に、秋恵に電話を入れた。秋恵は面倒臭そうにタイミングが合えば顔を見せると言った。

勇一にも電話を入れた。もうちょっと聡子のこと考えてくれと文句を言った。返す刀だった。勇一から、示談金を払うために聡子は会社の株を売った。そのことで聡子が平社員になった、と聞いた。ラン丸の胸がつぶれそうになった。

ラン丸は実家に戻った。秋恵が言っていたように、玄関には聡子のものではない靴が並んでいた。

部屋に入ると客は三人、自己紹介し名刺を差し出してきた。保険外交員だった。

聡子とラン丸はいい客なのだろう外交員たちは満面の笑顔だった。

ラン丸は聡子の顔を見て愕然《がくぜん》とした。

「お母さん、それどうしたのよ!」

ラン丸は言った。

「何が?」

「その瞼。ちゃんと目は見えてるの?」

聡子の左目の瞼が下がって目を覆っていた。右目も目立たないが、下がってはきている。

「年をとったからねえ……見えづらいけれど大丈夫だよ」

聡子がその瞼のせいですごく年老いて見えた。

「お母さん、ちゃんと言ってよ。それ、老人性眼瞼皮膚弛緩《がんけんひふしかん》・眼瞼下垂《かすい》っていうの、そのままにしてたら、目が塞がっちゃうんだからね」

ラン丸は言った。

「……どうしたら、いいの？」

聡子は怯《おび》えた。そして、もっと小さくなって見えた。

「手術するから、任せて」

ラン丸は言い、保険外交員に向き直った。

「あんたたち、人の健康を気遣う仕事なら、これくらい勉強しときなさいよ。老人性眼瞼皮膚弛緩って言うのよ。保険で治せるんだから、早目に手術した方が患者さんの負担も少なくて済むの。それと、悪いんですけど、いまから会社に戻って、私の掛かっている保険をすべて解約してください。本日付けで結構ですから。返ってくるお金は、引き落としの銀行に振り込んでください」

ラン丸が言うと、外交員たちが、せっかくだの、満期までの方がとか、お母さまが、だのと狼狽《うろた》えて口々に言い始めたが、ラン丸は、お願いします、とだけ言って頭を下げた。もう、オカマ言葉だろうが関係なかった。聡子は、おろおろしていたが、もう、ここで断ち切ろうと、外交員たちを玄関まで追い払うように送った。

「あんた……そんな」

「いいのよ、これで。東京で手術するからお母さん、泊まりの準備をして」

ラン丸の言葉に聡子は従い、準備を始めた。ラン丸は携帯を取り出し、加々見クリニックに電話をした。

「どうした、ラン丸。大喧嘩か？」

加々見が電話に出て言った。

「明日、老人性眼瞼皮膚弛緩・眼瞼下垂の手術、大丈夫ですよね」

ラン丸が訊くと、加々見はココに話している声が聞こえ、ココが大丈夫でーす、と脳天気に答えていた。

「午後四時なら空いてるな。お袋さんか？」

「そう、ひどい状態。連れて帰りますから、お願いします」

「わかった。保険は効くからいいけれど、飛行機代は大丈夫か？」

「大丈夫！　いま、保険を全部解約したから、そのお金で何とかなるから」

ラン丸は用意をしている聡子の背中を見ていた。

年を取って丸くなった女の背中だった。

「そうか、わかった。おまえのチケットの名目を患者搬送の交通費に書き換えることになったな。ラン丸、気をつけて患者さんを搬送してくれ」

加々見が楽しげな声を出していた。

「了解しました！」

元気な声が出たつもりだった。しかし、ラン丸の頬の上を涙が転がり続けていた。

「これが色の場合などになると、例えば補色関係またはそれに近い色相を並べると、互に相手の色の彩度を強め合い、引き立て合って明快な美を生む。」

CONTRAST

第六章
脂《あぶら》の履歴書
（コントラスト）

「そんなに長く噛《か》んでると、口の中でウンコになっちまうぞ」

麻衣《まい》が小さい頃に、親戚のおじさんにこう言ってからかわれた。口の中の食べ物が途端にまずくなったのをいまでも覚えている。

麻衣のテーブルの上には、小さな弁当箱――大きめの缶詰ぐらいの――が広げられていた。十穀米《じゅっこくまい》に塩麹《しおこうじ》に浸《つ》けて素焼きしたささ身とピクルス、プチトマトが詰められている。大口あけて掻き込めば三口、一五秒で食べ終えることが出来るだろう。しかし、十穀米を鳥が啄《ついば》むくらいに箸で摘んで噛み続けないといけない。口の中のものがまずくなってきそうだった。

「麻衣ちゃんのお弁当、可愛い！　でも、それでよく足りるよねぇ」

目の前に座っている同僚の愛未《あいみ》が言った。愛未のテーブルには、社員食堂のAランチが並んでいる。愛未は旺盛な食欲を見せていた。

「一口で年の数だけ噛んで食べれば満腹になるのよ」

麻衣は言った。

「一口で三二回か……歯がすり減って虫歯になりそう。満腹中枢《ちゅうすう》は刺激されそうだけど、その量じゃ私には無理、無理」

愛未は弁当箱を覗《のぞ》き込んで大袈裟《おおげさ》に首を振った。Aランチは、外回りの営業の男性社員に人気のハイカロリーの定食で、今日の、鳥モモ肉のカツにどっぷりとタルタルソースの掛かったチキンカツ南蛮は、運動部の合宿で出てきそうなもので、ダイエットの真逆《まぎゃく》に位置したものだった。

「でも、そんなに食べても大丈夫？」

麻衣の弁当が三五〇カロリー前後としたら、愛未の食べている定食は、三倍に近い一〇〇〇カロリー越えに見えた。

「食べても太らない質《たち》なのよ」

愛未はこれ見よがしにタルタルソースがたっぷり掛かったチキンカツを頬張《ほおば》った。

「愛未さんって、胃下垂《いかすい》なんでしょう？　いくら食べても太らないって、いいなあ」

愛未の横に座った有紀《ゆき》が妹分らしく胡麻《ごま》を擂《す》っていた。有紀の前に置かれているのはBランチで、これは体重計メーカーの社員食堂で出されているローカロリーランチを真似たものだった。

麻衣は鳥の餌《えさ》ぐらいの量の十穀米を箸で摘んだ。見た目も鳥の餌のようで、噛めば噛むほど鳥小屋の中に座っている気分になる味だった。

初めて十穀米を食べたときは美味しいと感じた。しかし、一週間も食べ続けると飽きてきて、次第に鳥の姿が頭に浮かんでくるようになる。やっぱり白米は美味しいし飽きることはない。麻衣の母親の和子は新潟の出身で祖父の作った米が毎年送られてくる。大昔は、白米が食べられないから、嵩《かさ》を増すために、家畜の飼料にするような稗《ひえ》や粟《あわ》などの雑穀《ざっこく》を混ぜたらしいけど、いまでは、白米に混ぜる十穀米の方が白米より数倍値段が高くなってしまっている。麻衣は実家住まいだが、小さな炊飯器で家族のものとは別に十穀米を炊いてもらっている。和子にしてみれば、健康のためとは言え、どうして美味しいお米をわざわざまずくして食べようとするのか、不思議なようだった。

「ガリガリなんだけどいっぱい食べるから、食費が嵩んで大変なのよ」

愛未はガリガリというときにちらっと麻衣を見た。痩せているのは自慢なんだろうが、度を超したガリガリ具合だった。

「食費がかかったって、ダイエットしなくていいんなら、それだけでいいよ。ダイエットはお金も掛かるしさ……」

「えっ、ダイエットってお金掛かるの？　したことないからわかんないけど、食べなければいいんだし食費浮くじゃん。それにウォーキングとか道具いらないからタダじゃん」

愛未は笑っている。

「掛かるんだなそれが。ダイエット食品ってすっごく高いし、ビューティーセンターみたいなのもすっごく高いし、スポーツジムだってバカにならないのよ。ガリガリの人にはわかないいんだろうけれど」

麻衣はいままでにダイエットに幾ら費やしてきたのだろう、と考えると頭がくらくらした。

「そうなんだあ、でも、麻衣ちゃんは、別にダイエットなんてしなくていいじゃん。別に太ってないんだから」

愛未が言ったが、完全な皮肉だ。ガリガリな人って言い方の反証だろう。

「駄目だよ。全然脂肪燃焼しない」

「そのまんまでいいよ。中肉中背ってすっごく健康的なんだと思うよ。私なんて、ＢＭＩ値分かるとお医者さんから怒られるからね」

愛未は何故か勝ち誇ったような顔で言った。

「ＢＭＩ値で怒られるんだ、すごいね」

麻衣は大袈裟に驚いて見せた。馬鹿らしい限りだったが、愛未に笑顔を向けたまま心の中で「中肉中背と言うな！」と怒鳴っていた。

憤慨している。麻衣は、中肉中背という言葉が胸糞悪《むなくそ》くなるくらいに嫌いだ。中背は分かる、成人女性なら、一六〇センチプラスマイナス六センチぐらいだろう。でも、中肉って何？　普通ってこと？　普通って何？　近頃ＢＭＩ、ボディマイナス指数という肥満度を測るのが公共機関の健康診断で流行《はや》っている。でも、身体の中にある骨の重さは？　筋肉の重さは？　そして、もっとも重要な脂肪の重さは？　どうなのってことだ。その三つを一緒くたにして身長と掛けて肥満度を計るなんて、まったく無駄なことだと思えた。麻衣は、身長一五九・七センチの体重五一キロでＢＭＩ値一九・九で普通体重の範囲内に入っているけれど、これってあまりにも単純だ。

まったく運動をしていない脂肪だらけの五一キロと、骨が太くアスリート型の引き締まった筋肉を持つ五一キロでは、見た目はまったく違う。脂肪より筋肉の方が重い。しかし、もっと愕然《がくぜん》とするのは、脂肪と筋肉が同じ重さだとすると、容積は脂肪が一で、筋肉は〇・八の小ささになる。同じ体重でも引き締まった筋肉の身体と脂肪ばかりの身体とを比べれば何割も多く容積があって膨《ふく》らんで見えるということだ。

脂肪は女の敵だ。もっとも重要なのは見た目で、決して脂肪で膨らんではいけない。ＢＭＩ値なんて、安物の公務員が推奨している安易な健康指針に過ぎない。見た目のことなんてまるで考えていないＢＭＩ値の中には、美しさなんて言葉はない。一五九・七センチでのＢＭＩ値の標準体重のぎりぎり二四としたら体重は六一・四キロ、これで体脂肪率が三一歳女性の標準体脂肪率の上限二七％としたら脂肪の重さは一六・六キロになる。四歳児の標準体重と同じぐらいだ。

こんなのは標準ぎりぎりなんかではなく単なるデブだ。しかも、ぷよんぷよんのマシュマロボディだ。ビューティーセンター系のダイエットコンテストに出場出来るレベルのデブだ。出場出来るってことは、見た目が悪いということだ。やっぱり美しさの敵は脂肪である。中肉なんてあやふやな言葉で自分のことを評価する人間を殺してやりたい、と麻衣は思った。

「ねえ、トイレ行って炭酸買ってくるから」

愛未の声で我に返った。怒りに任せて考え事をしながら食べていたので、あっという間に弁当箱は空になってしまっていた。

愛未は財布を出すと席を離れた。

「愛未さんの制服って特注だって知ってます？」

有紀が声を潜《ひそ》めて愛未の後ろ姿を見送っていた。ＯＬに綺麗な制服を着せるというのが大きな企業のプライドなのか、愛未の会社の制服は、絶対買わないだろうおばさん向けのブランドの有名デザイナーがデザインした制服だった。支給されるわけではなく、半額は会社が持つけれど、制服の代金は給料から天引きされている。

「Ｓでも大きいよね」

社員食堂の出口の前を歩く愛未の後ろ姿は棒のようだった。

「ガリガリだと洋服代も嵩《かさ》むんですね」

有紀はちょっと笑っていた。有紀は愛未を嫌いなんだな、と麻衣は思ってしまった。

「Ｍが楽だけどＳが着たいな、やっぱし」

Ｓだとベストのお腹の部分がぱっつんぱっつんで、ボタンの周りの布地には口を両脇からイーと引っ張ったような横皺《よこじわ》が入ってしまう。本当はＭでもちょっと怪しくて、座って前屈みになると、下から三つ目までのボタンは苦しそうに引っ張られてイーとなる。

「麻衣さんならSでも大丈夫じゃないんですか？　だってうちの社の制服ってちょっとサイズが大きいらしいんですよ」

有紀はちらっと麻衣のお腹辺《あた》りに視線を移した。麻衣はさっとお腹を引っ込めた。恐いのは男の視線ではなく同性の視線だ。有紀はMだってぎりぎりなのを見抜いているのだと麻衣は思った。

「無理無理……一年中ダイエットしてるけど、最近、脂肪が落ちないんだよね」

麻衣は言った。たまに、「俺って、ぽっちゃり系が好きなんだよね。実際、いまの女の子って痩せ過ぎじゃねえ？」なんてことをいう男がいるけれど、ほとんどの女の子は、別にあんたなんかに好かれたくもない、と心の中で呟《つぶや》いているだろう。

一キロでも軽くなれば、一キロ分可愛く綺麗になれる。一〇〇グラムでもいい、顔から脂肪がなくなれば、美人に近付く。お腹の脂肪と二の腕の脂肪を削《そ》ぎ取れば、二サイズ下のオシャレな服が入る、その先に美人、スレンダー、カワイイって言葉が待っている。

女の子は、男のために脂肪を叩き出したいわけじゃない。すべては自分の美しさのためと、痩せて少しでも美しくなった自分を見ることの幸福感のために、女の子は日夜ダイエットに励むのである。

初めてダイエットを試みたのは、高校の二年生のときだった。公立中学から私立の女子高に入学したことは、麻衣の身体にとって良くないことだった。女子高の一年生、思春期で食べ盛りな時期、同級生と競い合うようにがんがん食べていた。

弁当箱は、いま持っているものより三倍は大きいドカ弁だった。運動部に入っているわけでもない帰宅部で、学校帰りには甘いものの店を食べ歩いた。同級生も一緒に顔がぱんぱんになり身体はころころになってしまった。

高校二年生になって背は伸びていないのに制服はすべて入らなくなった。

これはまずいと同級生たちとダイエットを行った。間食を止め、食事を減らして玉子ばかりを食べる玉子ダイエットをやり、毎日体重計に乗った。

身体がまだ若かったからか、体重はするすると落ちた。そして、高校三年の受験勉強の夜食で、また、太ってしまった。

大学の合格発表で合格の通知を受けてから早速ダイエットを始めた。

体重は直《す》ぐに落ち、そして、リバウンド。しばらくしてダイエットを始め、成功すると、また、リバウンドしてしまう。リバウンドとダイエットの繰り返しが始まり、ありとあらゆるダイエット方法に手を出すようになってしまった。ＯＬになってもダイエットとリバウンドの連鎖は続いた。低カロリー寒天を使った加工食品を食べる寒天ダイエット、食事の前にキャベツ半玉を食べるキャベツダイエット、セモリナ粉を使ったパスタが炭水化物の吸収が少ないという地中海ダイエット、エアロビクスもやれば、ネグロイドの元海兵隊員が宣伝した短期集中型エクササイズも試した。踵《かかと》の部分がないダイエットスリッパと金魚運動のための器具も家にはまだ置いてあった。

それなりに効果があったものもあったが、止めると直ぐにリバウンドし、三〇を過ぎた辺りから脂肪の燃焼は遅くなった。脂肪たちは皮下《ひか》脂肪として腰回りと顎《あご》下辺りに停滞し、脂肪の浮き輪と下を向くと弛《ゆる》んだ脂肪が下がる顎を作った。

麻衣の最大の敵である皮下脂肪は動かずに腰回りに集中していくようだった。

「愛未さんってダイエットしたことないんですよ。すごいですよね？」

有紀は言った。

「本当？　それはすごいな……」

麻衣は、愛未に殺意さえ覚えてしまった。愛未が炭酸を飲みながら戻って来ているのが見えた。そういえば昔、石灰質の糞《くそ》まずいミネラルウォーターを飲み続けるダイエットをやったのを麻衣は思い出した。喉の奥が絞られるような感覚が久しぶりに再現された。

「おまたせ。コーヒーとか飲む？」

愛未は喉を鳴らして無加糖の炭酸を飲んでいる。

「それって美味しいの？」

麻衣は訊《き》いた。

「私って、ケーキとかチョコとか甘いものはすっごく受け付けるんだけど、飲み物だけは甘いのが駄目な人なんだよね」

愛未は言ったが、そんなことは何回も聞いて知っている。麻衣が訊きたかったのは無味の炭酸が美味しいかどうかだった。

「炭酸はダイエット効果あるのかな？」

「知らないよ、ダイエット効果なんて。喉がすっきりして洗い流されるみたいで、何か好きなんだよね、炭酸」

愛未からは、まともな答えなんて戻ってきたことがない。どうしようか迷っていることが麻衣にはある。しかし、愛未にだけは相談しないだろう。

「やっぱり、食べても太らない人って遺伝とかあるんだろうね。私は駄目だな、食べたら食べただけ脂になるみたい」

「あっ、遺伝って聞いたことあるよ」

「そうなんだ、愛未ちゃんの親も食べ過ぎても太らないんだね」

「違う違う。食べたら食べただけ太っちゃうっていう親から受け継いだ遺伝のこと。小太り遺伝子って言うんだってさ。もしかして、麻衣ちゃんの親が太ってたら受け継いでるかも知れないよ。でもさ、小太り遺伝子って何か笑っちゃうよね」

愛未は高い声で笑った。

「小太り遺伝子かあ……、どこか、コブ取り爺さんに似てないですかあ？」

有紀も小憎たらしい笑い声を上げていた。二人の笑い声はいじわるそうで腹立たしかったが、麻衣は頭の中に母親の和子の丸い背中を思い出してげんなりしてしまった。小太り遺伝子という切れのある言葉が麻衣の頭の中に刻《きざ》まれた。その言葉は、麻衣の悩んでいたことを解決するために背中を押したようだった。

会社帰りに自宅のある駅そばのジムに寄った。週に一、二回は行くようにしているが、行かないときは一か月以上は行かない。それはつまらないし効果がないからだ。ただ今日は行く。頭に刻まれた言葉が恐ろしく感じたからだ。

麻衣はマシーンを使った軽い筋トレを終わらせると、有酸素運動としてランニングマシーンで軽く走る。まったくつまらない運動だ。目の前にテレビがあるが、夕方のニュースバラエティは、食べ放題の店の紹介や行列の出来るラーメン屋の話のようにニュースとはほど遠い食べ物話ばかりだ。ランニングマシーンで少しでも脂肪を燃焼させようと走りながら食欲をそそられるのは奇妙なことだった。

隣で不様《ぶざま》な音を立て走っている小太りのおばさんを目の端で捉えている。食い込んだ下着のライン、きついジャージのウェスト、ブラジャーの背中からはみ出した肉が波打つ、まるで凧糸《たこいと》で縛られたボンレスハムのようだ。たぶん、小太り遺伝子を受け継いでいるのだろう。

スニーカーの音が大きく膝に負担があるのが分かる。脂肪を燃焼させる前に膝がぶっ壊れてしまうのがおちだ。

この小太り遺伝子の横で走っていて同類だと思われては嫌《いや》だ、と麻衣はランニングマシーンを降りた。背中にまで脂肪は回っていないはずだ、と麻衣は自分に言い聞かせた。麻衣はサウナに入った。裸になって全身が映る鏡の前に立つ、横目で背中を確認する。肩甲骨《けんこうこつ》は脂肪には埋まっていなかったが、背骨のでこぼこは見えず脂肪に埋没しているようだった。

サウナに入って座ると、やはり元凶の腰回りが気になってしまう。脂肪の浮き輪をすこしでも燃焼させようと揉みしだく。もう癖になってしまったようでサウナに入ると必ずやってしまう。

この脂肪さえ無くなれば胸を張って生きられる。しかし、この脂肪の浮き輪こそがどうやってもとれないのだ。これこそが小太り遺伝子のなせるわざなのか……。三〇過ぎから出現したこの脂肪の浮き輪、ここに小太り遺伝子をという言葉を付け加えると、それはもう絶望的な負のスパイラルに陥《おちい》ってしまうようだった。

サウナなんて脂肪燃焼はしない。週一回ぐらい走ったって脂肪燃焼は僅《わず》かだし、筋トレして筋肉を付けて基礎代謝を高くして、なんてのは先の先の話だ。最悪なのは、たまの運動で血行が良くなり、サウナで汗を流してさっぱりして体調が良くなった気がしてダイエットどころか、がんがんと食欲増進してしまうこと。

もう、いまはお腹が減って堪《たま》らない。ランニングマシーンの前のＴＶで観たラーメンの映像が頭から離れなくなる。中途半端な運動で太り、ダイエットを止めると太り、リバウンドして脂肪の浮き輪は太くなっていく……。麻衣の頭の中で、マシュマロのような柔らかい素材で出来た小太り遺伝子という妖怪が、麻衣の背後から、腰回りの浮き輪に口を付けて膨らませている映像が浮かんでいた。

「私に残っている最終手段は、脂肪吸引《きゅういん》手術しかない！」

麻衣は心の中で叫んでいた。愛未の非道《ひど》い言葉には傷つけられたけれど背中を押して貰えたようだった。

お腹が空いてお腹が空いて……、麻衣は自宅の前で香《かぐわ》しい夕食の匂いを胸いっぱいに吸った。

玄関を開けると直ぐに、お帰り、ご飯食べるでしょう？　と和子の声が聞こえてきた。麻衣は部屋に上がることなくダイニングに入った。父親の稔《みのる》は既に食卓に座ってもそもそと口を動かしていた。稔は胃腸が年中悪く太れない体質だ。物を食べるときには、まずそうに修行をしているような顔付きで食べている。

麻衣はダイニングテーブルに着くとスマートフォンを取り出して画面を開いた。様々な美容整形クリニックを随分前から調べていた。そして、悩んでいた。お腹を切って脂肪吸引の手術を受けることなんて恐ろしくて、踏ん切りなど付かなかった。麻衣は画面の中のクリニックの面談予約のボタンを見ていた。

ボタンをタップして予約をすればいい……。しかし、指はボタンに近付くがタップが出来ない。人さし指は固まったようにボタンの一センチ前で止まったままだった。

「ちょうど、十穀米を蒸らし終わったところよ」

和子が小さな茶碗にふわりと十穀米を装って麻衣の前に置いた。

麻衣はスマートフォンの画面を閉じた。タップする勇気はどうしても出てこなかった。たった一センチ動かせば良かったのに……それが出来ないことに腹立たしさを感じた。

小さな茶碗の十穀米から湯気が立ち、鳥の餌のような臭いが鼻についた。

「お母さん。白いご飯にして、それでお茶碗は大きい方のやつ」

麻衣は手の甲で十穀米の入った茶碗を押した。

「あら、どうしたの、麻衣ちゃん。ダイエットはお仕舞《しま》いなの？」

和子は茶碗を両手ですくうように持ち上げた。クリームパンのように膨らんだ手、手の甲には膨らみ過ぎて指の付け根に凹《へこ》みがある。和子の手を見て麻衣は腹が立った。

「いいの！　早くごはん頂戴」

尖《とが》った声が出た。ダイエットなんてもう終わりだ。

和子が麻衣専用に買った二合炊きの炊飯器に十穀米を戻し、小振りな丼ほどの茶碗を食器棚から出してきた。高校生の頃に麻衣が使っていたやつだ。炊飯器からご飯を装う和子の背中は丸い。その背中のなだらかなラインが小太り遺伝子という言葉を思い出させた。

湯気の立ったごはんが麻衣の前に置かれた。鳥の餌の臭いなどまったくしない、甘い香りが漂った。

戦後とかに白米のごはんのことを銀シャリと呼んでいたことがあると聞いたことがあったが、その言葉を麻衣は実感していた。ごはんは銀色に光り、その湯気はクリスタルグラスのような輝きを放って見えた。

おかずは黒酢の酢豚だが、麻衣の要望で、豚肉ではなく皮を除いた鶏胸肉を使っているのが定番になっている。山芋の揚げたものが合わせられて高カロリーだが、麻衣はいつも肉と山芋を二欠片《かけら》だけ小皿に盛り、酢を沢山掛けていた。今夜は大皿から皿に豪勢に注いだ。

ワカメスープを一口、喉を湿らせて、箸で大きな固まりのごはんを持ち上げた。昼の弁当の十穀米の半分の量だ。大口を開けた。二か月ぶりの銀シャリは、噛む度に甘みが広がり頭がくらくらするようだった。そして、黒酢の酢豚を詰め込むように口に入れる。至福のときだ。年の数だけ噛む、そんなもん糞食らえだ。直ぐさま、二口目の銀シャリを頬張り酢豚を投入する。鼻腔《びこう》を甘い黒酢の香りが抜け油と銀シャリの甘みが口いっぱいに広がる。小松菜のおひたしに箸が伸びる。そして、また、銀シャリ、酢豚……。

食卓の端に千切りのキャベツが盛られているのが見える。食べる順番ダイエットのために最初にキャベツを食べ、次に汁物を飲んで、肉などのタンパク質のものを食べ、最後に十穀米を食べていた。まったくつまんない食事の仕方だ。麻衣は酢豚二片を口に放り込むとキャベツを摘み銀シャリを口に入れた。日本人として生まれ、最も美味しいごはんの食べ方である口中調味《こうちゅう》を行う。

箸が止まらない。和子が装った三杯目の銀シャリが空になる頃には、酢豚もタレを残すだけとなった。満腹中枢がやっと刺激され、お腹が膨れてくると、次第に後悔という文字が頭の中で鮮明になってくる。

「麻衣ちゃん、まさか、もう一杯とか言わないわよね」

和子は楽しげな声を出していた。それが麻衣には腹立たしく思えた。

「もう一杯、頂戴」

麻衣は空になった茶碗を差し出した。

この日まで——あと一か月ぐらい——と決めていたダイエットは、満期を迎えることなく終わった。失敗ということだ。後悔という言葉がどんどん大きくなるが、脂肪吸引すれば帳消しになるんだから、と後悔を押しやるようにドカ食いに走り出した。

冷蔵庫を開けおかずを探す、切って深皿に盛られた漬物が見つかった。母方の祖父が作った米は玄米の状態で送られてくる。食べる分だけ精米しているので糠《ぬか》が沢山出る。数十年は続いている糠床で漬けた糠漬けを食卓に置いた。銀シャリを心なし少なめに装ってある茶碗を片手にカブの糠漬けに箸が伸びた。塩分が堪らなかった。糠漬けはごはんを消費するので避けていた。一年ぶりぐらいだろうか……。

「よくそんなに食べられるな……」

稔がお茶を啜《すす》りながらぽつりと言った。稔は胃腸が弱く食が細い。早々に食事を終えて麻衣の食べっぷりを眺めていたようだったが、そう言い終えると食卓を離れ二階へと向かった。

「もうその辺にしておかないと太っちゃうわよ。折角、ダイエットしてたんでしょう」

和子が言った瞬間、ぶちんと音がした。

「うるさいなあ！　ダイエットは止《や》めたの、ほっといて！」

悲鳴に近い声が出てしまった。八つ当たりだとはわかっている。でも、腹立たしかった。食べられずに痩せ細っている稔からではなく、真ん丸な背中の和子からだけ小太り遺伝子は伝えられているんだ。脂肪の浮き輪も、ストレスでドカ食いしてしまうのも、直ぐにリバウンドするのも、みんな和子から受け継がされているんだ。和子は小太りそのもので、何年後かの自分の姿に見えてしまう。

「そんな声出して、恐いわねえ。麻衣ちゃん、また、ダイエット失敗なの？」

和子が眉間《みけん》に皺を寄せた。

「失敗なんてしてない！　止めただけ。ダイエットをもっと続けないといけないくらい太ってるって言うの？」

麻衣は茶碗を叩き付けるように食卓に置いた。

「何言ってるの麻衣ちゃん。太ってなんかないわよ……」

和子は目を伏せた。

「嘘ばっかり！　お母さんのせいだからね、私が太っちゃうのは、お母さんからの遺伝のせいなのよ！　太る体質っていうのがあって、食べたら食べるだけ太るの、お母さんだってそうでしょう！」

「お母さんは太ってるけど……」

「ダイエットしたってすぐ戻っちゃうのも、体質のせい！　ダイエットしたって同じなのよ！　もう、最低！　私、お母さんみたいになりたくない！　私、脂肪吸引の手術受けてでも、お腹の脂肪を落とすからね！　絶対にやるからね、脂肪吸引手術！」

怒鳴っていた。

「そんな整形手術なんて恐いこと……ちょっと前に、患者さんが亡くなったってTVで言ってたわよ」

和子は困った顔をして見せた。

「やると言ったらやるの！」

腹立ちは治まらない。麻衣は、和子がお菓子の買い置きをしている食器棚を開け、袋菓子の幾つかを掴んだ。そして、冷蔵庫から捻用の缶ビールを手にした。

和子はおろおろして声を掛けたが、麻衣は音を鳴らして階段を上る。階段の下から和子の声が追って来た。和子の声を遮断《しゃだん》するかのように麻衣は部屋のドアを勢い良く閉めた。築三〇年近い建て売りの家は全体が鈍い音を立て振動し、そして、静まり返った。

袋菓子を開ける乾いた音が大きく部屋の中で響いた。アメリカ人を巨大肥満に導いたダイエット最強の敵ポテトチップスを頬張って噛み砕いた。

麻衣の経験則から、ダイエットを途中で断念すると大きくリバウンドしてしまうことを知っている。ポテトチップスをむさぼり、ビールを喉を鳴らして飲む音が頭の中で響く、それは麻衣にとってリバウンドへと向かう音だった。しかし、手は止まらなかった。

ポテトチップスが空《から》になり、缶ビールも飲み干した。麻衣はスマートフォンを取り出し画面を開いた。美容整形クリニックのサイトが現れた。指先が面談予約ボタンに伸びる。

リバウンドの入り口に入ってしまっている。明日から、また、ダイエットなんてしたくはない。どうにでもなれ、という気持ちだった。

麻衣はボタンをタップした。タッチパネルに油脂《ゆし》で出来た指紋の跡がヌラッと付着した

加々見クリニックの診察室の椅子は少し居心地が悪かった。角刈りにホットパ

ンツ、裸足の看護師が横に立って麻衣を見下ろしているからだった。「看護師・ラン丸」というネームプレートも奇妙だった。

「脂肪吸引ねえ……。全身麻酔で大手術だよ」

加々見は問診票と麻衣の身体を交互に見ながら言った。

「覚悟してます。大丈夫です」

麻衣は言った。

「覚悟ねえ……。見る限りでは脂肪吸引なんて大手術が必要とは思えねえんだがな。まあ、カウンセリングで脂肪吸引が適切かどうか考えてみるけど、私はあんまり勧めないんだ」

加々見は首を捻《ひね》っていた。余分な手術までやらせようとするクリニックがあるので要注意とネットにはいろいろと書かれていたので、身構えていたのに、加々見は消極的で拍子抜けしてしまった。

「お腹の皮下脂肪が何をやっても落ちないんです。もう、脂肪吸引しかないと」

「どうしても、やりたい？」

「どうしてもです。何年も前から、やりたいと思っていたんです」

麻衣はきっぱりと言った。

「頑固なんだねえ……。じゃあ、ちょっと上を脱いで見せてくれるかな?」

加々見に言われ少し躊躇《ちゅうちょ》した。加々見は医者だから抵抗はないけれど、角刈りのラン丸の視線には抵抗があった。

「あら山中さん、恥ずかしがらないでね。私って女の裸になんて興味ないから」

ラン丸が作り声で言うと女の子のような笑い声を出した。なんだ、おねえか、と麻衣は軽く頷《うなず》いて、ブラウスを脱いで下着だけになった。ラン丸は加々見の横に移動して真正面から麻衣を凝視した。二人並んで見られるのは少し恥ずかしくもあった。

「おネエちゃんは、ダイエットが趣味って言えるほど、何度も繰り返して来たんだな」

加々見は麻衣の腹部に顔を近付けて言った。

「……分かるんですか?」

「分かるさ。ここに脂《あぶら》の履歴書があるからねえ」

加々見は胸ポケットから金属のヘラを取り出して麻衣のお腹の皮下脂肪を押した。

「どういうことですか？」

「腹には骨が無いだろう、人間は腹に脂肪を付けて内臓を守ろうとするんだな。もっとも脂肪が付きやすいのが腹だってのは知ってんだろう？」

ヘラの先端は脂肪の中へと埋没した。

「それはわかります。でも、どこが履歴書なんですか？」

「ダイエットとリバウンドを繰り返した弊害が、ここに蓄積した皮下脂肪ってことだな。ダイエットをして最初に痩せるのはお腹で最後は顔と言われているが、最初に落ちるのは腹の中の内臓脂肪なんだな。だから腹はへっこんでウェストサイズは細くなる。でもな、皮下脂肪の落ち方ってのは、全身が一緒。つまり、背中も顔も腹も同じずつ落ちていくってことだ。部分痩せなんていってビューティクリニックなどで謳《うた》って商売しているけれど、医学的にはある部分だけの脂肪が燃焼するなんてことはないんだよ」

「そうなんですか？　ビューティサロンとかエステで部分痩せを受けてウェストをメジャーで計って実証したりしてませんか？」

「あれはな、腹の皮下脂肪を揉みしだいて、身体の中のリンパ液を流しているリンパマッサージでしかねえんだな。揉んだぐらいで脂肪が燃焼したりはしない。

脂肪燃焼で細くなるんじゃなく、単に身体の部分に滞《とどこお》ったリンパ液を他の場所に移動させただけなんだよ。だから、マッサージが終わって直ぐにメジャーで計測すれば細くはなってんだけど、直ぐに元に戻っちまうな。まあ、皮下脂肪を揉《も》みしだいて柔らかくしとけば、燃焼しやすくなるって効果は僅かだけどあるけどな」

「僅かですか……」

「それで、ネエちゃんの腹の皮下脂肪だ。脂肪は身体全体から同時に燃焼されるんだから、ダイエットが上手く行って、手足や肩、顔が細くなったとしても、最も分厚い皮下脂肪が存在する腹の脂肪は最も多く残ってしまう。そして、暫くしてリバウンドだ。このときは、全身に脂肪が回る。腹を守るためには、また、腹には多めに皮下脂肪が付く。これは、まずいって、また、ダイエットを始める。成功はするけれど、腹の皮下脂肪は完全に落ちきれていない。徹底して脂肪を燃焼させない限り腹の皮下脂肪は残ってしまう。そうやって、ダイエット、リバウンドを繰り返していくうちに、腹回りには、皮下脂肪が幾層にも蓄積されて、世間でいうところの脂肪の浮き輪が出来上がってしまうってことさ。なっ、この腹はネエちゃんがダイエットとリバウンドを繰り返してきたことを語る脂の履歴書みてえなもんだろう?」

加々見はヘラではなく親指と人さし指で麻衣の腹の皮下脂肪を摘んだ。長年掛けて分厚くした履歴書ということなんだ、と麻衣は情けない気持ちで摘まれた皮下脂肪を見下ろした。

「先生、やっぱり私は小太り遺伝子を受け継いでいるから、こんなお腹になったんですか?」

「ほう、ネエちゃんは遺伝子検査をやったのか?」

「遺伝子検査はやってないです。母が太っていて、私も食べたら食べただけ太ってしまうから、小太り遺伝子を持っているのかなって」

「何だ、憶測かい。肥満遺伝子のことを小太り遺伝子なんて言い方もするけど、ちゃんと調べないとなんとも言えねえな。うちのクリニックでも調べられるからダイエットや生活習慣の改善の参考にはなる」

加々見は麻衣にブラウスを着るように言った。

「ねえ、小太り遺伝子を受け継いでいるって誰かに言われたの?」

ランン丸がブラウスを着るのに手を添えながら訊いてきた。女の子が付けそうなコロンの香りがした。

「会社の同僚です」

「ふーん。その子って麻衣ちゃんのこと嫌いだね」

ラン丸は親しげというより馴れ馴れしく名前を呼んでいる。

「どうしてですか？」

「小太り遺伝子なんて、言わないわよ、わざわざ。しかも麻衣ちゃんが受け継いでるだなんて嫌がらせそのものじゃん。その子こそが肥満遺伝子を受け継いだおデブちゃんなんじゃないの？」

「ガリガリに痩せた胃下垂の子で、いくら食べても太らないみたい」

「あら、外れちゃったか……。でも痩せてても肥満遺伝子持ってる人もいるからね。どうせなら麻衣ちゃんも遺伝子検査しといたら？　なかったらそれでいいし、あったらあったで、ダイエットの方向性が決められるから。うちはカウンセリング・生活習慣指導付きで、四千円だから安いわよ」

「受けます。それで、先生、脂肪吸引の手術なんですけど……いつ出来るんでしょうか？」

「まあ、焦らないことだな」

「先生、早急に、この脂の浮き輪が落ちないからこそ、脂肪吸引したいんです」

「脂肪吸引手術は簡単に出来るものじゃない。検査もいろいろあるし、君の生活習慣なんかも調べた方がいい。術後に暴飲暴食されたら困るからね。もうちょっと慎重にカウンセリングして判断する方がいいだろうね。どれぐらいの量の皮下脂肪を取ればいいのか、適切な量を決めるのは大事なことなんだよ」

加々見は気さくな感じを引っ込め医者らしい口調になった。

「手術の日にちだけでも決めてください」

麻衣の声に少し驚いた表情を見せた加々見はスケジュール帳をラン丸に持ってこさせた。

「一〇日後ではどうかな？　ここんところ立て込んでるんだ」

「そんなに！　もうちょっと早く出来ませんか？　お願いします！」

「……そんな声ださなくてもいいだろう。じゃあ、丁度一週間後でどうだい？　体調を整えておくって時間ってのも必要だからな」

加々見が言い、麻衣は頷いた。一週間はすごく長いと思えたが、いまから、新しい病院を探して面談して、と考えるというのは、また、それも面倒なことだった。

麻衣は加々見クリニックを出て駅に向かっていた。カウンセリングと検査は詳細に行われ、加々見とラン丸は聞き上手なようで、麻衣が今、やけを起こしてダイエットを強制終了したことなど、様々な話をさせられた。どんなダイエットをしてきたか、食生活、家族構成、悩み相談のようになっていた。身長体重、部位別体脂肪率、各部位のサイズと皮下脂肪の厚みの計測、血液、血圧などの検査も行った。美容整形をするのは初めてだが、これほど手術をするのに様々な手順があるとは思わなかった。

注意事項として、手術の日までは体調を整えることを念を押された。過酷なダイエットをする必要はないが、ドカ食いは控え、腹七分目で適度な運動を行うことを心掛けてくれ、ということだった。

術前でも往診や手術に関して電話やメールでの相談も受け付けるという話で、不安解消にはなるだろう。麻衣は帰り道、ぺったんこになった下腹とぎゅっと締まったウェストのくびれを想像して嬉しくなってしまった。

弁当箱は、高校の頃のドカ弁ではなく以前使っていたごく普通の大きさのものにした。ダイエットは途中終了したが、急激なリバウンドの危機は避けられそうだった。

会社帰りにジムのサウナに入り、お腹の浮き輪を掴んで落ち込みそうになったが、脂肪吸引するんだと気持ちで持ち直した。

お腹を空かせて自宅の玄関を開けると、見慣れぬ靴が二足あり、奥から楽しげな笑い声が聞こえてきた。麻衣はダイニにングに入った。

「どうして、ここにいるんですか⁉」

加々見とラン丸がダイニングテーブルに並んで座っていた。加々見は白衣ではないスリーピース姿、ラン丸もホットパンツではなくスーツを着ていた。

「食生活改善と食の調査として家庭訪問しているんだよ」

加々見は言った。加々見とラン丸は手に茶碗を持ち箸を握っている。

「先生とラン丸さんに、お爺ちゃんのお米を食べてもらってるのよ」

和子は皿に盛った糠漬けをテーブルに置いた。

「何、それ？　どういうこと？　お母さん、止めてよ、そんなもん先生たちに勧めるの！」

「いやいや、あんたが家のご飯が美味しくて太ったんだと言ってたのを聞いて、食事の内容を問診しているとき、腹が鳴ったたな。新潟の、それもブレンドしていない一品種もののコシヒカリの直送品、しかも、食べる直前に精米してってのは、そうそう食べられるもんじゃないからねえ。私がお母さんに無理にお願いしたんだ。それで今日は特別に土鍋で炊いて貰ったんだ」

加々見は糠漬けに箸を伸ばし、ラン丸も糠漬けとごはんを豪快に頬張った。

「麻衣ちゃん、本当に美味しい！　私も先生も、普段は玄米だから、たまに食べる白米は、もうお菓子みたいに甘くてふわふわ！　でも、それを差し引いても、お爺ちゃんが作ってお母さんが炊いたご飯は、最高」

ラン丸は茶碗を空にした。

「日常食は少なめの玄米、それで、一週間に一回ぐらい白米を好きなだけ食べる。これくらいのバランスがストレスが溜《た》まらないんだよ」

加々見も空になった茶碗を和子の差し出した盆の上に載せた。

「あの……本当にご飯を食べに来たんだけなんですか？」

「家庭訪問のついでだな。そら、おネエちゃんも食べよう。フグ白子の糠漬けと辛子明太《からしめんたい》を買ってきた。高炭水化物の糖質に高コレステロールの塩っぱい魚卵《ぎょらん》だ。身体に悪いもんは、とにかく魅惑的で美味いもんだ」

往診には応じる希有《けう》な美容整形クリニックであることはわかっていたが、加々見の意図するものがよく分からなかった。

「私は北海道産牛とろ肉のフレークね。これね、凍ったまま熱々のごはんに掛けると、じんわりと脂が溶けるの、もう、身体に悪くてしょうがない！　でもね、たまにだから、我慢しないで思いっ切り悪いことするのね。それが明日からの節制の原動力ね」

ラン丸は熱々のごはんに牛とろ肉のフレークを載せた。ごはんの湯気の中、挽《ひき》肉状《にくじょう》で脂の白が目立つトロ肉だったが、脂が溶け始めると薄ピンクになっていった。そこに青葱《あおねぎ》、わさび醤油を掛けた。

麻衣は、頭がくらくらするぐらいにお腹が減った。麻衣は茶碗を食器棚から出すと和子に渡した。和子は楽しげな顔で茶碗を受け取っていた。

「ごはんのお供ってのは、本当にいいもんだな。ちなみにおネエちゃんは、何だい？」

加々見は、また茶碗を空にした。

「あら、麻衣ちゃんだったら、玉子焼きが大好きだったわよね。甘い玉子焼きだったら何杯でもごはんが食べられるって」

和子がごはんを装《よそ》って麻衣の前に置いた。

「変なこと言わないでよ、お母さん！　甘い玉子焼きなんてださいし、好きじゃない！」

すごく恥ずかしかった。学校に持っていく弁当の玉子焼きを友だちにあげたとき、すっげえ、甘くない、田舎のお婆ちゃんが作ったの？　と笑われたことがあった。そのときも家に帰って和子をなじった。和子の作る料理は田舎臭い。それもこれも、白いご飯が中心だからなのだろう、弁当の中身も食卓の風景も、まるで可愛くなかった。

「甘い玉子焼きっていいじゃん。身体のこと考えて、なるべく甘くないケーキなんて格好付けてるのこそ格好悪いし、甘い玉子焼きって、ださいかも知れないけど、結局は美味しいのよ。私は大好きよ甘い玉子焼き」

ラン丸も茶碗を空にした。

「私も甘い玉子焼きは好きだね。料亭の出し巻き玉子も好きだが、甘い玉子焼きとは別物の料理だからな。いいねえ、甘い玉子焼き、無性に食べたくなる」

「先生、作りましょうか、玉子焼き」

和子が茶碗を加々見の前に置きながら言った。

「もう、そんなことしなくていいって！」

麻衣は怒鳴っていた。何も分かっていない和子が腹立たしかった。

「いやいや、是非、食べたいですよ」

「私も玉子焼き食べたーい」

加々見とラン丸は和子に向かって言うと、和子は喜んで台所の下から真鍮《しんちゅう》製の玉子焼き機を取り出した。麻衣はそれを無視して茶碗を手にし、ラン丸の持ってきた牛トロ肉のフレークに手を伸ばした。キッチンから油の焼ける匂いが漂い出し、卵を割って掻き混ぜる音が響いて来た。懐かしい音だった。近頃は、炭水化物を呼ぶということで玉子焼きは、麻衣の禁止食べ物になっていた。

玉子の焼ける香ばしい匂いが漂ってきた。


手術前日、最後のカウンセリングと遺伝子検査の結果を聞くということで、麻衣は加々見クリニックを訪れた。受付にいたラン丸は、麻衣の顔を見ると、炭水化物《カーボ》食をたくさん食べたので、翌日は皇居を三周一五キロ強をやったが、筋肉中に糖質のエネルギーが蓄えられていたお陰か、へばることなく走り切った、と楽しげに喋っていた。

診察室にラン丸と一緒に入った。

「ネエちゃん、うまい飯だったよ。料理上手なお母さんだな」

加々見は笑顔で話し掛けて来たが、二人が帰ったあとに、麻衣は和子と口喧嘩をした。一方的に麻衣が文句を言ったので喧嘩とは言えないかも知れない。

「田舎臭くて恥ずかしいんですよ。白いご飯に合うようなおかずばっかりで、だから太るんです」

「そうかねえ。家庭料理、弁当、子どもを育てる母親の料理としては、ぴか一じゃないのか？　クリスマスとか誕生日会のチラシ寿司も、あの米ですし飯を作ってるって思うと、涎《よだれ》もんだ」

「先生、何でそんなこと知ってるんですか？」

訝《いぶか》しんだ麻衣が訊くと、加々見はラン丸に、あれを持ってこい、と頼んだ。

ラン丸が奥から数冊のアルバムを重そうに抱えて来て診察台の上に置いた。

「ほら、あんたのお母さんのアルバムだよ。こないだ行ったときに借りてきたんだ。これ見たことないのか？」

加々見は一冊のアルバムを手にすると開いて麻衣に渡した。そこには懐かしい写真が並んでいた。

「この大きさのお弁当箱ということは、これは私が女子高の頃のものですねアルバムには、朝食、昼の弁当、夕食、そして、たまに夜食の写真が貼られていた。和子がたまに料理の写真を撮っているのは知っていたが、アルバムに日ち順に並べられているのは知らなかった。ページを捲《めく》ると、我ながら食べ過ぎだろう、という量の料理写真が並んでいた。

「これは大学生の頃なんじゃないか？　ダイエットを始めたとか言ってたろう？　弁当箱の大きさが女子高生の頃の半分ぐらいになっている」

加々見が違うアルバムを開いた。麻衣はアルバムを覗き込んだ。

「そうですね。でもこれはまだいい方です。ＯＬになってから、幼稚園児ぐらいのお弁当箱になりましたから……」

朝食の写真はなくなっている。大学生の頃は、間違ったダイエット知識からか、朝食を抜いていることが多かった。

「だったら、これってＯＬになった頃でしょう？　すっごく小っさいお弁当箱だもん」

ラン丸が、また違うアルバムを開いて麻衣に見せた。

「ああ、これか！　幼稚園の弁当より小さい奴だな。プチトマトが普通の大きさ

……」

のトマトのように見える」

加々見もアルバムを覗き込むと笑った。

「朝食だって、ミニチュアみたいなおかずが皿に並んでるわ。これって高級和風旅館の朝食か、割烹《かっぽう》の八寸《はっすん》みたいね」

ラン丸は感嘆の声を上げていた。

「この頃は、エステサロンに通っていて、一二品目ダイエットというのをやっていた頃です」

エステサロンに通う費用はＯＬの給料ではまかなえず、和子に援助してもらっていた。

「一二品目ですって！　九品目ダイエットって聞いたことあるけど、一二品目って初めて聞いたわ。何なの一二品目って？」

ラン丸は目を丸くして麻衣の顔を覗き込んだ。

「牛乳&チーズ、肉、魚、豆か豆製品、穀物、卵、海藻《かいそう》、野菜、根菜、貝類、胡麻、オリーブ油、の一二品目だったかな。朝昼晩の毎食、一二品目全部を摂《と》るということです」

麻衣は、一二品目を空《そら》で言えたことに自分でも驚いていた。

「エステサロンのおばさん経営者が考えそうな非現実的なダイエット法だな。まあ、考えようによっちゃ、朝昼晩、一二品目を揃えて食事を作ってという手間を考えれば、痩せそうだなって気がするけどな。ここに写真があるってことは、ネエちゃんは作っていないんだろうけれど、お母さんはこの時期、痩せたか?」

加々見が飽きれたような声を出していた。

「いいえ、母が痩せたことなんて、一度もなかったです。一二品目使うのは大変だ、とは言ってましたが、専業主婦だったし……。健康に痩せられるならいことね、なんて言いながら作ってました」

「一人暮らしで働いて、自炊してこれ作るってのは無理だろうけど、専業主婦なら大丈夫なもんなんだな」

加々見はまた、アルバムの写真を覗き込んだ。

「先生、違うわよ。専業主婦だって一二品目を朝昼晩なんて無理なことよ。九品目というのでさえプロのスポーツトレーナーがアスリート用の食事として出すためにって考えられたものだから。これはエステの戦略で、一二品目作る手間に挫折させてから、一二品目が入ったレトルトのダイエット食品を売るのよ。工場で大量に作れば、一二品目は難しくないし、カロリー押さえて作るのだって簡単、いい商売よね。どう？　麻衣ちゃん、一二品目ダイエット用のレトルトを売ってたでしょう？」

「すっごく高いから買いませんでしたけど……」

確か一週間のセットで二万円を超えていたのを麻衣は記憶していた。サンプルを貰って試食したけれど、痩せるのなら、という言葉がなければ決してお金を出して食べるような代物ではなかった。

「そりゃそうだな。お母さんが作ってくれるんだし、そっちの方が断然美味い。ダイエット食品のレトルトだけ食べてりゃ痩せるだろうけど、それは一二品目入ってるからじゃなくて、単に、量もカロリーも抑えられてるだけだからな。エステサロンってのも、やり手じゃないとやってけねえから、いろいろ考えんだな。まあ、痩せて綺麗になる、って餌で釣れば、女の人の財布はパカって開くってことか……」

加々見は、また違うアルバムを開くと呟くように言った。

「ここにあるのが全部じゃないのよ、これは一部なの。圧倒されちゃうよね。このアルバム」

ラン丸もアルバムを眺めながら言った。

「実はな、お母さんから手紙が送られて来て、あんたへの手紙も同封されてた。あの日、手術のことは話すつもりはなくて、それこそ、痩身のための食生活の調査と言っていたんだが、お母さんは薄々分かっていたようだったな」

加々見は麻衣へとだけ書かれた封書を手渡した。

麻衣は封書を開いた。

内容は、やはり、脂肪吸引手術をやることを押し止める内容だった。病気でもないのに身体にメスを入れることは恐ろしいことだと書かれてある。

「やっぱり、お母さんだな……」

麻衣は呟いていた。和子らしい当たり前の言い方で、当たり前の説得の仕方が書き連ねられていた。

「脂肪吸引は止めて欲しいと書いてあるんだろう?」

「はい……。先生にも何か言ったんですか?」

「いや、何も。だがな、私も脂肪吸引には反対なんだ。その点ではお母さんと同じなんだな」

「脂肪吸引を止めろと言うんですか? 私のお腹に溜まった脂の浮き輪はどうするんですか? お母さんは親だから反対するんだろうけど、何故、先生まで?

もしかすると遺伝子検査の結果が良かったんですか？」

「そうだったな。実はあの日の前に検査結果が分かっていた。ただ、悪い結果だったんで伝えるのを遅らせていたんだ」

「悪かったんですか？」

嫌な予感はしていたけれど、そういうときこそよく当たる。

「検査結果は良くない。肥満に関する遺伝子の二つともあんたは持っているんだ。ob遺伝子という過食してしまう遺伝子と、ベータ3アドレナリン受容体がうまく働かない、脂肪の燃焼を阻害する遺伝子だな。ただな、肥満遺伝子もってるから太るしかない、痩せないということではなくて、遺伝三割、環境七割と考えればいい。その点で言えば、ネエちゃんは努力して今の体型を維持しているのはとても優秀なんだよ」

加々見は検査結果の用紙を見ながら言った。

「……やっぱり、そうだったんですね。じゃあやっぱり脂肪吸引しかないんでしょう？」

「いや、それしかないというような手術は、美容整形にはないんだよ。やってもやらなくてもいい手術が美容整形だ。病気ではないからな。ネエちゃんの腹は、

ＭＲＩ撮影してないから確実とは言えねえけど、触診の感じでは内臓脂肪はないだろうと思える。リバウンドとダイエットの繰り返しで皮下脂肪は溜まっているけれど、肥満遺伝子のことを考えると、しっかりと節制された身体だよ。だから、全身麻酔して脂肪を除去するという大きな手術は必要ないと思える。でもな、最初っから脂肪吸引はしない、と言ってしまうと、ネエちゃんは、どっか他の病院に行ってでもやるだろう。だから、引き延ばしていろいろと調べてみた。結果は私が思った通りにやる必要はない、と診断出来る」

「でも、ダイエットじゃお腹の浮き輪をとれません」

「そこでなんだ。脂肪溶解《ようかい》注射というのをやらないか？　知ってるかな、脂肪溶解注射」

「知ってます。でも、大豆由来の薬剤をお腹に直接注射するぐらいで効果はあるんですか？」

脂肪吸引を調べているとき脂肪溶解注射のことも調べていたが、やはり、劇的に脂肪が排除されることはないようだった。

「脂肪吸引に比べて効果は薄いけれど、それは即効性がないだけでな、ネエちゃんには向いてる施術《せじゅつ》なんだ。リバウンドしたとはいえ、ダイエットには成功している。脂肪溶解注射は、一年から二年のスパンで数本ずつ皮下脂肪に注射するんだが、そのとき、節制《せっせい》と運動を平行して続けることで部分痩せを行うんだ。脂肪吸引は節制と運動がまるで出来ない人のためのものってことだな。ネエちゃんはやってきたんだから」

加々見はアルバムを広げた。

「すごいよね、全部、お母さんが麻衣ちゃんの身体のこと思って作ってんだよ。ちゃんと食事をしているよね。食べたら太る、減らすと痩せる、っていうのは麻衣ちゃんの身体がちゃんとお母さんの作ったものに反応しているってことだよ。脂肪溶解注射で十分だって」

ラン丸も安い方の施術を熱心に勧めている。

「ネエちゃんは、三か月間ぐらい限定の意志は固いということだ。だからダイエットは成功する。しかし、一年二年という年の付く意志の固さの持続力はない、だからリバウンドしちまうんだな。今度こそ、脂肪溶解注射しながら一年二年と持続してみねえか？」

「でも……出来るかな」

「出来るんじゃねえか？　お母さんは何十年も食事を作り続けている。ネエちゃんの要望通りに、ずっと続けてんだ。お母さんとやれば続けられると思うぜ。ほら、もう一回ちゃんと見てみな。ネエちゃんの腹には、脂の履歴書があって、このアルバムは、お母さんが身体のことを考え続けて作った料理の履歴がある。これは並大抵の持続力じゃねえぞ。ネエちゃんは、そんな持続力の遺伝を受け継いでるかも知れねえしな」

麻衣はアルバムを捲り始めた。いろいろな記憶を料理の写真は呼び起こした。すべての写真を覚えているわけではないが、遠足の弁当の写真は直ぐにわかった。中学生の頃、遠足の弁当は重くて大変だった。和子なりに華やかに作ろうとして重くなったのだろう。おかずは何がいい？　と聞かれ、甘い玉子焼きと答えていた。弁当箱に入った玉子焼きは、何個卵を使って作ったんだ、と思えるほど大きかった。

アルバムを捲る手が止まらなくなった。ダイエットを始め、急に食事の量も減り、弁当箱も小さくなったり、突如として大きな弁当箱に戻ったりと、よくもまあ、様々なものを様々な量で作ってくれたものだ。

アルバムのページの一枚一枚は、和子に対して、勝手なことばかり言って、感謝もせずに、申し訳ないこととしてきた履歴でもあった。

「どうした？」

加々見が声を掛けた。

気付いたら、アルバムの写真の上に涙が一つ落ちた。

「いろいろ、思い出しちゃって……」

料理を作っている和子の丸い背中が麻衣の頭の中に広がる。身体の芯がぎゅっと掴まれたように痛んだ。

「こんだけ、ネエちゃんのいうことを聞いて料理を続けて来たんだ。たまには、お母さんの言うことを聞いてやってもいいんじゃねえのか？」

加々見が、落ちて丸くなった涙を見ながら堪《こら》えていた麻衣の肩を軽く叩いた。

堰《せき》が切れた。奥底から嗚咽《おえつ》が登ってきた。もう、止まらない。鼻の奥が痛くなって涙が溢れ、麻衣は号泣した。頭の中では、何度も和子に向けて、ごめんなさい、と声を上げて謝っていた。

やっとしゃくり上げていた喉が落ち着いたとき、ラン丸がコーヒーを淹《い》れて持って来た。

「先生、脂肪吸引手術止めて……脂肪溶解注射にします」

麻衣は鏡に向かって頭を下げた。

「よし、わかった。それがいい。痩せてる方が女の子は綺麗に見えるってのは一理あるとは思う。だけどな、不自然にげっそり痩せた女の子より、太りやすい体質の人間が節制と運動して絞っている方が、断然綺麗なんだぜ。ネエちゃんはそっちを狙《ねら》った方がいい」

加々見は新しいカルテを手にした。

「それに、お腹はゆっくりと脂肪燃焼させて絞らないと、皺だらけになって弛むのよ。皮膚が縮むのが間に合わないのね。でも、先生が言うように、汗掻いて、ゆっくり絞った子の肌はすっごく綺麗になるからね。」

ラン丸も嬉しそうな声を出していた。

「胃下垂でいくら食べても太らない子も肌が悪くなるの？」

麻衣は、愛未のことを思い出した。

「胃下垂って胃が悪くて、そのストレスで食べられなくて痩せるってのが多いから肌が悪くなるのね。それと、いくら食べても太らないんなら、それ胃下垂じゃなくて代謝がいいんじゃない？　たくさん食べてんなら肌は悪くならないわよ。それって前に話した意地悪そうな同僚のことじゃない？」

「そうだけど、肌がばさばさなの」

「もしかして、そのガリガリの子の手の甲に痣《あざ》みたいなのってない？」

ラン丸の口角《こうかく》が上がった。

「ある！　何で分かるの？　確か、高校んとき、ヤンキーの子に妬《ねた》まれてて、大勢に囲まれて煙草の火を押し付けれた、って言ってたな」

愛未の手の甲には一センチぐらい痣があるが、それは昔に出来たもののようではなかった。

「それって、たぶん吐きダコじゃないかな。食べた後にトイレで喉の奥に中指を突っ込んで食べたもん吐くのよ。大食いでガリガリ、肌がバサついてて、手の甲に痣、ヤンキーに煙草を押し付けられたんならもう薄くなってるよ。吐きダコだとしたら、それは拒食症に認定していいよね、先生？」

ラン丸は嬉々《きき》としていて意地悪そうな女の子のような笑い声を上げた。

「診察してねえから分かんねえけどな。拒食症の子の多くは、肥満遺伝子の二つを受け継いでいたりすることが多いからな」

加々見は金属のへらを取り出すと、麻衣の口を開けさせた。脂肪溶解注射の診察を始めたようだった。

「そのガリの子は絶対肥満遺伝子二つ持ちね。麻衣ちゃんに小太り遺伝子を受け継いでるなんて意地悪な言い方するような子は、自分が持ってんのよ。嫌な子ねえ！　友だち止めた方がいいよ」

ラン丸はまた笑った。その笑い方はちょっと愛未の意地悪そうな表情に似ていた。

「肥満遺伝子か……やっぱ、嫌だな」

麻衣は言った。もし、愛未が自分と同じように肥満遺伝子を持っていたとしても、他のいろいろな遺伝子を貰っているんだろう。それは例えば、ラン丸とか愛未が持っているような、意地悪されても、何倍かにして返せる強い遺伝子とか。

麻衣は、和子の引っ込み思案の遺伝子を貰っているんだろう、と思った。

「ラン丸、そんくらいにしときなよ。遺伝子とかは変えられないんだからな。それを言ってもどうしようもないってことだ。みんなそれで苦労してんだ。みんないろんな負のモンも受け継いでる。ネエちゃんは、肥満遺伝子ってきつめのモンをだけど、それはいまの医学、現代の科学では変えられねえんだ」

加々見がカルテから顔を上げて言った。

「だったら加々見先生も、そんな悲しい遺伝子とか受け継いでいるんですね？」

麻衣は思い切って、ラン丸や愛未を真似てちょっと意地悪そうな顔をしてみた。

すると、加々見は、ちょっと驚いた顔を見せたが片方の頬を少し上げて笑った。

「そうだな。いろいろとな……、でもな、ネエちゃん、どんな人間でも配られたカードで勝負するしかないってことなんだぜ」

加々見は苦そうな顔でちょっと笑った。

「あら先生、ハードボイルドみたいねえ！」

ラン丸が嬌声《きょうせい》を上げて身体を捩《よじ》って笑った。麻衣も釣られるように——それは久しぶりなことで——笑ってしまっていた。

「私、負けませんよ！」

麻衣は楽しげに怒鳴って見せた。

脂肪溶解注射の施術は続いて三ヶ月経った。有酸素運動、腹筋、腹七分目、そして気持ちが萎《な》えない低炭水化物のダイエットも続いていた。

「麻衣ちゃん、優秀！　掌《てのひら》に感じるわね」

ラン丸が、注射の終わった腹部を溶液を行き渡らせるように優しくマッサージしながら言った。

「Sサイズの制服が入るようになったのよ。まだ、ボタンがイーッてなるけど」

「私たちが言うのも変だけど、運動のお陰なんだからね。触ると皮下脂肪の下で、腹筋が割れてるってのが大事なのよ。周りのみんなが、細くなったってそろそろ気付き始めるわよ」

ラン丸は指先で腹筋の隙間を押した。

「気付いた人はいるのよ」

「それって、拒食っぽい子でしょう？　麻衣ちゃんの斜め後ろから身体のラインを確認してたんじゃない」

ラン丸は意地悪そうな皺を鼻に寄せて笑った。

「当たり。さすがに分かるんだな、女の子の行動が。脇腹を突かれたのよ。それで、ぽよんってならないって、皮肉言われたの」

「いやあ！　心底嫌な子ねえ」

「でも、すっごくいい気持ち、一番見せたくて、気付かせたいのは、意地悪な同性なんだからね。悔しそうな顔してたから。それと愛未のもっと悔しそうな顔見たから」

麻衣はラン丸を真似して鼻に皺を寄せるようにして笑って見せた。

「おお、それは何とも面白そうな話だな。聞かせてくれよ、ねえちゃん」

加々見が話に乗ってきた。

「こないだ、ランチが終わって、トイレに行ったんですけど混んでて、地下の空いてるトイレに行ったら、中から獣みたいな鳴き声がして、吃驚《びっくり》したんですけど、すぐドアが開いて、愛未が出てきたんです」

「獣の鳴き声か……吐く音は、まさに動物だな」

加々見は妙に納得していた。

「そのとき愛未は、目を真っ赤にして手の甲は濡れてたの。ラン丸さんの言ってた吐きダコのこと聞いてたから直ぐに分かって、愛未の手の甲見ながら思わず『吐きダコ』って言いそうになったんですけど、吐きダコの『は』のところで、言葉を飲み込んだんです。でも、愛未って直ぐに『違う！　違う！』って大袈裟に手を振って手の甲を隠して、そしたら、何か酸っぱい臭いがして、また、『違う違う！』って急いで洗面所で手を洗い出して……出ていっちゃった」

麻衣は、その光景を思い出して笑ってしまった。

「墓穴《ぼけつ》を掘りまくりだな……慌《あわ》てて、違うと言うと、大抵違わないもんだ」

加々見は苦笑した。

「吐きダコ確定ね。そういえば、吐きダコって、うちの病院でレーザーで消せるから、悩んでたら、紹介してあげるといいわよ」

ラン丸は楽しげに笑った。

「言えないよ、そんなこと」

麻衣は笑い続けていた。

第七章
赤文字系ライター桃子の憂鬱
（プロポーション）

「権衡《プロポーション》とは比例の関係と解してよく、即ち大小の分量、長短の差、
これらが全体に対する比を権衡と称するのである。」

PROPORTION

桃子《もも こ》は、店のエントランスからテーブルに着くまでの内装を眺めながら不安になっていた。今夜は女子会なので割り勘である。桃子は頭の中で財布にある紙幣を数えていた。神楽坂《かぐらざか》にあるフレンチの店を見つけてきたのは、出版会社陽明社の雑誌編集者の井上だった。雑誌の取材で見つけてきた店なのだろうが、スポンサーのいる合コンでもない女子会で、この店の豪華さは考えられない。四〇過ぎの独身雑誌編集者の財布はずっしりと重いのだろうか、と三〇手前の独身、契約社員の雑誌ライター兼編集者の桃子は、恨めしい視線を井上に送っていた。

コースはアペリティフ付きで事前に決められている。井上はシェリー酒をロックで頼んでいた。総勢は六人の女子会で全員が陽明社の社員だった。同じ会社で、しかも全員女子社員、会社の悪口と男性社員に対しての罵詈雑言《ばりぞうごん》をつまみに酒を鯨飲《げいいん》するのが女子会であるのに、これほど豪華な店の装飾と料理は必要ではない。誰か、井上に対して文句を言ってくれないか、と桃子は集まった面子《めんつ》を眺めていた。しかし、最古参《さいこさん》の井上に意見出来る人間はいない、と思えた。

「ねえ、高橋さん、ここって幾らぐらい掛かんのかな？」

桃子は、隣の席の営業部所属の高橋に訊《き》いた。

「コースと酒で一万を超えたら、私は食い逃げして幹事の井上さんの払いにするつもり、桃ちゃんも乗る？　女子会にこの店は非現実的だよ」

高橋が小声で返し、ギャルソンに冷えたシェリーのダブルをストレートで、と頼んでいた。

全員のアペリティフが揃い前菜がテーブルに並ぶと、井上が乾杯とグラスを掲げた。

乾杯の後、井上が封筒を取り出してテーブルに置いた。

「乾杯が終わったんでみんなに、お知らせがあります。今回、この店って高そうって思ってたでしょう。それにはちょっとしたサプライズがあるのよ。統括部長の深瀬さんからの手紙があるんで読みますね。『女子会をやる、というお話を井上さんより聞きました。参加したい気持ちはありますが、それは邪魔者でしょうからお手伝いだけでも出来ないか、と思いまして、ここの店を予約させて貰いました。いい店なのでみなさんに知ってもらいたかったんですね。その故を井上さんに話しましたところ、私たちの給料では値段が折り合わない、と言われました。管理職の一人として社員に、そう言われることは、とても辛い。そこで、陽明社より、福利厚生費をやりくりして、その中から女子会の援助金として井上さんに預けましたので、大いに親睦を深めてください。それと、シャンパン一本をお店の方からサービス頂けるようで、そちらも楽しんでください。深瀬慧二《けいじ》。』とのことです」

井上の手紙で場は大きく盛り上がった。誰もが封筒の中の金額は幾らかと訊いた。井上は、思い入れたっぷりに封筒から紙幣を出し並べた。

「五万円！　さすが深瀬さん」

高橋が大きな声を上げ、と同時にギャルソンがアイスクーラーに入れたシャンパンを持って現れた。

「金額に厭味《いやみ》がなくていいし、シャンパンを用意させるというのも気が利いてるよね」

井上は、深瀬に心酔している。

五万円という金額は絶妙だった。一人の金額が一万円ぐらいだとしたら、五万円の援助金で一人一六〇〇〇円ぐらい出せばいいことになる。全額出すので勘定を回せ、というのは昭和の親爺の奢《おご》り方で、どこか魂胆《こんたん》のようなものを感じさせてしまうだろう。少額でもいいから出させる方が奢られた方の心の負担は少なく、五〇〇〇円ぐらいの出費を考えていたときに、一万円のものが一六〇〇〇円になったとなれば、タダで奢られるより、ディスカウントされたと思えて、有り難みが増すだろう。

「やっぱり人気ナンバーワンの人は違うよ」

桃子と同じ雑誌の編集者の佐田が言った。陽明社では毎年、管理職ではない女性の社員、契約社員、アルバイトたちで、社内の人気投票をやっている。秘密裏に行われているだけあって、陽明社で働く女性たちの憂《う》さ晴らしのようなものだった。深瀬は、毎年、理想の上司ナンバーワンの座を不動のものとしていた。

深瀬は五〇代前半、営業部と広告部の統括部長という役職によく居るあくが強く、押し出しの強そうなタイプではない。悪辣《あくらつ》な部分など微塵《みじん》も感じられない物腰の柔らかい静かなタイプの男だった。イケメンでも、すらっとしているわけでもない中年の中肉中背で、特徴といえば、黒い縁《ふち》の眼鏡と僅《わず》かにウェーブの掛かった髪ぐらいだった。そんな風貌《ふうぼう》の深瀬だが仕事は出来る。決してがしがしと仕事をしているではなく、そつなく、細やかな仕事ぶりが評判だった。

「やっぱり、人気ワーストワンのおたくの初老長とは違うよね」

井上が笑いながら佐田に向かって言った。

「まあ、うちの編集長の並木は、お婆ちゃんではあるけれど、初老長なんてあだ名で呼んでるのがバレたら何されるか分からないからね」

佐田は大袈裟《おおげさ》に辺《あた》りを窺《うかが》う仕草をした。

「危ない危ない。こういう高級なところとかに居そうだもんね、おたくの編集長」

井上も辺りを見回した。

「それは大丈夫じゃないかな」

桃子は思わず言った。

「どうして、桃ちゃん？」

佐田が訊いた。佐田も桃子と一緒に並木の元で働いている。

「だって、編集長って、こういう店にありがちな猫足の家具って嫌いでしょう？」

桃子は自分たちの座っている椅子やテーブルの足下を見た。

「ああ、言えてる。装飾過多のロココ調ね、下品だわ、って編集長なら言いそう」

「佐田さん、そんな単純じゃないですよ、編集長は。こないだもこう言われました。『猫足でも、フランス一八世紀のロココ様式の時代のものか、その技術と美術様式を踏襲しているものならいいのよ。でも、いまの猫足装飾の家具は、ほとんどがアメリカやアジアから輸入されたレディメイドのもの。ちゃんと職人が材木から削り出したんじゃなくて、猫足の型を作って、その中に木材のカスと接着剤を混ぜていれて固めたものに、金色のペンキを塗っただけのバッタものよ。そんなものを金に飽かして買い込んで、部屋いっぱいにして見せびらかしているのは、インチキ通販で儲《もう》けた女社長とか、何の商売で儲けたか分からない成金のオカマぐらいのものよ』って言ってました」

桃子が並木の口調を真似て言うと、テーブルは爆笑に包まれた。

「言いそうだよ、初老長なら。でも、桃ちゃん、うまいねえ」

井上が感心したように頷《うなず》いた。

「ずっと、こんな話を聞かされてるから、うまくなりますよ。でも、いいなあ、高橋さんは、私の上司が深瀬さんだったらな」

桃子は並木の下で働いていることに憂鬱《ゆううつ》な気持ちでいっぱいになっていた。

桃子は机に置かれた一八インチのタブレットの画面を指で操作した。

「こんなものに一六〇〇円を出してしまう馬鹿女は、一生騙《だま》され続けてもしょうがないわね」

並木は、画面に顔を近付けながら笑っている。画面には裏原宿に新しく出店したパンケーキの店の一押し商品「ハワイアンＢＦパンケーキ」が映し出されていた。並木は、画面を指で伸ばした。フレンチスタイルに塗られた爪が光を浴びて輝いて見えた。

「結構、高いですよね」

桃子は言った。並木の鼻から乾いた笑い声が漏れた。せせら笑いだった。

「わかってないわねえ、単純に高いってことじゃないのよ。原材料費や技術料とかから考えて、無駄に高いってことよ。桃子さん、あなた小麦粉一キロの値段って知ってる？　知らないでしょう？　スーパーで買えば、一キロ約二〇〇円前後。卸《おろし》で買うだろうから、その半額以下なのよ。パンケーキの主原料は小麦粉、世の中で最もコストパフォーマンスがいい原料の一つが小麦粉ね。その安い小麦粉を焼いて、生クリーム、これも植物性の安いのをホイップして、解凍した輸入の果物なんか載せたら、一六〇〇円になるのよ。原価で言えば、一五〇円前後ってとこかしら」

並木が訊いた。

「そんなもんなんですか！」

「小麦粉大量なら、もっと安いかも。それと技術料ね。ちゃんとした道具が揃ってて、レシピが決まっているんだから、バイトにマニュアルを半日も教えれば、パンケーキなんて簡単に焼けるわよ。だから、パティシエなんて必要ないし、技術料なんてバイトの時給計算で済むの。小麦粉を扱えば利はいいのよ」

「小麦粉か……そういうもんなんですね」

「住宅街のそばの商店街とか見て御覧なさい。必ずといっていいほど、パン屋さんがあるでしょう。あれなんかも自分のところで焼くから、利がいいのよ」

「そうかあ、廃《すた》れたような商店街でもパン屋さんってつぶれずに営業してますよね」

「でしょう。でも、パン屋さんは、それなりにオーブンとか施設投資にもお金掛かるし、パンを大量に焼くなんて、なかなかに技術がいることなの、季節や天候でイースト菌の発酵時間や量も違うからね。そうやって考えると、パンケーキっていうのはね、ベーキングパウダー、つまり、重曹を混ぜて膨《ふく》らませてるだけなのよ。ねえ、行列してる女の子たちが馬鹿に見えるでしょう？」

　並木は爪でパンケーキの画像を軽く突いた。さすがに理想の上司人気ワーストワンは、口の悪さにキレがある、と桃子は思った。

「はあ……。じゃあ、編集長。今回、このパンケーキの取材素材はボツということになるんですか？」

桃子はくぐもった気持ちで返事をした。

「ボツ？　まさか、そんなことしないわよ。これこそ、『ＳｅＳ（セス）』で欲しいものじゃない。どうしたの？　体調でも悪いの？」

ＳｅＳは、フランス語で「彼女」という意味で、二〇歳前後の保守的なＯＬや女子大生をターゲットにした情報・ファッション雑誌である。世間ではＳｅＳのような雑誌のことを赤文字系・赤文字雑誌と呼ぶ。雑誌の題字が赤を主体としたものが多かったので、そう言われるようになった。そして、赤の反対色として青文字系雑誌も存在しているが、これは男性ファッション雑誌ではなく、少しだけアバンギャルドな女性情報誌のことだ。

桃子がＳｅＳの契約ライター兼記者兼編集として働くようになって半年になる。

並木はＳｅＳの編集長で、数字を持っている、業界では有名な編集長だ。背筋がピンと伸び、さすがにファッションセンスもいいので若く見えるけれど六〇代後半の年齢で、陰では初老長なんて呼ばれたりもする。定年退職していないのは、並木が社の取締役になっていて、会社の経営よりも雑誌制作の現場仕事を嘱望《しょくぼう》され編集長に留《とど》まっているからだ。

「ボツじゃないんですね、よかった」

「あなた、この前の企画のときも、ボツですかって訊いてたわね。企画会議やって取材に行かせたんだから、写真が相当に非道《ひど》くても撮り直しや修正も出来るし、記事は校閲《こうえつ》に掛けるから、ボツになんてしないわよ」

並木は少し笑っていた。

以前にも似たようなことがあった。それはアメリカから進出してきたポップコーンチェーンの取材のときだった。ポップコーンの原材料の爆裂《ばくれつ》種のトウモロコシは、コストパフォーマンスのいいもので、並木に言わせれば、原価五〇円もしない缶からに、入っているということと、日本には無かった味付けをしただけで、何千円を払うために原宿に並んでいるような人間は、世間に馬鹿であることを晒《さら》しているのだ、ということらしい。

「ポップコーンでしたね」

「そうそう、あのポップコーン屋って、アメリカ全土には、小さい店が三軒あるだけで、他は発展途上国とかばっかりなのよ。それもね、ヨーロッパには一軒も出店していないのよ。アメリカ本土では、さほど重要な位置にいない企業がどさ回り出店、さすがに文明国は騙せないってことなんでしょうね」

並木は、意地悪そうに大きく笑っていた。並木の言うことは正しいのだろうが……。やはり、ちょっと並木のことが分からないと桃子は思っていた。

桃子はファッションの記事をやりたかった。しかし、ファッションは専門の記者やベテランの編集者でがっちり固められ入り込む余地はなかった。しかも、赤文字雑誌の最大の売りであるファッションのコーナーは、利権だらけの現場で、百鬼夜行《ひゃっきやこう》のような外注業者たちが闊歩《かっぽ》している。

派手を通り越し、まるで民族衣装のような洋服を着た大御所のスタイリストは、ブランドやメーカー、セレクトショップと結託して商品の貸し出しを売り込んでくる。

モデル事務所のタイトなスーツを着たマネージャーのモデル売り込みも相当なもので、スカーフを巻いた髭面《ひげづら》のオカマのヘアーメイクもモデル込みで売り込んでくる。お局様《つぼねさま》のようなファッション評論家、女ったらしのカメラマンなどなど、そんな魑魅魍魎《ちみもうりょう》な人間たちを仕分けし仕切って、売れる雑誌を作っている現場監督が並木編集長だ。

桃子は、たまにファッションの記事のアシスタントの編集者兼雑用係として、商品撮影などの現場に狩り出されるが、武器も持たずに戦場に投げ入れられたような気分になってしまう。

スタイリストにちくちくと嫌《いや》みを言われ、マネージャーからセクハラまがいの小言を聞かされ、オカマからブスと罵《のの》しられ、カメラマンに言い寄られてしまう。お洋服が好きでえ、なんてことでは、ファッション関係はとてもじゃないがやっていけない、ひどく強い人間に――並木のようにならないと太刀打ち出来ないと桃子は思った。

「桃子さん、店の前に行列している写真はあるの？」

並木が画面を弾《はじ》いた。

「あります。沢山、撮影してもらいました」

並木の要望は、可愛いくてセンスのいい格好をした子が並んでいる姿だった。絶対に映してはいけないのが、スーツ姿のサラリーマンとペシャンコの黒いリュックを背負ったオタクっぽい男だった。若い女の子が行列していると、変なものが混ざってくることはよくある。そして、食べ物系の店で映していけないのはすごく太った女だ。基本的に顔が映らないように背後から撮影するが、脂肪が溜まった丸い背中は、パンケーキ＝炭水化物＋脂質＝太る、という風に思われるので絶対に駄目なのである。

「これは逆効果、はい、これも逆効果、逆効果……」

並木は写真を指で弾きながら選んでいる。丸い背中や不細工そうな男の姿が小さく写っているだけでも並木の指で弾かれていった。最終的に選ばれた一枚は、SeSを購読していそうなコンサバ系の女子大生かOLのグループの後ろに、細身でセンスのいい男の子と女の子のカップルが並んでいるものになった。

「行列が嫌いな人もいるんじゃないんですか？」

「行列嫌いって、単にこういう流行《はや》りのものに乗っかるのが好きじゃない自分、というスタンスの人が多いのよ。そんな人って、店に行って行列だったら怒るから情報としてはいいのよ。情報誌見てるくらいだから、まんまと罠には嵌《はま》ってるんだけど」

「罠ですか？」

「罠と言っても、潜在広告みたいなもの。店の行列の写真を潜在的に記憶させておけば、もし、行列してなかったら、ラッキーって入っちゃう可能性はあるでしょう？　この店はどうか分からないけれど、偽ものの行列っていまでもやっているからね」

「なるほどそういうことですか……」

桃子は、釈然としないまま答えていた。並木の言うことは、分からないでもない。しかし、読者を馬鹿にしているような並木の言動に桃子は、どこか気持ちが冷えるように感じていた。

「桃子さん、記事の方は明日、朝一には出来るわよね？」

「……は、はい」

これで今夜は仕事、うまくいかなかったら徹夜というのが決定した。巷《ちまた》では労働基準法を無視した会社をブラック企業と揶揄《やゆ》したりしているが、出版業界の雑誌編集なんてブラックなんてカタカナを通り越して漆黒《しっこく》企業と呼んだ方がいいくらいだ。だが、希望してやっとのことでついた職なので文句は言えない。やりがい、という言葉のお陰でやっていけている。だからこそ、並木の冷えきるような言葉は桃子を疲れさせ、憂鬱にさせるのだった。

「では、この記事はこのままで続けて、特集は明日から桃子さん兼任で進めますよ」

来月の特集のために、今日の編集会議には、広告部の営業の人間が呼ばれていた。これは珍しいことだった。

「美容整形クリニックをセレクトしてきました」

営業の山本が資料をテーブルに人数分出した。桃子は奇妙な気持ちで資料に目

を落とした
　来月は美容整形がテーマになっている。女性誌で特にファッションを扱っていると、企画や特集は、ラインナップのように決まりきったものをやる。例えば、春になれば、新入社員、新入学生向けの着回しが出来る定番アイテムの特集を必ずやり、夏は水着で、必ず付く冠《かんむり》は、痩せて見える、であったり、ラインを隠す、などである。

　そんな中で、時期は決まっていないけれど、ダイエット、美容整形、恋愛関連などは、一年に一回は必ずある企画だ。前者二つは、女性誌の後ろ半分の広告紙面のほとんどを埋める広告主のためにあり、後者一つは、男には金儲け、女には恋愛と、これさえやっとけばいいという安直な企画の最右翼であるからだ。

　資料に目を落としていると、桃子は奇妙なことに気付いた。リストアップされているのは、記憶にまるでない美容整形クリニックばかりだった。

「山本さん、これ、よく知らないところばっかりですね。まさか、美容整形業界の裏話とかやるんじゃないですよね」

　桃子は資料を手にして訊いた。

「ＳｅＳでそんなことやったら売り上げが激減するよ。今回、僕がリストアップしたのは、ＳｅＳに広告を出していない美容整形クリニックをと、並木編集長からの要望だったからだよ。君が知らないのもしかたがないね。ＳｅＳに広告も出さない美容クリニックをたくさん知ってたら整形してるのか？　と疑われるよ」

　山本は笑っていた。

「桃子さんが整形していたって別にいいじゃない。違法行為じゃないんだから」

　並木が資料を目に落としたまま言った。

「整形なんてしてませんよ、私」

　桃子が言った瞬間、並木が目を上げた。

「桃子さん、整形なんて、のなんてとは、どういう意味あい？　なんてという言葉は、ある物事を例示して、それを軽んじたり、婉曲《えんきょく》に言ったりする意を表すんだけど、そう意味の、なんてってこと？」

「いや……、あの、馬鹿にしているわけじゃないんですけど……」

「いいのよ、馬鹿にしてるというのが一般的な人間の感情だから。あんなものに大金を払って馬鹿みたいって、桃子さんも思ってるんでしょう？　本当のこと言っていいのよ」

　並木は怒っている様子もなく静かな声だった。

「……はあ、まあ、そんなところです」

「今回の美容整形の特集は、そういう部分、美容整形って恥ずかしいの？　って話なのよ。だから、ＳｅＳに広告出して貰っている美容整形クリニックへの取材を外すのね。山本君には悪いけど。そうしないと、いままでみたいな提灯《ちょうちん》記事の特集になっちゃうでしょう」

「……あの、提灯記事って……何ですか」

分からないことは訊いておかないといけない。特に並木が相手のときは、わかったふりをしてバレると非道く怒られてしまう。

「いまどきは言わないのね。ＳｅＳの場合だったら、広告を出している企業ばかりが喜ぶような公平性に欠けた記事を書くことね。今風に言えば、ステルスマーケティング、記事のふりしたヤラセ広告かな。山本君が私たち編集の人間に強制してくる記事のこと」

「そんなあ、止めてくださいよ。編集長。特集に賛同してこうやってリストも作ってるじゃないですか」

山本は大袈裟に驚いてみせた。三〇代の男が二〇歳近く上の異性の権力者に媚《こび》を売っている姿を桃子は見た、と思った。

「賛同？　深瀬部長は、美容整形クリニックの経営者って、嫉妬深いから、あそこを取材して、何でうちは取材しないんだって揉《も》めるから、取材するなら全部広告主にして欲しいって、無理な要望書を出してきたから、いっそ、全部広告主以外にすることにしたのよ。部長、怒ってたでしょう？」

並木は笑っている。

「部長はそんなことで怒るような人物ではないですから。広告主さんとは揉めないだろうから、仕方なくという感じでした」

「雑誌の価格を下げるために広告収入が重要なのは、とてもよくわかっているけれど、それじゃ駄目なのはわかってるわよね」

「はあ……そうっすね。それで編集長。深瀬部長からの伝言で、今回は、貸しにしておきますんで、次回はよろしく、質のいい雑誌を提供出来るように一緒にがんばりましょう、とのことです」

山本は懇願する顔になった。

「貸し？　お宅の部長は優しい笑顔と口調だけど相変わらず底は勝手な男ね。いいわよ、貸しで、ただ、勝手に貸してきたんだから、こっちからは、勝手なもの返すことにするから」

並木が言うと、山本は困ったような笑い声しか出せなかった。並木は、山本を一瞥《いちべつ》し、直《す》ぐに資料に目を落とし特集の会議を始めた。

今回の特集のテーマは、「女子が整形する心」というものだ。

並木が「女子」とわざわざ付けたのは、嫌《いや》みというか馬鹿にしているのだろう、と桃子は思った。何故なら、並木が常日頃、女子と自分たちのことを言う成人女性のことを恥ずかしい感覚と言っているからだった。三〇過ぎの「女子会」は、「婦人会」であり、自分のことを若く言いたい、若いつもりでいる、のは女の性《さが》のようなものなのだろうが、と並木はげんなりした顔で言っていた。

並木は、自分の同年代の六〇過ぎの女性が集まった場合などは、それは「老人会」だと笑っていた。これも、桃子にとっては分からないでもないことだった。

四〇過ぎのおじさんが、自分のことを青年とか男子と呼んだとしたら笑われてしまうどころか、その精神状態を疑われるだろう。禿《は》げて中年太りのオヤジが男子と呼ぶことが許されないように、ぽってりと下腹が出た古臭い髪型をしたおばさんが、女子と自分のことを呼ぶことも同じようなもので、決して許されることではない。

これは女尊男卑《じょそんだんひ》であり男女平等ではない。女性優先というのは、いま、最も経済効果の現れることだから、容認し利用しなければならないことでもある。「女性限定」「いま、女子に人気の」「女性のための……」「女の子に嬉しい」などな ど、女性優先にすればいい、ということを並木はみんなわかっていて、馬鹿にしているのである。

並木だからこその「女子が整形する心」という特集なのだろう。何層にも皮肉が込めれているようだ。

美容整形を行った女性五人をインタビューし、三人をセレクトして掲載すること、美容整形クリニックの院長のインタビューを掲載することとなった。並木もインタビュアとして加わり、編集者の佐田と桃子の三人と、カメラマンの吉岡で取材を行うことになった。勿論、美容整形経験者の女性たちは、後ろ姿の撮影で仮名にすることになった。

「整形したのは、瞼《まぶた》を陥没法で二重《ふたえ》にしたのと、目尻《めじり》と目頭《めがしら》を切開したんですね。水谷さん、術後は問題ない？」

並木は五人目としてインタビューを受けていた女子大生の水谷に言った。水谷はお嬢様っぽいコンサバの洋服に地味めなメイクで、ＳｅＳの熱心な読者である。

インタビューをするのは、桃子か佐田で、並木は黙って横に座ってメモを取っているのだが、たまに、質問をしてくることがあった。

「問題はないです」

水谷は答えた。

「手術後三か月、腫《は》れも引いたし、いまが一番いいときなのね？」

並木は訊いた。桃子は、並木が非道い言い回しをしないか冷や冷やしていた。

インタビュー慣れしていない一般女性の口を開かせるのには苦労している。

「メイクののりもいいんです」

「そう、だったら、いまは、どこかほかの場所を整形したいとは思っていないのね？」

並木が訊いた。水谷はきょとんとした表情になった。

「……いいえ、別にありません」

「もしかしてだけど、間違ってたらごめんなさいね。ねえ、あなた、整形を決意したときに、この部分さえ作り直せば、自分は一〇〇％になれるって感じたのかな？」

「それ、どういう意味ですか？」

水谷の顔が強張《こわば》った。

「整形を初めてする子って、顔のすべてを総点検して、自分の駄目な場所を一箇所に絞るんじゃないかなと感じるのよ。他の部分は及第点《きゅうだいてん》かそれ以上で、あなたの場合は、目だけが駄目、目以外は凄くいいのに、ここさえ直せば一〇〇％になると決意して整形に踏み切ったんじゃないのかと思ったのよ」

並木が話すと真実味が増すように聞こえる。

「私が……ですか？」

水谷の表情は凍りついた。折角、気持ちを解《ほぐ》して喋りやすいようにして、インタビューを進めていたところなのだが、これで水谷は畏縮《いしゅく》してしまうだろう。

桃子は、並木を呆れた顔で見てしまった。

「あなただけということじゃないのよ。私は仕事柄、撮影で様々な女の子に会うのよ。専属のモデルもいれば、ショーに出るタイプのモデル、読者モデルの子、女優やタレントなんかもね。多くの整形している女の子と接してきたのね。それで、専属のモデルの子に訊いてみたのよ。そしたら、ここさえ変えれば一〇〇％になれると思い込んだ時期があったという話をしたのよ。だから、あなたもかなと思って訊いたの」

並木が言うと、水谷の顔がすっと変わった。

「……私も、そういう部分あったかもしれません。ここだけが嫌いな部分だったし、一〇〇％になったと思いました、いいところまでいくんじゃないかって……。」

水谷は自分の目を指差した。水谷が素直に認めたのを桃子は少し驚いていた。

「いいところにいくというのは、どういうこと？　クラスで一番になれるとか？」

「違うんですよ、クラスなんか関係ないんですよ」

桃子は一瞬身体を堅くした。水谷は並木が嫌っている若い女の子の特有の言い回しを使ったからだ。質問に対して否定で答える女の子が多い。桃子も違うんですよ、と答えたことがあって、並木から、相手を苛《いら》つかせる駄目な口癖である、と説教を受けた。

さすがに並木は水谷に対して説教をするわけではなく、その口癖を受け流した。

「そうよね。クラスの中じゃ、髪型を少し変えただけでも気付いて欲しいのに、整形は気付かれたくなくて、綺麗になったという部分だけを気付かれたいってことでしょう？」

「違うんですよ。クラスで一番なんてことじゃないんですよ。私の考えてるいいところってぇ、読モとかなんですよ。編集長さんの話だと、モデルさんって整形してても大丈夫みたいだし、ちょっと自信持っちゃいました。それとぉ、整形した専属のモデルさんって、誰なんですかぁ？」

　水谷は舌こそ出さなかったが、アニメのキャラが笑うような感じで顔をくしゃっとして微笑んだ。桃子は恐くて並木の顔をまともに見られなかった。

「読者モデルになりたいのなら、ＳｅＳの巻末に応募要項のページがあるから、応募したらいいわね。それと、専属モデルの名前は教えられないのは分かるでしょう」

「えー、教えてくれないんだぁ。やっぱ、無理なんですねえ。それとぉ、読モの件、ちゃんと写真撮って応募しますから、よろしくお願いしま〜す」

　社会性の無さがやらせているのだろうが、水谷の馴れ馴れしさには桃子も驚きだった。

「はい、わかりました。厳正に審査しますから応募用紙を送って頂戴ね。水谷さん、忠告しておくね。モデルの子は、一〇〇％になったと思ったのは短い期間でしかなくて、ほかの部分が気になりだしたの、それで、また、そこを直せば一〇〇％になるって考え込んじゃって、また、整形して、しばらくは落ち着いて、また、違う場所が気になり始めて、また整形ってことになっているのよ。あなたも気をつけた方がいいわよ」

並木はそう言うけれど決して優しくはなかった。桃子は、憂鬱な気持ちになってしまった。並木が怒っているのか、どうか、表情には出ていないけれど、馬鹿な喋り方の考えが浅はかな女子大生に腹を立てていることだろう。だからこその強烈な皮肉だが、水谷にはあまり効いていないようだった。

取材は無事終了し、封筒に入った図書券を水谷は受け取った。並木はエントランスまで降りてきて、桃子と並んで水谷に丁寧《ていねい》に頭を下げた。二人で水谷を見送った。

「桃子さん、今日は、いい勉強になったわね」

並木が突然言い出した。

「インタビューがですか？　どう勉強になったんでしょう？」

何も得るものがないと感じていた桃子は正直に答えていた。

「水谷さんって、ここだけを直せば一〇〇％になれる、という話を自ら認めたでしょう？　あれは、専属モデルという水谷さんより遥かに上のものを例に出したからこそ水谷さんが認めたのよ。これは女性雑誌を作る基本、読者に紙面に載っている人間と自分を同レベル、もしくは近いものと感じさせることで、雑誌を売るのよ。さっきは、その典型をみたようだったわね。あの子、専属モデルの子と同レベルにあると思ったのよ」

「はあ……、そういうことですか」

桃子は、また、憂鬱な気持ちになってしまった。たぶん、桃子は並木のことが納得がいかないのだろう。いままで出会った中で、並木は最も性格と口の悪い人物で、それが直属の上司になってしまった。

人間には悪い気持ちがある。桃子にもある。それは、並木がこてんぱんにやられるところを見ることだ。それは自分が並木に対して何一つ反論出来ずにいるからだろう。桃子には、並木を凹《へこ》ます知識も経験則もなかった。

加々見クリニックは、銀座中学校のはす向かいのビルにあった。

取材には桃子と並木、カメラマンの安岡、そして、統括部長の深瀬と山本が同行することになった。加々見クリニックの資料は山本から渡されているが、資料は細かく調べられていて、深瀬と山本の同行は新しい広告主の開拓を兼ねている、と思われた。

深瀬が取材に同行することは異例だが、桃子にとっては嬉しいことだった。並木が強い物言いで取材が揉めたりすることがある、そんなとき、深瀬がその場をうまく治めてくれるだろうと思えた。

桃子は電話とメールで加々見クリニックの看護師と取材の打ち合わせをしていた。名前はラン丸、本名なのかと訊くと、本名だと言い張った。ちょっと奇妙な気持ちだったので、そのことを並木に伝えると、並木は「ラン丸という名前に意味があるのよ、そういうときは。本人に会えば一瞬にして分かる場合もあるのよ」と、これもわかったような口調で言われたので、桃子は、また、奇妙な気持ちになった。

加々見クリニックのエントランスを入り、受付に現れた角刈りに看護帽、ホットパンツ姿の看護師の名札に「看護師・ラン丸」とあるのを見て、桃子は並木の言った意味を合点した。ラン丸は、直ぐさま院長の加々見を呼ぶために診察室へと向った。背面から見えるラン丸のホットパンツは極端に短く、歩く度にお尻と太腿の境の部分に横皺《しわ》が入った。こんな格好をした看護師、いや、男を間近に見るのは初めてのことだった。

加々見が姿を現した。スリーピースのスーツをかっちりと着こなした紳士で、桃子はほっとしていた。ファッション系の女性誌の記者ではあるけれど、加々見の着ているスーツの生地は日本製ではない、と見て取れた。

並木が名刺を差し出し、直ぐ後に深瀬と山本が手を摺《す》り合わせるようにして名刺を渡した。並木が取材の手順を話し始め、まずは、診察室での加々見の姿を撮影し、待合室でインタビューということとなった。

桃子のインタビューは滞《とどこお》り無く進んでいたが、桃子はじりじりした気持ちだった。美について、美容整形についての質問に加々見は当たり障《さわ》りの無い意見を答えている。突っ込んだ質問をしても、ごく有り触れた答えを返してくるだけだった。もっと、美容整形の本質の部分まで掘り下げたいと思っているが、加々見はそのことには乗ってはくれない。桃子は、並木の顔をちらちらと見た。並木は小さく首を横に振った。

「植木屋の偽大将、加々見雄三《ゆうぞう》、いつになったら私に気付くのかねえ！」

並木が急に声を上げた。

加々見がびくんと身体を動かし並木の顔をまじまじと見て、名刺に手を伸ばした。

「偽大将？……、そんな昔の俺のあだ名を知っている並木というと、……もしや？」

加々見がゆっくりと言った。

「鳶下葛《とびしもかずら》の公子《きみこ》だよ。忘れたのかい？」

並木は、にやりと片頬だけを上げて笑った。

「なんだよ、おまえぇ、ハム子じゃねえか！　ヒドく皺《しわ》くちゃの婆《ばばあ》になっちまったな！」

いきなりスーツ姿の紳士が下町の職人か、時代劇の住人にでもなってしまったかのような喋り方になり、周りは呆気にとられていた。

「あんたこそ、継《よ》れた爺《じじい》じゃないか！」

並木が大きな口を開けて笑った。

「知り合いだったんですか？」

桃子は思わず声を上げた。

「桃子さんから資料を貰ったとき、まさか、と思ったけど、こいつはまさしく加々見雄三だったね。こいつはねえ、私が小さい頃に下町に住んでた頃の年の離れた近所の兄ちゃんだよ」

並木もどこか下町の娘みたいな口調になって桃子に言った。

「そうだったんですねえ、編集長。奇遇というか……」

「姉ちゃんも聞いてなかったんだな。ハム子ってのは、そう言う奴なんだよ。大変だねえ、こんな奴と仕事してて」

加々見は身を乗り出したが、それは紳士風のものではなく職人のように荒々しかった。

「あの、ハム子ってどういう意味なんですか？」

桃子は思わず訊いてしまっていた。

「公って漢字の上下を分ければカタカナのハムになるでしょう。それで私はハム子」

「公太郎なんてのはハム太郎ってあだ名で、いま、そんな名前のTV番組があるな。当時は、とにかく俺たちの周りじゃ、公の字があったら、ハムって開く癖付いちまって、公立なんてのもハム立とかな」

「上野恩賜公園《うえのおんし》は、上野ハム園だったわね」

並木は昔を懐かしむような顔になった。

「戦後だったな……日本中が貧しくて、ハムなんて食いもんは高嶺《たかね》の花で、ハムって聞くと頭の中に薄くて四角いハムが浮かんだもんだ」

加々見も懐かしそうな顔になった。

「外側が赤く染めてあるハムね……いまだったら見向きもされないような安物のハム。そんなハムでもパンに挟んで食卓に上がったらピョンピョン跳《は》ねて喜んだものだったわね」

「時代は変わったんだなあ、ハム子が皺だらけの婆になるのも仕方がない」

加々見が楽しげな声を出していた。

「相変わらず口が悪いね、雄さんは」

「ハム子、その言葉は、そっくりそのまま、おまえに返すよ。偽大将なんて通り名を付けたのは、おまえだったことを俺は忘れねえぞ。下町で育った娘のおきゃんな部分は一生続くんだな」

「おきゃんで悪かったわね。そもそも、私は悩みに悩んでしたためた手紙の返事がくだらないやつで、体よくあしらわれたのよ」

「わかったわ！　先生の返事って僕は女性は愛せない身体で、とかじゃないですか？」

突如としてラン丸が声を上げて並木に訊いた。

「あら、あんたよくわかったわね。加々見雄三って加山雄三に似てるし、美丈夫だったから、結構、みんなの憧れだったのに、そんなくだらない理由の返事するなんて、若大将じゃなくて偽大将ね、って言いふらしたのよ」

「編集長さん、でも、それって本当のことだから、先生は正直に返事したんじゃないの？」

ラン丸が並木に顔を近付けた。桃子は、ラン丸がノーマルな性的嗜好《しこう》を持っていないことに気付いたが、並木もわかっているだろう。

「そうなの！　雄さん、あれは本当のカミングアウトだったの？」

加々見は頷いて見せた。

「戦後直ぐ、五〇年以上前のことだから、カミングアウトなんて言葉もねえし、理解されねえだろうって思ってたけどな。悪いな、あれはシンネコのことだったんだぜ」

「半世紀ぶりに謎が解けたってことね。大きな植木屋の美丈夫な三男坊が、鋏好きって理由を付けて外科医になるというのは、相当な変わりもんだったけど。身体の奥底の芯から変わってたんだね。外科医と言いながら、結局、美容整形のクリニックを開業してたなんてのも変わってるよねえ」

並木は乾いた笑い声を漏らしていた。桃子にも、謎の一つが解けたようだった。並木の口の悪さは下町のそれも職人系の家で育ったことからくるものであり、底意地の悪い人間というよりも、明け透けにものを言ってしまう人間のようだった。

「悪かったな、変わりもんで。こんなもんまで飼ってんだから、変わりもんって呼ばれてもしょうがねえな」

加々見も笑いながらラン丸を顎《あご》で指した。

「凄いの飼ってるわよね。私はいろんなゲイやオカマやドラァグクイーンを見て来たけど、水兵の髪型って、2ブロックのオシャレ73分けの次に来る男の子の髪型なのよ。この子は逸材よね。あなた、織田信長のお稚児《ちご》さんの森蘭丸から名前を取ったんでしょう？」

並木はラン丸に視線を移した。

「正解！　編集長ってわかってる！」

ラン丸は並木が話した幼い頃の子どものようにピョンピョンと跳ねた。

「でもね、ラン丸さん。昔の自分はわかってなかったのよね。偏見もあっただろうし、だから、雄さんのカミングアウトも悪い方に取ってしまったのね……」

並木は、あらためて加々見に向って頭を下げた。ラン丸の動きが止まった。

「でも、編集長、いまはゲイの人いっぱい増えてるんだし、昔は少なかったから仕方がないんじゃないんですか？」

桃子は言った。TV画面には、毎日、ゲイコミュニティの人間の顔がある。

「それは違うのよ、桃子さん。ゲイというは、ほとんどが先天的なものなのね。生物学的に生まれながらにしてゲイなの。DNAに刻まれているのね。だから、有史以前からゲイは存在していて、ある学説では、人口の中にゲイが占める割合は、大昔からほとんど変わっていない、と言われているのよ。ゲイという人たちを受け入れる文化が進化しているということで、カミングアウトして世の中に姿を現しだしたんでしょう。私が幼かったし、世間も遅れていたときだったかも知れないけれど、私は、雄さんのカミングアウトを真摯《しんし》に受け止められなかったのは残念なことだと思うわ。本当にごめんなさい、雄さん」

並木はゆっくりと頭を下げた。

「別に謝られるようなことじゃないけどな。あれが俺の一番最初のカミングアウトだったから、半世紀ぶりに疎通《そつう》出来たってことは悪くねえな」

加々見は男らしく笑ってみせた。桃子は、その笑顔に視線を注いでいる並木の顔を見ていた。この人にも幼い頃があって、人を好きになって、そして、傷ついたりしたことがあったんだな、と桃子は感慨深い想いになっていた。

並木が視線を返して来た。そして、頷いて見せた。

「ねえ、雄さん。インタビューをやり直さない？」

「どうしたんだ、ハム子、急に」

加々見が驚いた顔を並木に向けた。

「このままじゃ、おざなりな記事になってしまうのよ。ただね、普段の美容整形の特集記事ならそれでいいんだけれど、折角、雄さんに話してもらうんだから、辛辣《しんらつ》でもいいから本当の話をしてもらいたいのよ。いままで、適当に答えてたでしょう？」

並木は仕事のときの顔になった。

「話してもいいけど、記事にはなりにくいし、こっちの統括部長さんは困るんじゃねえか？」

加々見は深瀬を向いて言った。

「いえいえ、先生のお好きな発言で結構ですよ」

深瀬は物腰柔らかく言った。

「部長、そんなこと言って大丈夫なの？」

並木が深瀬に顔を向けた。

「並木さん、それは編集長の良識ある編集があるだろうと、考えてのことですよ」

深瀬はあくまでも優しい声で言うと並木に微笑んだ。

「あら、編集の仕事はどんな記事でもきっちりやってるんだけど、部長の言う良識というのは、どういうことなのかしらねえ」

並木は少し笑った。

「それは、もう、良識の範囲内の記事ということで、売り上げに響かない程度に」

「部長、それは？　加々見先生が非常識な発言をしたら、私が編集でその部分をカットしたりするということ？」

並木は、加々見の呼び方を雄さんから加々見先生へと変えた。

「そういうことですね」

「それは不穏当《ふおんとう》な発言や、特定の人間を差別するような発言は勿論カットします。でも、部長のおっしゃる良識というものがわかりません」

加々見が二人のやり取りを楽しげに眺めているように桃子には見えた。

「良識、それはですねえ。半年ほど前のサプリに関しての特集のようなことにならないようにと。そういうことです」

深瀬は淀みない口調でゆっくりと言った。

「ほう、サプリの特集か、ちょっと、面白そうだな。どうせ、ハム子が何かしでかしたんだろう？　昔から、正義感ばっかり強くて、攻撃的で揉めるってのは変わってねんだろうな？　何があったんだい？」

下町で育つという環境は特殊なのか、加々見と並木はどこか似たような考え方をしているように桃子は感じていた。

「良識の範囲内のこと。サプリをどのような組み合わせで飲めばいいのか、いま、一番オシャレなサプリは何か、とかの特集で変わったものではないはずよ」

並木が嘘を吐《つ》いた、いや、嘘というより問題になったことを言わなかった。深瀬を見るが、深瀬は表情を変えていない。

「ねえちゃん、どうした？　動揺してるみてえだな。他にあるんだろう、話してみなよ」

加々見の興味津々《しんしん》の視線が桃子に向けられた。

「鋭いんですね、加々見先生。特集記事のひとつが、少し問題になりました。それは、健康のためのサプリの原材料とコストパフォーマンスの記事で……」

桃子の話の途中で加々見が愉快そうに笑い始めた。

「そりゃ駄目だろう！　大方、ヒアルロン酸ってのは、産業廃棄物になるタダ同然の豚の皮を煮込んだ汁でしかないから、コストパフォーマンスが云々とかやったんだろう？」

加々見の笑いは収まらない。

「当たりです。九州の健康食品の通販会社の女社長が激怒してスポンサーを降りるって問題にはなりましたが、どうにか収まりました」

桃子は並木の顔をちらっと見た。並木は平然としていた。

「健康食品通販なんて、タブーだらけだからな。そんな話を女性ファッション雑誌でやっちゃ駄目だろう」

「でも、加々見先生、その特集が翌月のアンケートでは一番好評だったのと、雑誌売り上げの数字も高かったんです」

桃子は言った。

「問題のあるサプリなんていっぱいある。効果がないんじゃなくて、問題なのは真っ当な値段を付けてねえってことだ。そんなこと誰でも知っていることだと思うんだが、あんたらの雑誌を読むような人たちは、知らないんだな。まあ、だから、健康食品通販の会社が雑誌に広告を打ってるってことだろうけどな。おっ、これが、まさに、目の前の二人の二律背反《にりつはいはん》ってことか」

加々見は並木と深瀬を交互に見た。並木は苦笑し、深瀬は微笑んで見せていた。

「先生、よくわかってらっしゃる、まさにそこが問題になったわけです」

深瀬が頷きながら加々見に向かって微笑んだ。

「おや、部長さん。俺は二律背反と言っただけで、何もあんたの側に付いたわけじゃねえよ。ハム子の暴走ぎみの正義感ってのもはた迷惑だろうけど、金の流れてくる側ばっかり見てる人間ってのにも反吐《へど》が出るな」

加々見も深瀬に微笑《ほほえ》み返したが、深瀬の顔からすっと笑みが消えた。

「それは、どういう意味でしょうか？」

深瀬から笑みは消えたが、まだ、静かな物言いだった。

「俺はねえ、TVをよく観るんだ。TVってのは世間を覗《のぞ》く窓みたいなもんで女の人の美醜の基準が変化してくのがよく分かる。それと、俺の作った作品が結構な数、画面に映ってるから手術の経過が確認出来る。ああ、そろそろこの娘は、メンテナンスに来るだろうな、とか、他の安い病院に乗り換えたな、とか分かるんだよ」

加々見が言うと、ラン丸が「安い病院はすぐわかんのよ」と言ってけらけらと笑った。

「それが何か関係があるんでしょうか？」

深瀬の顔が少し険《けわ》しくなったように見えた。

「まあ、聞きなよ。ぼんやりとロケ番組なんてのを眺めてると、妙なことに気付いたんだな。レポーターの後ろとか歩く通行人の顔にぼかしを入れるだろう？勝手に撮影してんだから、映り込んじまった人間の許可を取るのが面倒だから、ぼかし入れときゃ個人情報が何とかの文句はこないだろう、ってことだろうな。でもな、それが近頃じゃ、自動販売機とか画面の端に映ってるペットボトルとか缶ビールみてえなもんにぼかしを入れてある。これって、番組のスポンサーに気を遣《つか》ってぼかしてんだ。他メーカーのペットボトルが映っちゃまずいってな。結果、ぼかしだらけの汚らしい画面を視聴者は見せられることになる。これって嫌な気分になるだろう。民放のTV番組ってのは、スポンサーが金を出すから作れんだろうけど、やっぱり、視聴者のためにってのが大前提にないといけねえだろう。ペットボトルにぼかしなんて、視聴者のことなんて考えてませんよ、お金が流れてくる方のことばっかり見てますよ、と画面で現しているみてえだろう？そうは思わないかい、部長さん？」

「それは、そうでしょうが……、雑誌は、そうではないのでは？」

深瀬は困った顔だった。

「雑誌こそ、金の流れてくる方向ばっかり見ちゃ駄目だろう。読者ってのは金出して雑誌買ってんだから」

「しかし、スポンサーシステムがあるからこそ、雑誌は読者に低価格で提供出来るんです」

深瀬の声から柔らかさが消えてきた。

「提供？　妙な言い方だな。それじゃ夜中の通販番組か安物の広告代理店みてぇだぜ。雑誌は販売だろう」

加々見が言った通りで、深瀬の口癖で販売とは言わずに提供する、と言っていた記憶があった。

「言葉違いで誠に恥ずかしい限りです。先生をご立腹《りっぷく》させまして、誠に申し訳ございません」

深瀬は静かな声になり深く頭を下げた。

「そんなことで俺はご立腹なんてしねえよ。ただねえ、最初の取材の要望が、そこのねえちゃんからあった後に、そこのにいちゃんから、毎日のように電話だったな。患者が待合室にいっぱいになるような記事を作らせますから、是非、雑誌に広告を、ってな。あれはちょっと嫌な気分になったたな」

「それは部下の山本を監督する私の責任でございます。ただ、山本も、先生のお力になれれば、と思いまして、ご提案させて頂いたのでは、と思います」

深瀬は、今度はゆっくりと頭を下げて見せた。横で山本も深瀬に倣《なら》った。営業という職種には、いろいろな頭の下げ方や謝り方があるものだ、と桃子は感心してしまった。しかし、桃子には、そのどれもが心に響かない気もしてしまった。

「提案だと！　何言ってやがんだ、てめえ。広告代払って、提灯記事書いてもらって患者集めしなきゃいけねえような医療はやってねえんだよ、俺んとこは」

加々見の巻舌《まきじた》が激しくなった。深瀬と山本は直立不動の姿勢になった。

「あら懐かしいわねえ、下町の啖呵《たんか》なんて、久しぶりに聞いたわ」

並木が楽しそうに笑った。

「何だよ、ハム子。気勢を削《そ》ぐんじゃねえよ。面白かったのによ」

加々見は気が抜けたような声を出した。

「深瀬さん、山本君、ごめんなさいね。昔は啖呵切りたいだけで大して怒ってもないのに喧嘩吹っかけたりしてたわよね、若い男って。加々見先生はお爺さんなのに若いつもりになっただけなのよ」

並木は、まだ、楽しげだった。

「俺はまったく怒ってないな、ただ、ちょっと、部長さんの佇《たたず》まいが、よくTVに出てくるプロデューサーに似てたんでな。そいつは、物腰は柔らかいんだけど、隙のねえ感じで、裏返せば冷酷だろうなって奴でねえ」

「深瀬部長は、いま、加々見先生の言った通りの人ですよ。決して優しいだけのいい人じゃない。裏があってこそ人間、私は、この人のことを信頼しています。いい人そうに、優しそうに見せるために、植毛はするし、目付きを手術して変えたり、詐欺師の努力のようなものまでやってるんですから、偉いわよ、深瀬部長は」

並木はねめつけるように深瀬を見た。

山本が目を丸くして深瀬の頭と顔を見た。桃子も恐る恐るだが深瀬の顔に目をやった。怒り出すかと思ったが深瀬は口を真一文字に結んでいた。

「おい、ハム子。俺だって美容整形外科の端くれだ。入ってきた瞬間に分かったけれど、そういう風に言ってやるなよ」

加々見の後ろでラン丸が頷いていた。

「……そうね。詐欺師は言い過ぎでしたね。ごめんなさい」

並木は素直に謝った。この人もちゃんと話していれば、非を認めて謝ることもあるんだ、と桃子は驚いた。

「ばれてましたか……。おっしゃる通り、頭頂部を自毛植毛《じげしょくもう》の手術し、吊り目だった目を柔和な印象へと手術しています。他にもレーザーでシミの除去もやっていまして、恥ずかしい限りですね。いつかカミングアウトしたかったんですよ……」

深瀬は溜息《ためいき》を大きく漏らし、あっさりと認めた。

「恥ずかしいことなんて、これっぽっちもない。あんたが美容整形で作り上げたものは、プロフェッショナルツールみたいなもんだろう？」

「プロフェッショナルツールというと仕事していくための道具、武器みたいなことですか……」

深瀬は自嘲気味に笑っていた。

桃子は並木の視線を感じた。並木は大きく頷いて見せた。その頷きは、いろいろな方向へと飛んでいた話がやっと軌道修正されて美容整形の話になったんだ、と桃子に言っているようだった。

いままで、並木と接することで憂鬱になっていたのが、次第に氷解していくようだった。思い出していくと並木の言動には痛快ささえ感じた。並木の話し方は加々見の話す下町の喋りに通じていて、きついい方だが、嘘のない言葉たちだった。簡単に言えば、本音と建て前の本音がストレートにやってくるので、驚いて疎《うと》ましく感じてしまったのだろう。

現代には表面だけ優しい人間ばかりが多くなっている。深瀬のような人間だ。そんな人間とばかり接して来たが、その人たちの本音の部分は非道く恐ろしいものなのかも知れない。並木の本音はいつも表に出ていて裏はないと、と桃子は感じていた。

桃子は並木に向かって大きく頷いた。

「そう、あんたの美容整形は武器だよ。うちには映画のスクリーンに映る女優や4KのTVでアップになるタレントがいろいろと来るんだけれど、それらは超一級の武器を作る気持ちだね。あんたのもいい具合に出来てるから、いい医者にやってもらってるな。ちょっと見せてくれるかい？」

加々見は立ち上がって金属のへらのようなもの取り出すと、深瀬の髪を掻き分けて頭皮《とうひ》を覗いた。

「どうでしょう？　二〇年以上の付き合いのある病院です」

深瀬は、素直な患者のようになり、眼鏡をとると瞬《まばた》きして見せた。

「優秀だよ。女優とか、あんたみたいな人間の武器の場合に最も重要なのは、やり過ぎないってことだ。女優が整形してるなんてよくあることだ、でもね、スクリーンに大写しになったときに、あからさまに瞼の加工と変形が見えたら、観客は興醒《きょうざ》めしちまうだろう。やり過ぎたら駄目なんだ。４Kの解像度はすごすぎでね、メイクを透かしてまでも加工の後を浮き上がらせる。それになな目頭、目尻の切開は、化粧では隠せない。粘膜が見えてるからな。まあ、渋谷とかのギャルたちのメイクで粘膜埋めってのがあって、粘膜にまでアイラインを入れるのはあるけど、あれは特殊なメイクだからな。それでも切開して目の形を変えたいってときは、一ミリ単位の話になる。これ以上切ると違和感を覚える、でもここまでしか切らなかったら、効果はまるでない、という具合だな。あんたの目は、メイクは出来ないから苦労したみたいだが、いい出来だよ。黒縁《くろぶち》眼鏡は医者の助言かい？」

加々見は金属のへらを深瀬の瞼に当てた。

「そうです。これが自然に見えるだろうと、縁も金属ではない暗褐色《あんかっしょく》のもので、と言われました」

深瀬は眼鏡を掛けた。そう言われて見ると、眼鏡なしのときの深瀬の印象は、少し冷たそうに見えた。

「いい医者だ。植毛も同じ人間だな。カツラ、植毛、増毛とどれを取っても量が決めてだからな。あんたのは、いい塩梅《あんばい》にしてある。商売っけが先に立った病院や会社でカツラを作ると毛量ばっかり増やすからな。一本いくらって本数計算にしてあるのがいけねえよな。年とって禿げてきて悲しくなったところに、一〇代後半ぐらいの毛量に戻せば嬉しいだろうけど、髪の下の顔と毛量は合ってねえな。皺もあって弛《ゆる》んだ皮膚、眉毛が長目になって肌の色艶《いろつや》だって縒れちまってる。そこに一〇代のぴんぴんの毛髪の頭が載っかちまったら、ちぐはぐになるだろうよ。どんなに若作りして洋服を揃えても、皮膚の衰えや老化は、そうそう防げない。髪と皮膚の年代を合わせねえといけないよ。非道いのになると、おっさんが幼稚園の黄色い帽子を被《かぶ》ってるみてえなことになっちまう」

加々見は愉快そうに笑った。

「加々見先生、女優たちのプロフェッショナルツールとしての美容整形はやり過ぎないというのは、本当にそうですね。一般の子の場合は、どうなんでしょう?

スクリーンや4Kは関係ないですし、それこそ、虫眼鏡を持って確認しに来る人はいないでしょう。加々見先生、美容整形において一般の子の場合に重要なことは何でしょうね？」

植毛の話は、SeSの読者の興味は引けない、並木はうまく話を軌道修正した。

「以前に、一重《ひとえ》だった子が、ゴールデンウィーク明けに、白人みたいな大きな二重《ふたえ》になって出社してきたんですけど、あれってどうか、と思うんですけど」

桃子も並木に添って質問をした。

「白人は大きな二重ではないんだな。二重が最も大きく目頭から目尻へとくっきりと渡っているのは、インド系の人種だ。白人、所謂《いわゆる》、コーカソイドの特徴は、眉骨《まゆぼね》が高く発達し、眼球が奥に入り込んでいるということだ。どちらかと言えばコーカソイドは深い奥二重というものだ。君のは典型的な黄色人種、モンゴロイドの薄い二重と眉骨の高さだな。君の場合なら大きな二重に出来ないことはないが、これもやり過ぎるとちぐはぐになる」

加々見は桃子の眉毛に金属のへらを当てた。

「それは、骨格や目の形によって施術《せじゅつ》を変えないといけない、ということなんでしょうか？」

並木が身を乗り出した。

「そうだな。有名人の写真を持ってきて、こんな感じに、と言ってくる。出来ないこともないんだが、それをやるとあっちもこっちも変えてバランスを取らないと、写真には近付かない。医者は喜ぶよ、費用が嵩《かさ》むからな。このねえちゃんをニコール・キッドマンにするなら二千万も掛ければ出来ないこともない。でもな、それは違うな」

加々見は苦々しい顔で首を振った。

「加々見先生、それはニコール・キッドマンの美しさを手に入れたこととは違う、ということですよね？」

「よく言った、ハム子。そうなんだよ。うちは美容整形のクリニックだ。ここにはいろんな人間が美しさを求めてやってくる。大きな二重なら美人かと言えば、見るも無惨なインド人なんて山ほどいる。ニコール・キッドマンの人造マスクを被って美しいという人間はいないだろう。でも、そういう要望が多い。俺はそんな勘違いした人間たちを突撃ビューティフルと呼んでるんだな。美しさに向かって猪突猛進《ちょとつもうしん》してるってことだ。そういう人間に限って美しさというのがわかっていない」

「突撃ビューティフルか……いますね、そう言われるような人って。やっぱり自分に合った美しさを知るということが必要なんでしょうね。私がニコール・キッドマンになろうとするのは無謀だけれど、自分のライン上の近い人にならなれるから……」

桃子は言った。

「近かろうが遠かろうが、誰かになるというのは変身願望でしかない。自分のままで三割増ぐらい美しくなる、というのがいいんだな。それで満足が一〇〇％に近くなれば、俺の仕事は大成功ってことだ」

「それはとても難しいですよね。加々見先生としてはどうやって患者を満足させているんでしょうか？」

並木はインタビュアの顔になっていた。

「カウンセリングだな。当たり前のことだが、美容整形に置いて、最も必要なものがないがしろにされている。うちは電話相談も往診もやっている。俺はね、医者になったからには患者を治したいと思ってんだよ」

加々見は、少し照れながら言った。

「治したいとは、治療されていますよね？」

「まあ、そうだが、植木屋の家に生まれ、鋏好きになって、回り回って美容整形外科医になった。でもな、美容整形の手術ってのは治す作業じゃないんだ。患者は病気したり怪我《けが》したりしてない、いたって健康体でやってくる。でもな、突撃ビューティフルな人間に共通して痛んでる場所が一つだけある。それは心なんだな」

「心……悩んでやってくるんですものね、患者さんは」

並木は静かな声で言った。

「そうだよ。心を治すってのは大袈裟だが、美しさに関しての悩みを解決することで、三割増ぐらい美しさでも十分に納得出来るようになる。患者の心を治すことで、非道く身体を痛めつける施術を行わなくて済むんだ」

「それは、まさしく人を治しているんだと思いますよ、加々見先生」

並木は満足そうに桃子に視線を向けた。

「私も人を治しているんだと思いますねえ。私も自分自身の美醜に関して、少し、気が楽になりましたよ。ただ、加々見先生のような考えだと、何と言うか、儲けが少なくなるのでは、と思います。また、あんたは金の流れてくる方しか、と言われるでしょうが……」

深瀬は少し笑っていた。

「そんな心配は無用だよ。医者ってのは社会的にも税法上も優遇されてんだから

いいんだよ。しかも、美容整形は保険適用外の施術が多いから、あんたらの言う

コストパフォーマンスは抜群だからね。そんだけ金銭的に優遇されてんだから、

儲からないカウンセリングぐらいしないと、どうにも尻の座りが悪いってもんだ

ぜ」

加々見は快活に笑った。桃子は不思議な気持ちで加々見を見ていた。

深瀬が言ったように、桃子も加々見と話しているうちに、心を少しだけ治して

貰ったような気持ちになっていた。

第八章
一つ綺麗に一つ幸せに……加々見の場合
（シンメトリー）

「均衡（バランス）の最も完全、且つ単純な形は、均斉（シンメトリー）に於て現われる。」

午後の診察は二時から始まる。加々見《かがみ》は朽《く》ちた腹を撫《な》でながら睡魔と戦っていた。

看護師のラン丸が午後一の患者を診察室に招き入れた。

中年女性が顔を見せた。加々見は診察椅子を指し示した。

問診票には、田辺緑《みどり》四二歳、無職、既婚、子どもアリ、文京区のマンションに在住、二重瞼《ふたえまぶた》への施術《せじゅつ》を希望、と書かれてあった。緑はゲイの好む色である。

加々見は、ゲイの世界の住人であり、自宅ソファーセットは、深緑のイタリア製鞣《なめ》し革《がわ》で作られている。

加々見は、問診票と田辺緑の典型的な腫《は》れぼったい一重瞼《ひとえ》の顔を交互に見た。

最も多く美容整形クリニックを訪れる人間の瞼の形を緑はしていた。

加々見クリニックを銀座の外れに開いて、腫れぼったい一重瞼を様々な形の二重瞼に変える手術を、いったい何件執刀《しっとう》してきただろうか。

緑は黙ったまま加々見を睨《にら》み付けるようにして見ていた。緊張しているのだろう、専業主婦が整形するとなると、それは人生の中の一大決心なのだと思えた。

流行の洋服をまとっているわけでも、若作りのメイクをしているわけでもない。

緑からは、普段着のカーディガンを羽織り、商店街に夕餉《ゆうげ》の買い物に出かける姿が容易に想像出来た。

「緊張しないでいいんですよ。大丈夫ですから」

ラン丸は屈むと座っている緑の横から声を掛けた。看護師として患者に対してすこぶる正しい声の掛け方だが、角刈り――ラン丸が言うにはクルーカット――に白いホットパンツに裸足の姿ではよけいに緊張してしまうだろう。緑の鋭い視線は変わらなかった。

「二重瞼の施術には、様々な形があるんですよ」

加々見は問診票を見て、緑に向かって視線を移した。緑の緊張したような堅い視線は変わらず、口を一文字に結んでいるだけだった。

日本における美容整形は、二重瞼施術に始まって二重瞼施術に終わる。瞼の脂肪吸引から糸の埋没法、切開法と目の形の応じた手術が様々あり、メスを使わないプチ整形まである。さしずめ、緑の場合は脂肪吸引を基本にし、どんな形の二重瞼にするかで施術の方法を変えていくことになるだろう。

「どんな形の二重瞼にしますか？」

加々見が言い、ラン丸が二重瞼の手術例を描いたイラストを緑に差し出した。

緑は少しだけイラストに目を落としたが、一言も喋ろうとはしなかった。

二重瞼の形も様々にある。重なりが目頭《めがしら》から始まり目尻《めじり》に向かって広がる二重、重なりが目の上の部分と平行に進んでいく二重など、その形によって印象は変わる。近頃の流行はコーカサイド系の西洋人に見えるような重なりの間隔が広く平行に進むものだった。そして、元々二重瞼であっても、その形を変える手術も多く、近頃では、若い女性だけでなく老若男女が二重瞼への整形手術を受けるようになった。

「さて、どんな感じにしますかねえ……」

加々見は呟《つぶや》くように言った。腫れぼったい一重瞼に劣等感を覚える人間が増えてしまったのは、いつの時代からなのか、と加々見は緑の目に視線を合わせた。

ラン丸が二重瞼のイラストを指し示しながら説明を始めた。

加々見は、緑がイラストに視線を落とした姿を眺めていた。瞼は腫れぼったく、眉間《みけん》より前に出ているように見えた。

加々見はどこか懐かしい気持ちになった。

昔に遺伝の本で読んだ森の話を思い出していた。それは、何故、人間は森の中で迷ってしまうのか、という話だった。山に詳しい人間でも、たまに、迷ってしまうのは、人間の脳が記憶してきたものが作用しているということらしい。

人間の脳には、森の中の風景が大量に記憶されている。重なりあい蓄積された森の風景が、目の前の森の風景に作用してしまう。しかも、その蓄積された森の記憶には、ＤＮＡによって受け継がれてきた太古のものまでもが含まれている可能性もあるのではないか、ということだった。それは大量の森の記憶、雑木林は太古の原生林と変わりはなく、脳は、目の前の森の風景が昔に見たことがあるような気持ちにさせる。そして、いま自分がどこにいるか分からなくなって迷ってしまう。

目の前にある緑の腫れぼったい一重瞼の顔は、どこかで見たことがあるような気持ちさえした。たぶん、何件も執刀してきた末に、腫れぼったい一重瞼の顔の記憶が蓄積されて、どこか懐かしいような、どこかで会ったことがあるような気持ちにさせているのだろう。人間の記憶など簡単に変質してしまうものだ、と加々見は思っていた。

緑はラン丸の説明に小さく頷《うなず》いている。少し頬骨が張り、顔に脂肪が付きやすい体質なのか、身体は太ってはいないのに、顔が丸く見え、腫れぼったい瞼と相まって扁平《へんぺい》な印象を与えている。この手の顔は、それこそ、何件も施術してきた。それは言い方を変えれば、この手の顔は、美容整形クリニックにとっては、お得意様であり、最も効果の出やすい顔であるとも言えた。

ラン丸の説明に無言で頷くだけの緑は、ときたま、探るように視線を加々見に向けてきていた。

「さて、どのような二重瞼を選びましたか？」

加々見は訊《き》いた。緑は目頭から目尻まで広い平行線で進む二重を選んで指した。いまの緑と最も遠い西洋風な目の形だった。

「これね……。人の顔というのは、バランスがとても大事なんですよ。目の場合は、目と鼻、目と頬骨、瞼と眉骨《まゆぼね》というように近い部位と繋《つな》がりを考えた方が自然な仕上がりになります。この目の形なら、他の部分も手を加えた方が違和感はなくなると思います。ただ、鼻とセットで手術して、と利益だけを考えてお勧めしているのではありません。自然なバランスを最重要に考えてのことです」

扁平な顔に大きな二重瞼の東洋人がいないわけではないが、やはり、メスで切開して作る瞼の形は、バランスを崩しやすい。

「例えば、他は、何をするといいんでしょうか？」

緑が、やっと口を開いた。

「頬骨を削るというのがあります。それと目頭《めがしら》の切開も目の形は良くなります。ただ、その場合は、鼻を高くした方がバランス的には自然でしょう。眉骨を高くする、というのもありますが、これは頬骨を削った後ですね。ただ、すべてをやっていくと目を中心としたバランスは良くなりますが、やり過ぎるといままでの面影が消え過ぎてしまう可能性が出てきますね」

口には出さなかったが、新しい人生を送るくらいの気持ちがないと、大きく、それも美しく変わってしまった顔に押し潰《つぶ》されてしまう。

緑は小さく頷いていた。

「ここで整形をすると、こんな顔になりますか？」

緑はハンドバッグを開けると、そこから一枚のカラー写真を取り出した。写真は古いもので色は褪《あ》せていた。小学校の入学式の写真のようで、校門の前で入学を迎えた女の子と母親が映っていた。

加々見は写真を手に取った。

「そういうことか……」

加々見は緑の顔をまじまじと見た。奇妙な感情の揺れの理由がわかったようだった。

緑は真っ直《す》ぐに加々見の目を見て言った。ラン丸から気の抜けたような声が漏れた。

「父ですよね」

「緑か……何年振りかな」

加々見は頷きながら言った。

「嘘！　何で、何で！　先生、どういうこと！」

ラン丸が叫んだ。

緑が四歳のときに加々見は妻の誠子《せいこ》と離婚して家を出た。それ以来、緑とは会っていない。三六年ぶりの再会となった。

加々見は、四〇歳の緑の顔の中から別れた頃の顔を探していた。ふと、懐かしい匂いが鼻の奥に香ったような気がした。

一九七八年、加々見雄三、三〇歳。じりじり、いらいらとしていた。もうずっとだった。結婚して子どもが出来て三年目、もう、じりじり、いらいらは加々見の頭の中に充満し、鼻や耳、口、そして毛穴からも噴き出してしまいそうだった。

四谷のマンションのリビング、夕食を終えた加々見はウィスキーを飲みながらＴＶを観ていた。画面の中では、キングダム・オブ・モラコウ（モロッコ）で性転換手術を受けたオカマが甲高《かんだか》い嬌声《きょうせい》を上げていた。その女っぽい裏声は、直ぐに野太い男の声に変わり、そして、画面から笑い声が上がる。ＴＶでのオカマの定番の使い方だった。

四歳の緑がＴＶから流れてくる笑い声に釣られて笑っている。元看護師の妻の誠子の笑い声もダイニングから響いてきた。

笑い声が疎《うと》ましかった。加々見はリモコンでチャンネルを変えた。緑は、不思議そうに加々見を見ていた。ＴＶのチャンネルがリモコンで変わることぐらいはわかっている。誠子は笑い声を引っ込めた。加々見はダイニングを振り返ると誠子は、さっと視線を逸《そ》らした。誠子は文句を言ったこともなければ、口答えをしたこともない。気を遣って黙って下を向いている誠子のことが、一段と疎ましく感じた。

「緑、おいで」

加々見が両手を開いて手招きをすると、緑は笑顔になって飛び込んできた。高い高いをするとずっしりと重くなったのを感じる。

緑は四歳になったが、まだ、赤ん坊の匂いがした。この匂いには、人間を動かす力がある。この匂いを嗅《か》いでいると、緑のためにならば何でもやってやろうという気がしてくる。赤ん坊の匂いは、まだ自力で生きることの出来ない生き物に与えられた生き残るための武器のようなものなのだろう。

加々見は、柔らかい緑の身体を強く抱いた。緑の匂いが絞り出されてくるようで濃く香った。頭の中のじりじりが増していく。加々見は緑を床にそっと降ろした。

加々見は、匂いを引き剥《は》がすように浴室に向かった。頭から熱いシャワーを浴びた。まだ、鼻の奥に緑の匂いが残っていた。

ベッドの上にスーツの上着を広げる。チョークストライプの生地に合ったシャツを選び上着の横に並んで広げた。カフスボタン、ネクタイ、柄が揃ったチーフをスーツの横に並べる。家から外に出るためのスーツを決め、身支度を調《ととの》えていくと気持ちが落ち着いてくる。加々見にとっては完璧な紳士を作る儀式だった。

四谷のマンションからタクシーで一五分、新宿二丁目の奥まった雑居ビルのバーのカウンターに加々見は座った。店の名前は『躾《しつけ》』、左隣の店は『バー男子寮』、右隣は『会員制のポプラ並木』と風変わりな名前の店が並んでいる。新宿二丁目ゲイタウンのディープと呼ばれるこの界隈《かいわい》では、男でも女でもノーマルな性嗜好《しこう》を持つ人間の姿はない。

「また、居づらくて、家を出てきましたか……」

躾のマスターである古河《ふるかわ》が、ウィスキーと塩豆を加々見の前に置いた。古河は明治生まれで、自分のことを男色家だと紹介する男だった。

「贅沢《ぜいたく》な話だとはわかっているんですけどね」

加々見は苦笑してウィスキーのグラスを掴んだ。

「一八歳で医学部に合格し、それでも一生食いっぱぐれのない職業を決めて、四谷のマンションで嫁と娘との幸せな家庭、何の不自由もない人も羨《うらや》む三〇歳の青年外科医か……。世間から見れば、まったくもって贅沢な野郎なんだと思うね」

古河は言った。

「人間の悩みの九九％は金がないことで、残りの一％は金があり過ぎること、なんていうらしいけれど、俺はその一〇〇％に入っていないんですよね」

加々見はウィスキーを呷《あお》った。

「まあ、そうだねえ。ゲイというものは、ＤＮＡに刻まれたマイノリティとしての記憶ってことでしょう。こればかりは、お金があるからって解消出来たりするものではないと思うよ」

「このまま一生、じりじりし続けるんでしょうね」

加々見はウィスキーを飲み干した。

「加々見ちゃん、あんたが結婚なんか、するからだろう？　真っ当な職業に就《つ》いているゲイには多いけど、目一杯、幸せだ、という話は聞いたことないねえ」

「まともな生き方、いや違うか……、人間は誰しも本当に生きているとは思えません。本当の自分を押し隠して、嘘の生き方をしているものでしょう、古河さん？」

「そうだろうけれど、やはり加々見ちゃんのは度が過ぎますねえ。一八歳で一生を決めちゃうというのは、やっぱり、人間として問題があるのかねえ。医者なんて、その最たるものでしょう。一八歳で医学部、二四歳で医師免許、もう一生は政府と医師会の庇護《ひご》のもとに、税金は優遇されて高給のまま暮らせるんだから、国家公務員とかも免許だけど、官僚というのは、なかなか人間関係も大変そうで出世競争もあって激務だけど、田舎の町医者なんて、もう、それは薄ぼんやりと生きて一八歳の頃から精神構造なんて、変わってないようなもんじゃないのかねえ？　まあ、加々見ちゃんは、いろいろ考えて、じりじりしているだけ、自分に向き合っているとは思うけれどね」

古河は楽しげに笑っていた。

「出世とか、病院を大きくしようなんて野望さえ抱かなければ、それはのほほんと生きられます。医学研究とか無医村で地域医療を、なんて青春な夢を思い浮かべたこともありますが、無医村に独身の医者が勤務すると、お見合いの話が嵐のようにやってきて困るそうです」

「それは困るねえ」

古河が笑い、加々見も笑ってしまった。

「面倒事を回避したいからこそ、目立たない生活をと思ったんですけど、大きな病院の勤務医だと病院内で目立ち過ぎるんですね」

「加々見ちゃん。もう諦めてクロゼットから出てくるというのは？」

古河は新しいウィスキーを加々見の前に差し出した。

「クロゼット？　どういうことですか？」

「西海岸じゃ、隠れゲイのことをイン・クロゼットっていうらしい、箪笥《たんす》の中に隠れたままってこと。クロゼットから出てみるのも……」

「ゲイであることを告白する？　それはきついな……、もし俺がオネエだったとしたら、職業を変えて出来なくはないんですけど」

加々見は驚きの声を上げた。

「……オネエならコンプレックスの場所が外に出ているからね」

古河は溜息《ためいき》を吐《つ》いた。

加々見には古河の溜息の意味がよくわかった。ゲイであることは大きなコンプレックスである。好きでなったわけでもなく、生まれつきの体質のようなものであり、改善することも出来ない。

加々見や古河は、自分を女として、男を好きになりたい、という性同一性障害は有していない。女の性を持ちたい、女性として見られたい、自分は女だ、というコンプレックスは外に出てしまうことが多い。それなら逆手《さかて》を取って女装し、仕事にしていくのは、オネエには出来ることだった。しかし、加々見も古河も、男の格好で男らしく生きたく、性的嗜好が男であるゲイの場合は、コンプレックスは内に存在し、偽装することで隠れることが出来た。

「だったら、しがらみのない町医者にでもなれば？　告白したって、面倒じゃないと思うけど」

「それは、いいなあ。いっそのこと、大きな声で告白出来れば楽になるんですけどね。そうなるとうちの奥さんにどう申し開きすればいいのか、分からない」

加々見は誠子の顔を思い浮かべた。結婚をするとき、性格第一で考えた。結婚は偽装するためであり、誠子には申し訳ない気持ちしかなかった。

「……私が言うのも何なんだけど、奥さんのこと考えたら辛くなるねえ。勿論、加々見ちゃんがゲイってこと知らないんだよね？」

「知らないですね……」

「子どもは可愛い？」

「堪《たま》らないですね……。幼児は可愛がられるためにある生き物ですから、機能美さえ感じますよ」

加々見の鼻の奥にふわりと緑を抱いたときの匂いがした。

加々見の背中の中心、肩甲骨《けんこうこつ》と肩甲骨の間には、直径一〇センチの白金のリングが背骨に沿って等間隔に八個並んでいた。これは戒《いまし》めのリング、ディシプリンのリングと加々見が呼んでいるものだった。ディシプリンは、真っ当に生きているほとんどの人間が理解することのないだろうマイノリティな嗜好のことである。

ディシプリンは、強制、躾《しつけ》、切開、切断、縫合《ほうごう》、焼灼《しょうしゃく》などによって身体を改造する嗜好である。身体中にピアスやタトゥーを入れ、舌を蛇のようにしたり、シリコンを埋め込んで角を作ったり、身体を改造して自分以外の何者かに変身しようとする人間の思考がディシプリンの一例である。

しかし、加々見の場合は、身体の表面の他者に見える部分に器具等を使用し身体損傷して改造するのではなく、ストイックで精神的な強制による自己改造で、『完璧なる紳士』になることを目指すというものだった。

加々見が求めるものは、身体に合った仕立ての隙のないスーツ、磨き上げた革靴に、整髪した頭、シンメトリーな結び目のネクタイ、真っ白でアイロンの掛かったハンカチ、体重と体型の管理と、それは過剰なまで作り上げられた紳士として生きることを自らに強制する。そして、背中には戒めのリングを嵌《は》め込んでいる。限られた人間しかリングの存在を知らない。

最初のリングは、緑が生まれて半年後に嵌められ、それ以来、誠子に裸を見せたこともなければ、身体を重ね合わすこともなかった。

「リングが増えるか……可能性はあり得るな。そんときは古さん、また、頼むよ」

背中のリングは、自分では嵌めることは出来ない。いまあるものは、古河の手によって嵌められたものだった。古河もディシプリンの嗜好を持っていた。古河は加々見と種類は少し違うディシプリンで二人でプレイをすることはなかった。

「いつでも、どうぞ。でも、ゲイとディシプリン、お互い二重苦ですねえ」

「俺の場合は、家庭を持ってしまったという自責の念もあって三重苦だな」

「三重苦か……、でもどこか、その苦に向かって擦《す》り寄って行ってるのが、ディシプリンの癖というか性分なんだろうね」

「じりじりするのは、全部自分のせいだな。まったく、阿呆なことばかりしていて嫌《いや》になる」

「面倒な人だね。ゲイは先天的に決まっていて、ディシプリンは後天的になってしまった。そして、医者って職業は一八歳で決めちゃって一生もの。加々見雄三、三〇歳、青年外科医、勝手にひとりでもがいているんだから、本当に面倒臭い人ですよ。自分で自分を躾てるようなもん、結局、楽しんでるんだろうけど」

古河はそう言うと、乾いた笑いを漏らした。ほとんど固形物を摂《と》らずスープと生の玉子とアルコールだけを身体に入れている古河はがりがりに痩せている。

四〇歳の緑に強い目で睨み付けられている。加々見は、自分と別れていた時間、この子は、どんなものを見てきたのだろうか、と思った。

「お母さんが亡くなりました」

すっと息を吐くと、緑はそう告げた。ラン丸は、もう、声を上げず、神妙な顔になっていた。

「……そうか、いつのことだ？」

「四十九日《しじゅうくにち》の法要《ほうよう》を済ませました」

「葬儀に行かれなくて申し訳ない」

加々見は頭を下げた。元妻の住所も電話番号も加々見は知らなかった。

「連絡していないから、しょうがないです」

「死因はなんだったのかな？」

「大腸ガンでした。二年間入院治療して亡くなりました」

緑は強い目のままだった。誠子の享年《きょうねん》は七〇歳になる、日本女性の平均寿命からすると、少し短い寿命だった。誠子が二八歳のとき離婚し、最後に連絡を取ったのは、誠子が三〇歳になるかならないかの頃だった。緑の養育費をもう送金しなくてもいい、という手紙が最後だった。理由は誠子の再婚だった。再婚相手のことは、電算機メーカーのサラリーマンとだけ書いてあった。

加々見が、総合病院に勤務しながら、新宿区にある美容整形クリニックに土曜日と日曜日に非常勤医師として勤めるようになって一年になった。古河のいうところのしがらみのない町医者になるために美容整形の技術を修得し、クリニックを開業しようとしていた。しかし、古河の言っていたのは、診療室に座っていれば地域住民が患者としてやってくる田舎の町医者であって、二三区内の美容整形クリニックは、生存競争も激しく薄ぼんやりとなどしてられそうにはないようだった。

緑は幼稚園に入園した。誠子は専業主婦で緑とべったり貼り付いた生活を送っていた。加々見は、夜間勤務を入れたという名目で週に何度も外泊をするようになった。週末も帰るのは夜遅かった。

加々見はリビングでウィスキーを飲む。緑が起きている時間は、加々見の座ったソファーの横で遊び、誠子は台所で家事をしていた。

元々大人しかった誠子は、より無口になり、家庭の中では緑のあどけない声だけが響いていた。その声は、加々見のじりじりする気持ちを少しだけ抑えてくれた。

本来の居場所ではない場所を自分で作り上げ、自分でそこに身体を押し込めている。まったく馬鹿らしい限りだった。愚行と呼べるものなのだろう。人を大きく傷つける可能性を孕《はら》んでいることを感じながら、ウィスキーを飲み続けている。

家庭が苦痛でしかなかった。しかし、自分の都合で作り上げた家庭であり、自分が守るべきものでもあった。

「お父さん、お父さん。緑、お母さんが一番好き」

屈託のない顔で加々見を見上げた。加々見はウィスキーのグラスを置いて、緑を膝の上に乗せた。

「じゃあ、二番目はお父さんかな?」

加々見は笑顔になった。幼児の笑顔は大人の笑顔を誘い込む。

「違う。イッキュウさん!」

緑は顔を近付けた。

ダイニングの誠子に声を掛けた。

「あなた、知らないの？　ＴＶでアニメをやっているのよ」

誠子は楽しげな声を出している。緑も一休さん、一休さんと楽しげに声を上げていた。

「誠子、イッキュウさんって、あのお坊さんの一休さんか？　坊さんを漫画にしているのか……いろいろなことするんだな」

加々見も楽しげな声を出そうとしたが、頭の中にあるじりじりが、それを抑え込んでしまった。

家族の幸せな時間を感じ、そして、それを拒否している自分がいた。加々見は緑を膝から降ろしリビングを出た。

スーツをベッドに並べる。マイノリティの世界へと向かう準備を始めた。非道《ひど》いことをしている。そんなことはよくわかっている。もっと、非道いことをしてしまいそうで、加々見は恐かった。

「俺を探したのか？」

加々見は緑に向かって言った。

「物心付いた頃には、もう、新しいお父さんを本当のお父さんだと思っていました。それに、あなたの記憶も全くなくて、写真も無かったから、存在していたことを認識してませんでした」

緑は言った。

「どうして急に?」

加々見は、そのまま自分は君の中で存在しないままで良かったのでは、と言う言葉を飲み込んでいた。

「母が死ぬ前、入院中の三か月ぐらい錯乱状態に陥《おちい》りました。そのとき、あなたのことを話していたんです。それでいろいろと知りました」

緑は冷静な声で話していたが、錯乱状態の元妻の口から自分のことを思い出として話されたとしたら、それは背筋が寒くなるような気分に陥る。

「内容はあまり聞きたくないな……」

「私だって嫌でした。何故かわかりませんが、母は、あなたと暮らしていた頃に気持ちが戻ることもあったようでした。あなたが外科医だったこと、そのあとに美容整形外科医になって、このクリニックを開いたことも初めて聞きました」

「そうか……苦労かけたな。申し訳ないと思っている」

加々見は頭を下げた。

「あなたに、謝って貰いたくてここに来たわけではありません。苦労も何も、あなたの存在を知らなかったんですから」

「そうか……そういうことか」

四歳で緑と別れ、それから一度も会っていない。しかし、緑を前にすると、遠い昔の記憶の中から、幼児だった緑の笑顔が薄《うっす》らと滲《にじ》みあがってきた。胸の奥が締め付けられ痛んだ。謝らなくてもいい、と緑は言うが、申し訳ない気持ちでいっぱいだった。

緑がどのような青春期を送り生きてきたのか、まるで知らない。緑に対する気持ちは心の奥底に仕舞い込んだまま。加々見はマイノリティの生き方をしてきた。子どもに対して何と責任感のない阿呆な生き方だったのだろう。

「今日は、あなたに文句を言いに来たわけではありません」

「そうか……」

加々見がそう言うと、

「先生は、さっきから、そうか、とばかり言ってますよ」

ラン丸がけたたましく笑った。

「二重への施術だったな」

「母の目と同じにしてください。あなたが母の目をやったんでしょう？」

「それは誠子から聞いたのか？」

「いいえ、あなたの顔を確認して、母の目は整形したものなんだと判りました」

「……どういうことなんだろう？」

「母は大きく綺麗な二重瞼をしてました。父は、九州出身で、南方系の顔をしていたんで、くっきりした二重の目だったんです。私だけ、腫れぼったい瞼だったんです」

緑は、初めて人にそんなことを話しているんだろう、と加々見は思った。

「家族の中で、一人だけ、というのはよくあるんだけどね。二重瞼、と一重瞼の違いは、瞼を目に掛かるカーテンだと考えるとわかりやすい」

加々見は整形医の顔になり、カルテの紙を裏返して目と瞼の絵を描いた。

「……カーテンですか」

「そう、ただ、家の窓用に横に引くんでなく、舞台の緞帳《どんちょう》を上げるような形だと思えばいいかな」

「はあ……」

「緞帳を引き上げるときに、それを、一本のロープで引き上げるか、二本のロープで引き上げるかで変わる。瞼の中に、引き上げるロープのような繊維質が人間には備わっているけれど、それが一本の人間と二本の人間とで一重瞼と二重瞼が変わるんだね」

「そうなんですか」

「瞼を引き上げるロープは、コーカサイド、所謂《いわゆる》、白人種は二本、モンゴロイド系は一本、二本だと瞼を折り畳んで引き上げるから二重、一本だとそのままなので瞼は奥に入り込んで一重になる。ということ」

「私は？」

「一本だろうね。ただ、瞼の中に二本あるけれど、腫れぼったい瞼の遺伝子を受け継いでいると、一重になる。そして、歳をとって顔の脂肪が落ちるタイプの場合は、急に瞼が痩せて、奥にあった二本のロープで引き上げて二重になったりする。日本人というのは、狭間《はざま》にいるからね」

「私は？」

加々見は、金属へらを緑の瞼に当てた。

「一本かな……。お母さんと一緒なんだろう」

「あなたは大きな二重……、だから、母の目を整形したんですか？」

「……そう、思うのかね？」

「そんな気がします……というか、そう思います」

「わかった。お母さんと同じやり方にしよう」

加々見がそう言って初診のカウンセリングは終わった。

「わかんねえんだよ、何か訊きたいんだろうけど」

バー『鮏』のカウンターに座った加々見は古河に言った。古河は先代のオーナーの息子だが、血縁関係はなく養子縁組での親子で、店では二代目と呼ばれていた。

「本当に娘なの？ 騙《だま》されてんじゃないの？ 責めたりもしないって怪しいわよ」

二代目古河は先代と違っておねえっけがあり、女装こそしてはいないが、薄らと化粧をしていた。

「何で騙すんだよ。まあ、施術代はただにしてやるとは言ったけどな」

「ほらね。整形って保険証要らないんでしょう？ 偽モンよ、それ！」

二代目は笑った。

「三代はどう思うよ？」

加々見は、カウンターに並んでいる三代と呼ばれる古河の息子に訊いた。ここも血族ではなく養子縁組の親子だった。

「私にはわかりかねます……」

三代は無口で、スタイルとしては先代に近く、かっちりしたスーツ、胸にネクタイと同色のチーフを刺している。客たちから三代は、血縁のない隔世遺伝と呼ばれていた。

「まあ、そう言うと思ってたけどな。我関せずか……」

「この子は、そんな話、どうでもいいのよ。でも加々見ちゃん、どうせなら、血液検査とかしたら？　病気予防で血液とるんでしょう？　それで親子関係のDNA鑑定してみたら？」

「どうした？　嫌にこだわるね。俺は、何百人の患者の瞼を見てきたけど、あれは俺の記憶の中にある娘の瞼なんだけどな……」

加々見は言った。

「そんな、ジジイの三〇年以上前の記憶なんて当てになんないわよ！　いろんなもん買わされたするのよ、それ！　オレオレ詐欺の新しい手合いよ！」

「うーーん。言えてる。反論は出来ねえなあ」

加々見は思わず笑ってしまっていた。年を取って、四歳の頃に別れた娘の面影を感じるなんてことは、年寄りの驕《おご》りなんだろう、と思ってしまった。

「ラン丸、これをちょっとDNA検査に出してくれるか？」

加々見は前日に採血した緑のサンプルを差し出した。

「あれ？　これって先生の娘さんの？」

「そうだ。念のためにな……」

「ひどーーい、信用してなかったの？　自分の血をわけた娘でしょう？」

ラン丸は怒った顔で飛び跳《は》ねた。

「それを知るための検査だ」

加々見は憮然《ぶぜん》として採血のサンプルをラン丸に押し付けた。

「先生、こわーい！」

ラン丸はサンプルを胸で受け取った。

「加々見ちゃん、結果はどうだったの？」

古河が訊いてきた。興味津々《しんしん》の顔だった。

「そんなに早くは出ない、明日の施術の前か後ってところだろうな」

「えええ！　そんなんでいいの？　もしインチキな娘だったらどうすんのよ？　手術を延期したら、加々見ちゃん！」

「まあ、いいんじゃねえか？　そんときはそんときだな」

加々見は笑ってみせた。


緑は鏡に映った自分を見ていた。風呂上がりの裸の上半身、萎《しな》び始めた乳房と縒《よ》れてきた顔の肌質、緑は瞼に指を当てた。ふっくらと脂肪の乗った瞼の奥の方に黒目の堅い感触があった。

指に力を入れる。指先が眼球の上を滑るように奥に進んだ。指をそっと離す、鏡の中の自分の顔に母親の目が一つ出来上がった。

鏡の中の緑は強張《こわば》った顔をしていた。母に会えた懐かしさではないのだろう、チグハグな顔がおかしく見えたからだった。緑は、また指を瞼の中に滑り込ませた。両目が大きな二重になった。たったこんなことで、違う自分の顔がそこにはあった。

ずっと自分の顔が嫌だった。やっと、自分の顔から離れることが出来る。緑は、鏡の中にある大きな二重の自分に向かって微笑《ほほえ》みかけた

ぷるんと微《かす》かな音がしたような気がして、瞼はふくらんだ一重に戻った。

DNA判定の葉書は届いていない。緑は到着していて、待合室に入っていた。古河の話が頭を過《よぎ》っていた。そんなことないだろう、と思ってはいるのだが、妙に気になってしまっていた。娘というキーワードが入ると胸がざわついてしまう。

「ラン丸、葉書来てないか見てきてくれ」

「また？　先生、自分で見てきてよ！」

ラン丸にいじわるそうに言われ、クリニックを出てエントランスの郵便受けに向かった。我ながらびびっている、と加々見は苦笑していた。郵便受けを見るが、不動産のチラシばかりで、郵便物は届いていなかった。チラシをゴミ箱へ捨ててクリニックへと戻った。

「先生、あった？」

ラン丸が半笑いで訊いてきた。

「来てねえってんだ！」

荒い下町言葉が出た。加々見は施術の準備のために手術室に入った。ココは手術室にはいない。加々見は、苛《いら》つきながら滅菌された道具を揃えていた。頭の中に四歳の緑の顔が浮かんでいる。間違いはないはずだ、と思うが、古河の「四〇年も前のジジイの記憶」という声と笑いも蘇《よみがえ》った。

「先生、そろそろですよ」

ラン丸が手術室を覗《のぞ》いて言った。加々見は頷いてみせた。娘であろうがなかろうが施術はしよう、そして、娘を騙《かた》った偽物だったなら、割り増しの施術料を請求してやればいい。今回は、瞼の施術、難しいものではない。しかし、妙な苛つきは、そんなところからも来ているような気がした。

手術台に寝ている緑の顔を眺めた。化粧を落として目を閉じている顔は幼く見えた。加々見はそこに、四歳の緑の顔を重ねようとした。緊急異変に備えて点滴を射つためにラン丸が緑の腕を持った。

献血の針が刺さると緑は眉間に皺《しわ》を寄せた。そして、頭の中で子どもの泣き声が響いた。記憶の中の四歳の緑と重なった。これは俺の子だ……。

瞼付近に局所麻酔を射つ。そのとき、手術室のドアが開き、ココが顔を見せた。手に封書を持ちひらひらとさせている。加々見は頷いて見せた。ココは封書を開けて書類を出した。ココが笑顔になり、ＯＫマークを指で作り、加々見にだけ聞こえるような掠《かす》れた声で「九九％」と何度も言った。

加々見はメスを握ると緑に向き直った。まさしく四歳の緑の顔がそこにあった。四〇年前に仕舞《しま》い込んでいた緑の姿が溢れ出てきた。

この子とずっと一緒にいたかったんだと、思えた。単純に、子どもの匂い、柔らかさ、屈託のなさを抱きしめる喜びがあったのだろう。当たり前のことだ。子どもを育てる喜びは、本能に備わっているはずだが、それを無理矢理押さえ込んでいた。

「……先生、先生」

遠くから声が聞こえた。顔を上げるとラン丸が不思議そうに見ていた。

「ああ……うん」

加々見はメスを持ち直した。瞼にメスの刃先が着いた。しかし、手は動かない。

「……先生？」

ランマルが心配そうな声を出した。メスは動かない。加々見は一旦メスを外《はず》した。

「ラン丸……メスを変えてくれ」

ラン丸は、安心させるように緑の耳元で声を掛け、新しいメスを取りに行った。

「緊張してるか？」

加々見は緑に言った。

「少しだけ……でも、大丈夫」

緑は目を閉じたまま言った。

加々見の脳裏にある習わしがあったことが浮かんだ。医者は血の繋がった肉親の手術はしない、ということだった。

特に自分の子どもなどの場合は、必要以上に緊張し、メスの動きに影響する、と言われていた。命に関わるような手術の場合は、他の医師に頼んで執刀してもらうのが習わしだった。

まさか、自分がと思った。そんな習わしなど忘れていたぐらいだから、こんなことになるとは思ってもいなかった。加々見は強張りを解《ほぐ》すように首を回した。

ラン丸が新しいメスをステンレストレーに載せて持ってきた。加々見は手を伸ばした。金属の擦《こす》れる乾いた音がした。

「始めるかな……」

加々見は努めて低い声を出した。ゆっくりと瞼にメスを付けた。また、四歳の頃の緑の顔が浮かんだ。残酷なことをしている気持ちになった。やはり、メスは動かない。二重瞼の手術は美容整形手術の中で最もポピュラーなものだが、最も難しい手術でもある。眼瞼挙筋《がんけんきょきん》という薄く繊細な筋肉にメスを入れ、運動機能を失わせてはいけない。エラを削って細くする、鼻にプロテーゼを入れて高くするというような、見た目だけでのものはなく、瞼の運動機能を変化させせなければならない。しかも、両目の瞼を同じ動きにすることが必須である。

「うーん、申し訳ない。今日の施術は中止にしたいんだが……」

加々見は言った。

「……どういうことですか？」

緑は局所麻酔を打たれているので目は開かず、少し頬が動いたくらいだった。

「それはな、娘だと実感してしまったからだな……。外科医は、肉親の身体にメスを入れない習わしがある。緊張で手許《てもと》が狂ってしまうことがあるからな。日を改めて、知り合いの整形外科医に頼むことにしようと思う」

加々見はトレーにメスを置いた。

「……娘だと認めてくれたんですか……」

「娘の顔にメスというのが残酷に感じてしまった」

「そうなんですか……でも、私はあなたに手術をしてもらいたいんです」

「若くてちゃんとした技術を持った医者に頼むよ。俺みたいなジジイより、正確な施術になるだろうな」

加々見は右手の筋肉を揉《も》みながら笑った。

「そうじゃないんです。私は母と同じ目にして欲しいんです。あなたが手術したのなら、あなたが一番じゃないんですか？」

「それは……間違ってはいないな」

「母の手術が可能だったなら娘だって……」

「いや、血の繋がりを俺はいたく感じてしまったんだな……」

「それは娘に対する愛情ということですか？」

緑の両目が薄らと半開きになって痙攣《けいれん》した。ラン丸の困った視線を加々見は感じた。

「そういうことかな」

「離婚したんでしょう。それは母に愛情を感じなかったからですか？　でも、結局は娘のことも捨てたということじゃないんですか？　それをいまさら」

緑の目が見開かれ、下から加々見を見つめた。

「ああ、至極《しごく》、真っ当な意見だな……」

加々見は緑の目を見ていていた。加々見は何も言い返せなかった。

「私……離婚するんです。だから、母と同じ目になって新しい生き方のために、と思ってました」

「そうなのか……」

「離婚は私が原因のように思います。夫は、真面目なサラリーマン、浮気なんてまったくです。ただ、私が一人、そりが合わないと感じ続けていたんです。母とあなたの離婚の本当の原因を知りません。もしかして離婚は母が原因だったんでしょうか？　私……何か離婚する遺伝のようなものを私が受け継いでいるんじゃないかと、思ってるんです」

緑はゆっくりと身体を起こした。ラン丸が緑の身体に手を添えた。

「うーん、いろいろ考えたんだな、悪かった。施術しよう。四〇年も放っといた人間が、愛情だのなんだの言ってんのは、ちゃんちゃらおかしいな。すまんね。ラン丸、局所麻酔、さっきの三分の一追加で施術を始めるしかないな」

加々見が言うと、ラン丸が嬉しそうな声で返事をした。

加々見は、どうにか、緑の瞼を切開した。自分の身を切られる思いだった。少し手が震えそうになるのを抑えていた。

いつもの施術、毎日のようにやるルーティンワークと思いながらも、誠子の施術が頭を過《よぎ》っていた。メスを入れているのは、四歳の頃の緑の顔だった。自分の身勝手なことで仕出かしたことへの決着をつけさせられている気分だった。

指先の震えは止まり、瞼は切開され、施術は進んでいった。ラン丸の心配そうな顔が年寄り扱いされたようで鬱陶《うっとう》しく感じたが、仕方のないことだと思えた。

これほどまでに心のざわついた施術は初めてのことだったが、四〇分と少しで、施術は終わった。

「無事終了ですよ、痛くなかったですか？」

ラン丸はここぞとばかりに女声で訊ねた。

「はい、大丈夫です」

緑は気丈な声を出し、ラン丸が施術後の処置を始めた。

黒く大きなサングラスを掛けた緑が診察室の椅子に座っている。その姿からは四歳の頃の緑の絵は薄れていた。

「ちょっと手間どって醜態《しゅうたい》を見せてしまったな。一週間ぐらいで腫れは引くから」

加々見はカルテに処方する薬を書きながら言った。

「わかりました」

「本当は、俺の施術はキレがよくて、それくらいなら四日で腫れは引くはずなんだがな……、お母さんの施術は当時の一番新しい技術で流行のものにしたんだが、そういう部分も含めて今回はちょっと施術を付け加えた。それが一週間の腫れの理由だ」

「それは何ですか？」

「目頭と目尻《めじり》の切開だな。これはいまの女優の目だな」

加々見が言うと、目は腫れて動かないだろうが、緑の口角《こうかく》が初めて上がった。

「ありがとう……」

緑は頭を下げた。

「離婚するなら、これくらいやってもいいだろう。それに自然な感じになるように細心の注意を払っといた。この分もロハにしとく。せめてもの罪滅ぼしかな」

「いろいろ、すみません」

「うちはアフタケアとしてカウンセリングをするようにしているんだ。いいかな？　腫れが完全に引いた一〇日後」

「わかりました。あの……」

「ということだ。今日は疲れた。いろいろ、話があるだろう、それは今度のカウンセリングのときにな」

緑は何か聞きたげにしていたが、加々見はそれを遮《さえぎ》って、立ち上がった。


バー『躾』は、まだ早い時間で客は加々見しかいなかった。二代目古河が、加々見の前にウィスキーの入ったグラスを置いた。

「この店も随分変わったな」

加々見は一口ウィスキーを呷ると溜息とともに言った。

「あら、そうかしらねえ？」

二代目は、薄いピンクのシャツ、胸ポケットのところにすみれの花が刺繍《ししゅう》されたものを着ていた。

「そうかしら、じゃねえやな。おまえだよ。先代の躾、ディシプリンなんてのは、どこいったよ。おまえのナリからみれば、ここはオカマバーじゃねえか」

「失礼ね。オカマバーだなんて、ヘアメイクの子が連れてくる調子に乗った女優とか、ちゃんと追い返してるわよ。それに躾の部分はちゃんと三代が担《にな》ってるわよ、ねえ！」

二代目が三代古河を振り返ると、三代は頭を深く下げ苦笑いを加々見に向けた。

「まあ、今日はそんぐらいが、いいんだけどな……」

ウィスキーを飲み干し加々見は呟いた。

「えっ、何？　どういうこと？　加々見ちゃん、何てったの！」

二代目は嬌声を上げた。

「飛び跳ねてんじゃねーよ。オネエは直ぐ跳ねやがる」

「何それ！　恐ーい！」

二代目は、また、カウンターの中で飛び跳ねた。

「お待たせぇえ！」

ドアが開きラン丸が顔を見せた。

「ラン丸ちゃん、いらっしゃい……あら、どうしたの、珍しい、お連れさん？」

二代目がラン丸の後ろを覗いた。

「どうだい、変なところだろう？」

加々見は、恐る恐る店内に入ってきた緑に声を掛けた。腫れは完全に引き、お洒落をしてメイクもきっちり施《ほどこ》されている。新宿二丁目の深部にある店は地図に書いて教えても一人でこれないだろうと、ラン丸に道案内をさせた。

「はい、ちょっと……二丁目なんて初めて来ました」

店内を見回している緑の視線の先に、ウェストをコルセットで極限まで絞ったワイシャツにネクタイの男のポスターがあった。ディシプリンの巨匠のポスターだが緑には、意味不明だろう。

「さあ、カウンセリングだ」

加々見は、緑の視線をこちらに向けるために声を掛け、自分の隣の席を指し示した。緑は席に着いた。

「どうして、こんなところなんですか？」

「なにそれ！　こんなところって！　失礼ねえ」

二代目は反応良く緑に向かって言った。緑は慌《あわ》てて二代目に謝罪した。

「そういうなよ。ストレートの人間にとっちゃ、ここいらは、こんなところっての象徴だろうよ。これは俺の娘の緑だ」

加々見は笑い、緑のビールを頼んだ。

「娘さん？　血の繋がった……」

二代目には、親子鑑定の結果を加々見は知らせていた。

「そうだ。ここで娘のカウンセリングをするんだ」

「ここでやる意味ってあんの？　加々見ちゃん」

「まあ、いろいろな。どうだい、二代目。女に厳しい鑑識眼《かんしきがん》を持ったあんたから見た、緑は」

二代目は少しだけ意地悪そうな表情になり、緑のことを方向を変えて見ていた。

「緑さん、秘密が絶対に外に漏れないのがここの特徴だから、安心して。……そうねえ……さすが加々見ちゃんって作りね。自然ないい整形って、アンチエイジングしてんじゃないのに、若く見えるようになるのね。三〇前後に見えるわよ。それとさすが血の繋がった親子ね。加々見ちゃんの目に似てるわよ」

「そうですか？　母と同じような目にと、頼んだんですけど」

緑は、そう言いながらも嬉しそうにしていた。

「俺の瞼の設計図が、母親誠子のふっくらした瞼っていう設計図の下に隠れてたんだな。切開してそれがわかって、より自然な二重になるように施術の方法を変えたんだ。気に入ってくれたか？」

「化粧するのが楽しくなったんです。子どもも気に入ったみたいです」

加々見は、緑の顔から四歳の頃の記憶にある緑の顔が薄れていくのを感じた。

「そうか……安心した。形式的なカウンセリングは、これでいいかな。それでな、緑。うちのアフターケアのカウンセリングは精神的な部分に重きを置いてんだ」

加々見は、緑のことを呼び捨てで呼んでみた。

「精神的？」

緑はスルーしたようだった。

「自分が離婚するのは、そういう遺伝が伝わってるんじゃないか、と言ってたな」

「はい、そう思ってます」

「俺は遺伝ってのは、結局、ＤＮＡに数列書かれた設計図、身体を作るだけの設計図でしかない。美容整形外科医として、そこで戦ってるから思うんだけどな。後天感情とか性格ってのまで、その設計図では手は回ってないように思うんだ。

的なもの、生活習慣とかは、遺伝じゃないと思うんだがな」

「……離婚は二人の問題だからですか？」

「緑の離婚もおまえ一人の問題ではないと思う。そう自分を責めることはない。そもそも、母さんは離婚の原因にはこれっぽっちもなってはいないんだ。遺伝どころの話でもないんだよ」

「結局、お母さんたちの離婚の原因は何だったんですか？」

「周りを見回してみろ、俺がいる場所が理由だよ」

「ええ！　オカマだったの！」

「オカマじゃねえよ！　オカマってのは、このピンクのシャツ着てクネクネしてるようなこいつだ、この店の二代目店主の古河。俺は男の格好してんだろう？　これがゲイだよ」

加々見は二代目を指差して言った。二代目は、加々見の横に座ったラン丸を指差して「こいつもオカマよ！」と叫んだ。ラン丸は「非道い！　オカマって差別用語よ！　私は性同一性障害って病気なのよ！」と大きな声で叫び、加々見は大笑いした。

「こいつが、三代目店主候補の三代。いまなら俺に一番近いゲイだな。死んじまったが、先代と呼ばれる初代に似てるな」

加々見は、真っ白なクロスでグラスを磨いている三代を顎《あご》で指した。

緑は呆気《あっけ》に取られ、顔をあちこちに向け、ホモたちの顔を見比べていた。

「生涯で初めてのカミングアウトだな……。これが俺の離婚の原因だ。母さんには一欠片《ひとかけら》の責任もない」

加々見は緑の目を真っ直ぐに見て言った。緑の目が大きくなった。二重の瞼は
まだ膠着《こうちゃく》したように開かなかった。

「初めてって……お母さんは、そのことを知らなかったんですか？」

「知らない」

「非道い、そんなの、結婚して私を産んだんでしょう。途中でゲイだって分かったんですか？」

「……ゲイだと分かっていて結婚したんだ」

「どういうことですか？　意味が分からない、どういうこと！　説明してください」

緑の声が大きく響いた。加々見以外の人間が目を伏せた。

「説明しないといけないだろうな。身勝手過ぎる話で本当に申し訳ないが……」

覚悟、というほどのことでもない。衆人の前で、ひんむかれて、自分の秘密を曝《さら》される日が来るんだろう、そんな不安を抱えていた。だから、いつか、自分のことを話さないといけない日が来るのだろう、と心のどこかで構えていた。その日がとうとうきてしまった。

加々見は緑に話し始めた。三〇歳の頃の自分の姿が頭に蘇っていた、じりじりし思い切るしかない、そんな頃だった。

バー『躾』のカウンターに座ると、加々見はほっとした。

「家庭を壊さず、秘密は墓場まで持っていく。みんなやってることでしょう。かんばりなよ、加々見ちゃん」

先代古河はウィスキーを出しながら言った。

「みんなか……」

躾に来る客には既婚者も多い。その全員がゲイという事実を畳んでクロゼットに仕舞い込んだ社会的地位の高い人間だった。歌舞伎の家に産まれ二枚目俳優になった者、官僚や銀行の頭取までいた。社会的地位が高いからこそ隠さなければならず、その隠れ蓑に使われる最も有効的なものが偽装結婚だった。未婚であることだけで、変人扱いされてしまい出世の妨げになった。

「そう、それで、生殖能力抜群でみんな子どもが居るのも、不思議なことですねえ」

「子どものいる真っ当な家庭を作る、というのが目的なんだから、必死で目っぶって子作りするんだよ」

「奥さんとですよね？　女の人とか、うわぁ……」

古河は大袈裟《おおげさ》に驚いた。

「当たり前だろう。女しか妊娠しないんだから。いまの古さんの反応ってのは、男が男と肉体関係を持つことに嫌悪する人間の反応と同じだな」

加々見は苦々しく笑った。

「でも、偽装結婚組はやっぱりすごいよ。僕には無理だな。加々見ちゃんの奥さんっていい人なんでしょう？」

古河は辛そうに眉間に皺を寄せた。

「いい奴だ、人間として好きだよ。だから、余計に申し訳なくなる。それでまた、マイノリティの方へと擦り寄ってしまう……なんともはやだな」

「本当に、なんともはやだねえ。加々見ちゃんもあんまりじりじりし過ぎると背中の輪っかが……」

「まあな……。誠子は、とにかく、いい奴で、緑は可愛くて仕方がない。いい匂いがするんだよ子どもって、命の匂いって言うか、細胞が成長する匂いっていうのか……堪《たま》らないんだな」

「家庭の匂いなんだろうね……いいねえ。でも、その家庭を捨て去るのか……」

「仕方ない……。家庭は本物の関係じゃないと駄目なんだよ。誠子と緑には、本物の幸せがふさわしいんだ」

加々見はウィスキーを呷った。

加々見は緑に話した。懐かしい匂いが頭に過っていた。

「まったく、理解出来ません。母を騙して私を産ませて、結局、逃げただけじゃないですか……」

「その通りだな。身勝手な人間だ」

「お母さんがかわいそ過ぎる……」

「俺といた方が不幸だろう。本物の家庭じゃないんだ」

「偽物の家庭をあなたが作って、そして、あなたがその家庭を壊した。母と私は、あなたといた方が不幸だった。偽物の家庭、あなたは母と私には偽物の愛情しか持ってなかったんですからね」

緑は、強い視線で加々見を見ていた。加々見は口を噤《つぐ》んだ。

「昔……先代から、ある話を聞きました……聞いてもらえますか？」

三代がグラス磨きのクロスを畳み、低い声を漏らした。

「先代？　話しなよ」

加々見は言った。

「お子様のいるゲイのお客様は少なくないんです。生涯を通じて秘密にする方もいれば、途中で家庭が崩壊する方もいます。先代はいろいろと見てきたんだと思います。先代は、その中のある方の話を私にしてくれました。その方は、相当に悩まれ家庭を終わらせる決意をされたそうです。その方は、一方的な離婚をすることへの慰謝料と、お子様が大学卒業するまでの養育費を支払うことを約束されたそうです。そして、最後にその方しか出来ない贈り物を奥様に贈ったそうです。先代の話の中の、その方にしか出来ない贈り物と聞いて、加々見さんのことでないかと思いました」

三代は静かな声を出し加々見を見た。加々見は、真っ直ぐに三代を見返した。

「……先代が言うなら、それは俺のことだろうな……」

加々見は答えた。横から緑の視線を感じていた。

「加々見さんの奥様への贈り物は、美容整形だったんですよね？　離婚したあとの……」

三代の声に、緑の小さな「えっ」という声が重なった。

「贈り物なんて偉そうなものじゃない。非道いことをしてしまった誠子に向けての、懺悔《ざんげ》の気持ちだったな」

「離婚した後？」

緑が呟くように言った。

「先代は、離婚後というのが加々見さんらしい、と言ってました。奥様のことを考えられたことなのでは？」

「一つ綺麗になれば一つ幸せに近付く、と思って仕事をしているからな」

加々見は言った。

「お母さんの幸せを願ってくれたんですか……」

緑は困ったような表情して加々見を見ていた。

「誠子はいい奴だったから、すぐに再婚相手は見つかるだろう。それなら、一つでも綺麗になっていた方がいいだろうと思ったんだ」

加々見は言った。緑は横で大きな溜息を吐《つ》いていた。

このことで許しを乞うつもりなど加々見にはなかった。緑の話を聞いて、離婚後の誠子と緑の生活が不幸せではなかったことに、ほっとしているだけだった。

「私、綺麗ですか？」

緑は真っ直ぐに加々見を見ると言った。

「ああ、俺がやったんだから、綺麗なのは当り前だ」

少し怒ったような声が出た。

「だったら、私も一つ綺麗になったから、一つ幸せになれるのかな」

緑は加々見に微笑んだ。

「なれるわよ！　なりなさい！　ならなきゃ駄目よ！」

二代目は目を潤ませながら、だみ声で怒鳴った。

「納得してくれたみたい」

緑が帰りドアが閉まった後、ラン丸がぽつりと言った。

「納得するもなにも、加々見ちゃんは事実を語っただけだからね」

二代目が頭を軽く振りながら言った。

「……一応、キリは打ったんじゃないですか、加々見さん」

三代はカウンターから出て入口に行くと、クローズドの札を掲げドアの鍵を締めた。

「そう言えるかもね……娘さん、綺麗になったし、加々見ちゃん、これで一つ、躾は終わらせていいんじゃない？」

二代目は加々見の空になったグラスに直接ウィスキーを注いだ。三代がカウンターの止まり木に座っている加々見の背後に立つと肩に手を添えた。

加々見は黙ったまま、スーツの上着を脱ぐ。三代がそれを受け取った。ネクタイを緩《ゆる》める衣擦《きぬず》れの音が響いた。カフス釦《ボタン》を外しシャツを脱いだ。

コロンの香りの中に年寄りの臭いが少し混ざっているのを加々見は感じた。

「裸になると、年を取ったな、と思うな……」

加々見は、カウンターの鏡の中の自分を見ながら肩を撫でた。

「いいえ、まだまだですよ……」

三代が背中のリングに触れた。一番上のリングは緑が生まれたときに嵌めたものだった。

「外してくれ」

三代が背中のリングに手を掛けた。乾いた指先の感触がくすぐったい。リングが外されると、背中がすっと軽くなった。

三代がリングをカウンターに置くと、乾いた金属音が小さく響いた。

「……肩の荷が降りた感じね。加々見ちゃん」

二代目がリングを手にすると人差し指に通した。

「まあな……」

「やっぱ、女はいつまでも綺麗になりたいものなのね。娘さん、嬉しそうだったわ」

二代目はリングをクルクルと回した。

「当たり前でしょう！　死ぬまで美しさを追い続けるのが女なのよ！　美しい幻影に向かって突き進む、突撃ビューティフルなの！」

ラン丸が声を上げた。

「美という病に取り憑《つ》かれてんだな……」

加々見はリングを二代目から受け取り、カウンターの上で指で弾《はじ》いて回した。

この作品は廣済堂文庫のために書下ろされました。
なお本作品はフィクションであり、実在の個人・
団体などとは一切関係ありません。

エンター
テインメント
KOSAIDOBUNKO

突撃《とつげき》ビューティフル

2017年4月1日　第1版第1刷

著者
ヒキタクニオ
発行者
後藤高志
発行所
株式会社 廣済堂出版
〒104-0061 東京都中央区銀座3-7-6
電話◆03-6703-0964［編集］ 03-6703-0962［販売］ Fax◆03-6703-0963［販売］
振替00180-0-164137　http://www.kosaido-pub.co.jp

印刷所・製本所
株式会社 廣済堂

ISBN978-4-331-61667-3　C0193